Emma Smith
Five Seconds
MC-Chicago Reihe Teil 1

AF219315

EMMA SMITH

FIVE SECONDS

Deutschsprachige Erstausgabe November 2020

Emma Smith
c/o Autorenbetreuung / Caroline Minn
(Impressumservice)
Kapellenstraße 3
54451 Irsch
Lovebooks1@outlook.de

Satz: Wolkenart - Marie-Katharina Becker,
www.wolkenart.com
Covergestaltung: Sabrina Dahlenburg
Lektorat: Textwerkstatt
Herstellung und Verlag: BoD – Books on Demand, Norderstedt
1. Auflage
ISBN: 9783751981224

Kennst du einen Biker,
kennst du alle Biker.
Oder etwa nicht?
Finde es heraus!

Prolog

Vor 20 Jahren

»Ach komm schon, Junge. Du schaffst das.«

Onkel Moe lächelte mir aufmunternd zu und hielt mir erneut die Pistole hin, damit ich die Dosen auf der anderen Seite des Platzes vom Tisch schoss.

»Aber mein Arm tut mir weh und es ist so laut«, jammerte ich und war echt sauer, weil ich einfach nie eine Dose traf.

Onkel Moe war nicht wütend, aber er wollte dennoch etwas sagen.

»Was ist hier los?«

Ich zuckte zusammen, als Leo mit seinen alten Stiefeln die Veranda entlanglief und zu uns kam.

Er trug einen langen, grauen Bart und er lächelte selten. Auch heute nicht, weil ich wusste, was ich tun sollte.

»Warum schießt er nicht?«, rief Leo. Alle sagten, er wäre mein Dad. Für mich war er das nicht. Aber das lag daran, dass er mich genauso wenig wollte wie meine Mom. Aber zumindest durfte ich hier wohnen. Sie hatte mich einfach vor seiner Tür abgelegt und war bis heute verschwunden.

»Er braucht noch etwas Zeit und Übung«, antwortete Onkel Moe.

»Zeit? Sieht es so aus, als hätten wir Zeit? Wir haben

keine oder findest du, dass wir uns erlauben können, den Kleinen zu verhätscheln und ...«

»Jetzt beruhige dich doch erst mal, Leo.«

Tante Ella kam aus dem Haus und lächelte mich sofort an, als sie zu mir schaute.

Dad bedachte sie mit einem bösen Blick. So sah er mich nur an, wenn ich richtigen Mist gebaut hatte.

Ella war eine schöne Frau und sie freute sich immer, wenn ich es ihr sagte.

»Er ist nicht mal zehn. Er wird schon ...«

»Natürlich musst du dich wieder einmischen. Es ist doch immer dasselbe. Wann soll der Junge denn lernen, wie es in der wirklichen Welt zugeht? Hm?«

Ella stellte sich hinter mich und legte mir eine Hand fest auf die Schulter.

»Er wird es lernen wie jeder andere auch. Aber hör auf, Druck zu machen. Das hilft ihm auch nicht.«

Leo schnalzte mit der Zunge.

»Auf deine Verantwortung, Ella.«

»Nicht nur Ellas Verantwortung. Sie ist meine Old Lady, das tragen wir zusammen«, erwiderte Onkel Moe.

»Dann eben ihr zwei. Mir egal, Hauptsache er begreift, was es bedeutet mein Sohn zu sein.«

Die Drohung kam an und ich schaute schnell zu Boden, damit ich ihn nicht wieder ansehen musste.

Leo schnaubte, dann ging er Gott sei Dank wieder.

»Alles klar, Dex?«

Ich sah hoch in das liebe Gesicht von Tante Ella.

»Warum muss ich das alles lernen?«

»Wir können uns nicht aussuchen, wer wir sind. Aber – und das ist das Beste daran«, sie beugte sich zu mir herunter und lächelte, »wir können uns aussuchen, wie wir *nicht* sein wollen.«

»Ich weiß, dass ich nicht wie *er* sein will.«

»Dann wirst du das nicht, Dex. Du wirst besser. Na los, eine Runde noch ...«

Onkel Moe reichte ihr die Pistole, die ich dann ergriff.

Ich suchte einen festen Stand, so wie Onkel Moe es mir erklärt hatte, zielte auf die Dose, holte einmal tief Luft und schoss.

Ich traf.

Kapitel 1

Heute

Liz

Der Ast unter meinem Turnschuh knackte und zerteilte sich in zwei Teile.

Mist!

Schnell blickte ich mich um. Doch es war stockdunkel, sodass ich in der Finsternis niemanden sehen konnte, also lief ich weiter.

Ich war gefühlt seit Stunden unterwegs, obwohl es höchstens eine halbe Stunde sein konnte. Wenn man floh, besaß man keine innere Uhr mehr. Man spürte nur das Adrenalin, das wie verrückt durch den Körper schoss.

Mein Herz musste gerade Höchstleistungen erbringen, mein Gehör nahm jedes Geräusch – und sei es nur eine dämliche Eule, die einsam durch die Nacht schrie – wahr und meine Muskeln waren auf ein Höchstmaß angespannt.

Ich hätte Proviant mitnehmen sollen, aber ich hatte diesen Abend spontan genutzt. Die meisten Member waren auf einer Party außerhalb des Clubs. So selten, wie das vorkam, war das ein Wink des Schicksals gewesen. Diese Chance durfte ich mir nicht entgehen lassen. Und ich hatte sie ergriffen.

Nachdem ich über die große Mauer gesprungen war, um vom Gelände zu kommen, hastete ich mit nichts weiter als meiner Kleidung und den Schuhen durch das Unterholz.

Wieder schrie eine Eule oder ein Uhu unheimlich durch den Wald, während ich Schritt für Schritt weiterlief und ...

Zwei starke Arme pressten mich so fest an einen Körper, dass ich vor Schreck keine Luft bekam.

»Wen haben wir denn hier?«

Nein. Nicht Tiger.

Die Panik setzte sofort ein, weil ausgerechnet er mich nicht erwischen durfte.

Ich blickte in sein altes, verhärmtes Gesicht. Um noch finsterer auszusehen, hatte er sich den Schädel kahl rasiert. Er stank nach Tabak, Leder und Schweiß.

»Lass sie los, Tiger.«

Auch wenn ich es nicht zugeben würde, ich war erleichtert, als ich Ice' Stimme hörte. Tiger bemühte sich nicht, seinen Widerwillen zu verbergen, aber er ließ mich los.

Tiger stieß mich auf den kalten Waldboden.

»Was sollte das werden?«, fragte Ice und blickte mich wütend an.

»Was glaubst du wohl?«, erwiderte ich trotzig.

Ice atmete mehrmals tief ein und aus, bevor er sprach.

»Du bist immer noch Eigentum des Clubs.«

Ich schnaubte, weil er das sowas von vergessen konnte.

Tiger zog eine Zigarette aus seiner Weste und zündete sie an.

»Wenn Tiger dich nicht über die Mauer hätte springen sehen ...«

Ice' Information überraschte mich nicht. Tiger war schon länger fixiert auf mich.

»Dann freu dich darüber, dass er es gesehen hat«, antwortete ich, obwohl mir klar war, dass ich in echten Schwierigkeiten steckte. Aber es war nicht das erste Mal, dass mein loses Mundwerk mir Probleme machte.

»Sie wird es immer wieder tun, bis du ihr zeigst, dass sie zu dir gehört«, erklärte Tiger und zog genüsslich an seiner Zigarette.

Ice blickte mich nachdenklich an, bis er plötzlich mein Bein griff und mich mit einem starken Ruck unter sich zog. Obwohl ich mich wehrte, hatte ich keine Chance, als er mir die Hände über den Kopf legte und mir mein Shirt vom Körper riss.

»Nein! Hör auf, Ice. Hör auf!«

»Du musst es tun!«, rief Tiger gierig aus und ich konnte regelrecht seinen faszinierten Blick sehen, den er über meinen Körper gleiten ließ.

Tränen liefen über meine Wangen, als mir klar wurde, dass mich das hier zerstören würde. Ice' Hände begannen meine Hose aufzuknöpfen.

»Ice, bitte ...«, hauchte ich und seine Finger erstarrten.

»Wenn du das jetzt tust, dann ... dann werde ich dir nie gehören. Nicht so, wie du es dir wünschst.«

Die Worte drangen in seinen Kopf, denn er runzelte missmutig die Stirn. Ice war ein Bastard. Ein Mörder und Verräter. Aber er brauchte mich und er wusste, dass er mit dem hier nicht das bekommen würde, was er sich erhoffte. Ice wollte eine Old Lady, die neben ihm stand und diesen Haufen Idioten anführte und kein kaputtes Ding, das ich am Ende sein würde, wenn er das jetzt durchzog.

»Ach komm schon, Alter. Der Schlampe muss es einmal richtig besorgt werden. Daddy hat sie zu lange beschützt. Du musst ...«

»Ich *muss* gar nichts, Tiger. Ich bin euer Vize. Vergiss das nicht!« Dann schlug er mir ins Gesicht, sodass ich aufstöhnte und plötzlich Sterne vor meinem Sichtfeld erschienen.

Ice schenkte mir einen kurzen Blick, dann stand er mit einer Lässigkeit auf, als hätte er nicht gerade versucht, mich zu vergewaltigen.

»Wir haben heute viel vor. Bring sie in die Zelle, du weißt schon wo. Sie wird nicht angerührt.« Ice stellte sich direkt vor Tiger. »Hast du verstanden?«

Widerwillig nickte dieser.

Kapitel 2

Dex

Der Vorschlaghammer fiel direkt auf meine Stirn. Es spritzte kein Blut, aber es tat höllisch weh.

»Fuck!«, kam es mir über die trockenen Lippen und ich befühlte meine schweißnasse Stirn.

Was zum Teufel war los? Warum war da kein Blut, wenn man mir offensichtlich den Schädel eingeschlagen hatte?

Dann blinzelte ich wie ein verdammter Epileptiker und versuchte zu verstehen, wo ich war. Denn dass ich nicht in meinem weichen Bett lag, sagte mir mein Arsch, der stumm herumjammerte, weil der Boden zu hart und zu kalt war.

Mein Blick fiel als erstes auf die karge, schwarze Wand. Man musste kein Genie sein, um zu begreifen, dass ich mich in einer verfluchten Zelle befand. Die Gitterstäbe auf der linken Seite waren Bestätigung genug. Meine Füße berührten fast die Wand.

Scheiße, die Zelle war vielleicht gerade mal zwei Mal zwei Meter breit und vier Meter lang. Großzügig bemessen. Rechts in der Ecke stand ein Eimer. So wie der roch, war klar, wofür man ihn brauchte.

Es roch nach Pisse und anderem Scheiß, auf den ich gar nicht näher eingehen wollte.

»Fuck«, kam es mir wieder über die Lippen.

Ich war müde, mein Schädel stand kurz vor der Explosion und ich befand mich offenbar in einem Rattenloch.

Scheiße. Was war passiert?

Ich erinnerte mich vage an lange rote Haare, die mich aus dem Clubhaus gezogen hatten. Die Bitch war neu gewesen. Zu neu, wenn ich es mir recht überlegte. Ohne zu zögern war sie auf mich zugekommen, hatte mir zugeflüstert, was sie mit mir anstellen wollte und ich war mit ihr gegangen.

»Fuck! Fuck! Fuck!«, rief ich wutentbrannt aus, weil mir klar wurde, dass sie mich herausgefischt hatte. Sie hatte meinen Schwanz benutzt, damit ich meinen Kopf ausschaltete.

Mein Magen vollführte einen Rückwärtssalto und kotzte Flüssigkeit aus. Mehr war nicht mehr drin. In der Ecke fand sich bereits irgendetwas, das mal eine Mahlzeit gewesen war. Mein Mittagessen, wenn ich die Reste als Steak und ein paar Eier deutete.

War ich schon mal wach gewesen?

Vermutlich.

»Na, schmeckt die Kotze?« Erst jetzt bemerkte ich den Schatten, der sich mir direkt gegenüber, auf der anderen Seite des Gitters befand. Das Glühen einer Zigarette war zu sehen, mehr nicht.

Scheiß-Bastard!

»Vielleicht willst du auch mal probieren«, antwortete ich so ruhig wie möglich. Mein Mund schmeckte nach

Pappe und mein Hals kratzte. Aber schon jetzt Schwäche zu zeigen, wäre fatal.

Ich machte eine ausladende Handbewegung.

»Es ist genug da.«

Der Typ lachte nicht. Er reagierte nicht mal. Ich sah nur dieses verdammte Glimmen der Kippe in seinem Maul.

Was gäbe ich alles für eine Zigarette!

Vermutlich würde ich den Kameraden hier vor mir schnell töten können, wenn er mir eine gibt.

Vermutlich. Vielleicht.

Ich setzte mich, legte meine Hände auf meine Knie und blickte weiter zu meinem Entführer.

Er sprach ohne Akzent, war also keiner der Mexikaner.

»Scherze werden dir hier nicht raushelfen«, redete der kleine Scheißer weiter.

Nein, aber wenn du reinkommst, kann mir das helfen.

»Lachen macht gesund«, antwortete ich ironisch.

»Du wirst schon sehen«, drohte er.

»Sagt er und versteckt sich im Schatten«, erwiderte ich mit einem höhnischen Grinsen und hoffte, dass er auf meine Provokation einging.

Aber er rührte sich nicht. Irgendwann war das Glimmen nicht mehr zu sehen und ich hörte eine Tür zufallen. In meiner Zelle hing nur eine kleine Glühlampe, circa zehn Fuß über mir, und spendete spärliches Licht.

Ich starrte sie lange an, weil es verdammt noch mal nichts gab, was sich sonst anzusehen lohnte. Mehr als karge Wände und noch mal karge Wände gab es hier nicht.

Meine Kopfschmerzen verschwanden mit der Zeit, dafür wollte sich mein Magen nicht mehr beruhigen. Da ich anscheinend alles ausgekotzt hatte, was ich am Abend noch gegessen oder gesoffen hatte, war er leer und wollte wieder gefüllt werden.

Ich ignorierte ihn genauso wie den Durst, der immer unerträglicher wurde.

Nachdem ich zum gefühlt hundertsten Mal die Gitterstäbe nach Schwachstellen abgesucht hatte und feststellen musste, dass die Wand wirklich felsenfest stand, kamen plötzlich Schritte näher.

»Rein da!«, sprach einer der Männer und öffnete eine quietschende Tür.

Ich drückte mich gegen die seitlichen Gitterstäbe und erkannte Bikerstiefel, die anscheinend in der anderen Zelle waren. Es gab noch weitere Zellen? Das bedeutete, es gab zwei Eingänge und das hier war nicht nur für mich zum Gefängnis geworden.

So ruhig wie irgendwie möglich lehnte ich meine Hände über die Gitterstäbe und tat so, als würde mich nicht jucken, wer ab sofort mein Zellennachbar werden würde. Hatten sie womöglich noch einen von uns erwischt? Moe und Spike? Wobei ... Moe hätte sich eher in die Luft jagen lassen, als vom Feind geschnappt zu werden, und Spike, na ja, der hätte seine Entführer vorher mit seinem Panzer überfahren. Spike besaß einen leichten Hang zur Dramatik, aber das war ein ganz anderes Thema.

»Geht dir jetzt einer ab?«, fuhr die Person den Typen

an, der sich ganz schnell wieder in die Dunkelheit verdrückt hatte.

Ich hätte mich länger auf den Kerl konzentrieren sollen, aber die Stimme überraschte mich. Sie gehörte einer Frau.

»Das darf echt nicht …«, redete die Frau weiter, nachdem die Tür zugefallen war. Wir waren allein. Dann ertönte ein Seufzer und die Frau war wieder still.

Da sich eine Wand zwischen ihrer und meiner Zelle befand, konnte ich sie nicht sehen.

Und dann hörte ich ein sehr merkwürdiges Geräusch. Es kam von der Wand. Gespannt stellte ich mich davor und hoffte insgeheim, dass die Kleine Sprengstoff in ihrer Unterhose reingeschmuggelt hatte und jetzt ein bisschen mehr Raum schaffen würde. Vorzugsweise, damit wir hier verschwinden konnten.

Es klang wie ein Schaben und urplötzlich rieselte ein klein wenig Schutt aus einem vielleicht einem Zentimeter großen Loch.

Ich beugte mich runter und blinzelte durch das Loch. Sie hatte wohl die gleiche Idee und schrie erschrocken auf. Ihr Blick traf meinen.

»Scheiße!« So, wie es sich anhörte, stürzte sie zu Boden.

»Hättest du nicht sagen können, dass du da bist?«, fuhr sie mich unbekannterweise sofort an.

»Sorry, ich hätte dich vorwarnen sollen, weil das natürlich jeder Gefangene so macht«, stellte ich sarkastisch klar.

»Na super«, seufzte sie.

»Was?«

»Nicht nur, dass ich hier unten nicht allein bin. Du versuchst auch noch vergebens, witzig zu sein.«

Erneut hörte ich sie seufzen und vermutlich hatte sie sich gegen die Wand gelehnt, weil ich sie nicht mehr sehen konnte.

Ich lehnte mich auch an die Wand und zog die Knie an, um meine Ellbogen darauf abzustützen.

»Nur damit das klar ist, ich bin witzig«, erklärte ich ihr.

»Gehörst du zu den Bikern?«, fragte sie stattdessen.

»Definiere das Wort, dann kann ich dir die Frage vielleicht beantworten.«

Die Kleine seufzte wieder, es schien ihre Lieblingsbeschäftigung zu sein.

»Also gehörst du zu denen.«

Was sie mit *denen* meinte, wusste ich nicht. Allerdings fragte ich mich, was sie hier verloren hatte.

»Ich bin dafür wohl auf der falschen Seite der Zelle, Süße.«

»Eines vorweg«, begann sie.

»Hm?«

»Nenn mich nicht Süße, Baby oder Pussy. Darauf reagiere ich allergisch.«

Einer von den leichten Frauen wäre es scheißegal, wie man sie nannte. Sie wollten gevögelt und anschließend bezahlt werden.

So wirkte das kleine, laute Biest da drüben nicht.

»Mit Ausschlag und all dem Kram?«, fragte ich sie provozierend.

»Nein, mit einem Knietritt in deine Weichteile oder einem Messer in deinem Rücken«, antwortete sie gereizt.

Ich grinste, auch wenn die Vorstellung von einem Tritt oder Messer jetzt nicht zu meinen Highlights gehörte. Aber ich würde Spaß haben, wenn sie es bei mir versuchen würde.

Jedoch saß ich hier nicht rum, um mit ihr zu flirten. Ich wusste nicht mal, wie sie aussah. So verzweifelt war ich schon. Ich flirtete mit einer Tussi, die wahrscheinlich mehr Haare auf den Zähnen als auf ihrem Kopf hatte. Da war ich mir sicher. Das war zum einen schon besorgniserregend. Ich hasste es, wenn Frauen zu viel im Kopf hatten. Zu viele Gedanken führten nur zu Babys und Ehen. Beides war für mich keine Option. Zum anderen könnte sie der Feind sein. Vielleicht hatten sie sie auch in die Zelle nebenan geworfen, damit ich ihr etwas erzählen würde.

»Wie heißt du?«, fragte ich sie trotzdem.

Etwas Vertrauen schaffen, bevor ich zu den wichtigen Fragen käme, wäre vielleicht dennoch kein Fehler.

Sie schnaubte.

»Ich weiß nicht, wer du bist, Bikerboy. Du könntest auch zu denen gehören.«

War das ihr Ernst?

Ich war jetzt der Feind?

Interessant.

»Glaub mir, wenn ich zu denen gehören würde, dann würde ich dich anders zum Reden bringen.«

Was zum Teufel machte ich da?

Die Kleine auf der anderen Seite dachte wohl ähnlich, denn sie antwortete erst nicht.

»Das muss wirklich anstrengend sein«, hörte ich sie leise sagen.

»Was?«, fragte ich schnell nach, weil es mir gefiel, mich mit ihr zu unterhalten. Oder es lag daran, dass ich in einer verfickten Zelle hockte und mir langweilig war.

»Ständig den großen, bösen Bikerboy spielen, der entweder tötet oder Sex hat.«

Einen langen Augenblick dachte ich über die Melancholie in ihrer Stimme nach. Als würde sie schon sehr, sehr lange über diese Tatsache nachdenken.

»Ich kann beides gleichzeitig haben«, stellte ich ironisch fest, aber das war es nicht, was sie hören wollte.

Ihr Seufzen war wieder bis zu mir zu hören. Ihr enttäuschtes Seufzen. Konnten Seufzer überhaupt so klingen? Ich verlor wohl langsam den Verstand hier drinnen.

»Wir haben kein normales Leben«, beendete ich wieder die Stille, die entstanden war. Als die Kleine nichts erwiderte, redete ich weiter. »Es gibt kein Reihenhaus, keinen Mini-Van und keinen festen, legalen Job, in dem die größte Gefahr darin besteht, an chronischen Rückenschmerzen zu leiden. Zumindest kein Job, von dem wir allein leben könnten. Wir schlafen oftmals mit einem offenen Auge, unbewaffnet gehen wir nicht vor die Tür und wir wissen, dass jeder Tag der letzte sein könnte. Deswegen verbringen wir unser restliches Leben mit dem, was du so schön als nur Sex und Töten bezeichnest. Wenn wir nicht töten, werden wir getötet. Wenn wir nicht vögeln, großer Scheiß, was bleibt uns dann sonst noch?«

Eigentlich bedarf diese Frage keiner Antwort und doch sagte die Kleine: »So habe ich das nie gesehen.«

»Es ist einfach die großen, bösen Biker zu verurteilen. Wir kennen es nicht anders.«

»Und was ist mit den Frauen?«, fuhr sie mir dazwischen.

»Hm? Was meinst du?«

»Sind sie für euch auch nur Objekte?«

Sie war ganz klar in irgend so einer Emanzenverbindung. Das war ja nicht mehr auszuhalten.

»Es gibt die Frauen, die eben genau so behandelt werden wollen und es gibt ...«

»Schlagt ihr sie?«

Ich runzelte die Stirn.

»Keine Ahnung, was dir angetan wurde, aber du kannst dir sicher sein, dass das bei uns im Club nicht passiert. Wer gewalttätig gegenüber einer Frau wird, die bei uns eine nette Zeit verbringen will, fliegt. Da gibt es keine Diskussionen und die Männer wissen das.«

Erneut erwiderte sie nichts darauf.

»Auch wenn wir für dich und viele andere Motorradfahrer eben nur böse, fiese Biker sind ... Nicht jeder Club baut dieselbe Scheiße. Das solltest du wissen, wenn du nur ein Beispiel kennst.«

»Und die Old Ladies?«, fragte sie plötzlich.

»Was ist mit den Old Ladies?«, fragte ich ebenso neugierig.

»Gibt es welche bei euch?«

»Natürlich«, antwortete ich.

Es gab zwar nicht viele, weil die meisten einfach keine Lust auf eine feste Bindung hatten oder eben einfach noch nicht die Eine gefunden hatten, aber es gab sie.

»Hast du eine?«

Ich schnaubte, weil diese Frage wirklich witzig war.

»So unwahrscheinlich also?« Sie klang selbst belustigt.

»Ja, kann man so sagen«, antwortete ich ehrlich.

»Lass mich raten.« Ich konnte ihr Lächeln praktisch hören. »Du weißt nicht, wie es jemals eine Frau mit dir aushalten soll, richtig?«

Dieses Mal schnaubte ich noch lauter und länger, wobei ihre Frage tief in mir etwas auslöste. Ich runzelte die Stirn, weil dieser Satz mehr Wahrheit enthielt, als mir lieb war.

»Muss einsam sein«, murmelte sie so leise, dass ich es fast überhört hätte.

»Was?«, fragte ich aufrichtig interessiert.

»Niemanden zu haben.«

»Ich habe meine Männer«, antwortete ich ehrlich.

»Und das ist alles?«

Ich runzelte erneut die Stirn, weil diese vielen Fragen mich vollkommen durcheinander brachten. Und zum Nachdenken. Und Nachdenken war scheiße. Denn dann begann irgendwann das Grübeln und das war kontraproduktiv für einen klaren Kopf. Wer brauchte schon Freunde, die sich die Scheiße anhörten? Ich hatte Ella und

Moe, aber mittlerweile hatte ich mich so weit von ihnen entfernt, dass es unmöglich wie früher sein konnte. Dazu lastete zu viel Verantwortung auf mir.

»Du hast deine Männer, okay. Du hast das Töten. Schön für dich. Und dann? Dann suchst du dir eine fremde Frau, vögelst sie um den Verstand ...«

Warum zum Teufel fand ich es nicht gut, wenn sie vom Vögeln sprach? Irgendwas sagte mir, dass diese Frau da drüben so nicht reden sollte. So abwertend reden sollte ... Obwohl ich eben genau dies mit den Schlampen tat. Vögeln.

»Und bist damit zufrieden? Wirklich? Was ist mit Familie?«

Warum musste sie jetzt mit diesem Thema kommen?

»Meine Männer sind meine Familie«, betonte ich kalt.

»Ah, schwieriges Thema. Verstehe.«

Nein, verstand sie verdammt noch mal nicht.

Aber bevor sie oder ich weiter über den Scheiß reden konnten, öffnete sich plötzlich erneut eine Tür und mehrere Schritte waren zu hören.

Also war wohl endlich mal Action angesagt.

Kapitel 3

Liz

Sie nahmen den Fremden mit, nachdem dieser sich gewehrt haben musste. Ich konnte nichts erkennen, da die Zelle eine dicke, fette Wand besaß, aber ich hörte jemanden stöhnen und als klar war, dass es Ice gewesen war, grinste ich. Aber da meine Lippe aufgeplatzt war, tat das Lächeln weh. Aber wie sagte man? Es war ein guter Schmerz.

Es roch widerlich und doch war es anscheinend der Platz, an dem mein Dad mich sehen wollte. Ice hatte ihm wohl erzählt, dass ich fliehen wollte.

Er wollte mich mürbe machen. Aber das konnte er vergessen.

»Wie geht es dir?«

Ice' Frage riss mich aus meinen Gedanken und ich sah auf.

Er stand vor den Gitterstäben und starrte auf mich herunter. Sofort stand ich auf, damit ich mich nicht wieder klein und unbedeutend fühlte.

»Bestens«, antwortete ich scharf.

Ice rieb sich über seinen glattrasierten Schädel, an seiner Stirn glänzte eine Beule. Da hatte der Fremde wohl zugeschlagen.

Sofort stieg dieser in meiner Achtung, auch wenn er war, der er war.

»Mach es mir nicht noch schwerer, Lizzy.«

»Nenn mich nicht so«, fuhr ich ihn wütend an.

»Ich nenne dich, wie ich will!«, brüllte er zurück und ich zuckte vor Schreck zusammen.

Auch wenn ich versuchte, mutig zu bleiben, Ice war fast einen Meter neunzig groß und hatte mich nicht nur ein Mal geschlagen, wenn ich zu weit gegangen war.

»Lizzy.« Ice' Blick wurde sanfter, wenn das Wort und dieses kantige Gesicht überhaupt etwas mit diesem Adjektiv anfangen konnten. Aber das änderte nichts. Ich hasste den Mann vor mir, weil er keinen Funken Empathie besaß.

»Wo ist mein Vater?«

Ihn Dad zu nennen, wäre zu viel des Guten.

»*Ich* bin hier!«, antwortete Ice und erneut sah er aus, als müsste ich mich über das Gitter zwischen uns freuen. Das war wohl der einzige Grund, warum er mich nicht erneut anfassen konnte.

Automatisch überzog eine Gänsehaut meinen ganzen Körper.

»Mich würde mal interessieren, ob er weiß, was du hier abziehst. Erst steckst du mich hier rein, weil ich von deinen Dreckshänden nicht angefasst werden will, und dann sitzt hier auch noch ein Biker aus einem rivalisierenden Club?«

Letzteres hätte auch eine Lüge sein können, weil der

Fremde auch als Falle hätte taugen können. Aber so, wie Ice reagierte, hatte ich ins Schwarze getroffen.

»Du bist hier, damit du endlich begreifst, dass du hierher gehörst!«

»Nett.« Ich blickte mich in der kleinen Zelle um. »Du hast recht. Besser als meine Zweizimmer-Bude.«

»Hör auf!«, brüllte er und schlug gegen die Gitterstäbe.

Und dieses Mal hatte er es geschafft. Ich blieb ruhig. Seine verräterische Ader am Hals pulsierte bereits.

Dad war der Pres, das hatte ich irgendwann akzeptiert, nachdem meine Mom mir nach fünfzehn Jahren endlich erzählt hatte, wer mein Vater war. Sie wollte es nicht, aber ich bohrte so lange nach, bis sie es endlich zugab. Der President der White Outlaws war mein Vater. Sein bürgerlicher Name war Kyle. Und in meinem naiven Denken dachte ich damals, er wäre genauso froh, mich kennenzulernen, wie ich. Aber dem war erst nicht so. Eines Tages nach der Schule war ich mit meinem Fahrrad zu ihnen gefahren. Keine Ahnung, was ich mir dabei dachte. Jedenfalls stand er irgendwann vor mir und ... ich war einfach nur froh, dass es ihn gab.

Mir war nicht mal ganz bewusst, wie er das gefunden hatte. Auf jeden Fall standen seitdem jeden Tag Prospects vor unserer Haustür und folgten uns auf Schritt und Tritt. Mom verlor die Nerven.

Ich hatte erst nicht verstanden, was das alles sollte, bis klar war, dass meine Familie beschützt wurde. Auch wenn wir fünfzehn Jahre zuvor nichts miteinander zu tun hatten, war der Club jetzt für uns da.

Drei Jahre später starb Mom an Brustkrebs und mein Vater war die einzige Familie, die ich noch hatte. Die Prospects vor meiner Tür blieben, die Verbindung zu meinem Erzeuger wurde ... besser. Er befahl und bevormundete, aber er ließ mir meinen Freiraum, soweit es eben ging.

Aber vor einem halben Jahr änderte sich alles.

Ich besuchte Kyle mehrmals die Woche im Clubhaus und es entstand eine kleine, vorsichtige Bindung. Doch dann wurde Ice Vize und alles ... brach zusammen.

Er näherte sich mir, versuchte sich an mich ranzuschmeißen und nur mit Mühe und Not kam ich jedes Mal heil zurück in meine Wohnung. Aber seit letzter Woche war ihm alles egal. Ice hatte sich in meine Wohnung geschlichen und mich überfallen. Hätte Kyle mir zuvor keine Waffe gegeben, wäre in jener Nacht vermutlich mehr passiert als ein paar Grapschversuche. Ice verdrückte sich, aber machte mir klar, dass das noch lange nicht alles gewesen war. Er sollte Recht behalten. Nur Stunden später versuchte Kyle mir einzureden, dass Ice eine gute Partie für mich wäre, da ich immerhin die Tochter vom Pres wäre.

Als ich ihn darüber informierte, was Ice mir in der Nacht antun wollte, schlug er ihm ein blaues Auge und das ... war es auch schon gewesen.

Das war jetzt eine Woche her und sein Veilchen war nicht mal mehr zu sehen. Ganz zu schweigen davon, dass Ice erneut versucht hatte, mich anzutouchen, nachdem Kyle mich nicht mehr zurück in die Wohnung gelassen hatte. Als ich mich am Ende weigerte, für dieses Schwein die Beine breit zu machen, war ich in dieser Zelle gelandet.

»Du kommst hier erst wieder raus, wenn dir endlich klar ist, dass ich deine einzige Option bin!«

»Option?«, schnaubte ich und verschränkte trotzig die Arme vor der Brust.

»Du kannst dich so stur wie nur irgendwie stellen, aber du vergisst, dass ich hübsche Köpfchen gerne breche, Lizzy. Sehr gerne.« Sein amüsiertes Lächeln bescherte mir wieder eine Gänsehaut.

Mir war bewusst, dass er mich längst hätte vergewaltigen können. Aber vermutlich wünschte er sich wirklich, dass ich ihn wollte. Ich war allerdings nicht dumm. Ice besaß nur wenig Geduld. Und anscheinend war sie fast aufgebraucht, sonst hätte er mich hier nicht eingesperrt. Er hoffte, ich würde ihn der Zelle vorziehen.

Da konnte er allerdings ewig drauf warten.

»Wo ist mein Vater?«, wiederholte ich also meine Frage.

Erst dachte ich, er würde mir keine Antwort mehr geben, aber er tat es. Im Nachhinein hätte ich nicht fragen sollen.

»Er ist tot.«

»Was?«

Meine Hände begannen zu zittern.

»Was redest du da?« Ich hatte ihn gestern noch gesehen.

»Ein Infarkt, so wie es aussieht«, ratterte er die Information über seinen Tod herunter.

»Ein Infarkt? Kyle war kerngesund!«

»Anscheinend ja wohl nicht!«, fuhr er mich wieder an. »Jedenfalls bleibst du erst mal hier unten, bis ...«

»Bis was? Was hast du getan, Ice?«

Ich brauchte ihn gar nicht zu fragen, es war auch so klar, dass er meinen Vater auf dem Gewissen hatte. Alles passte zusammen. Er war Vize und wenn Kyle tot war, würde er ab sofort den Club leiten.

»Mir ist bewusst, dass du Zeit brauchst, seinen Tod zu betrauern«, redete Ice weiter, als wäre die Ermordung meines Vaters nie passiert. »Die gebe ich dir natürlich. Aber bevor du beschließt, die Stadt zu verlassen, bist du besser hier aufgehoben. Ich komme bald wieder und dann will ich eine andere Antwort, wenn ich dich frage, ob du meine Old Lady werden willst.«

»Niemals«, antwortete ich zornig.

Er hatte mich nie gefragt, es wurde mir ständig befohlen.

Selbst von Kyle, der so naiv war zu glauben, Ice wäre mit dem Vize-Titel zufrieden.

»Boss?«

Zero, einer der Prospects kam auf ihn zu. Er schenkte mir einen kurzen, unsicheren Blick, dann war er aber wieder ganz der Prospect, der sich noch beweisen musste.

»Der Demon ist bereit.«

Demon? Der Fremde war also Mitglied bei den Flying Demons? Viel wusste ich nicht über die rivalisierenden Clubs, aber ich wusste, dass die Flying Demons die einzigen in Chicago waren, die Kyle Ärger machten.

»Wir vertagen unser Gespräch«, sagte Ice zu mir, aber ich ignorierte ihn.

Auch wenn er Kyle getötet hatte, hatte Ice noch so etwas wie Respekt vor mir. Wäre ich nicht Kyles Tochter, hätte er mich längst vergewaltigt und in irgendeiner Gasse mehr tot als lebendig abgelegt. Aber ich war nun mal Kyles Erbe und somit brauchte er mich. Vermutlich gab es ein paar Mitglieder, die sich bereits fragten, ob sie Ice folgen sollten. Jeder neue Anführer musste sich erst beweisen. Kyle hatte mir viel über diesen Club erzählt.

Ice und Zero ließen mich allein zurück und plötzlich machte ich mir Sorgen um den Fremden.

Was würden sie ihm antun? Würde er überhaupt noch zurückkommen?

Auch wenn ich nicht viel von diesen ganzen Clubgeschichten hielt, war dieser Fremde ... er klang nicht so wie Ice oder Kyle. Der Fremde machte Witze und ich bekam sogar Antworten darauf, wie sie bei sich Frauen behandelten. Wenn es denn stimmte ...

Die White Outlaws besaßen keine Old Ladies. Hier funktionierte das nicht so wie bei den anderen. Dad wollte selbst nur seinen Spaß – den er anscheinend auch mit meiner Mom hatte – und der Rest der Truppe folgte seinem Weg. Deswegen war Ice' Vorschlag, ich solle seine Old Lady werden, noch absurder. Ich wäre nur eine verdammte Trophäe, die vermutlich über jeden Tag, den sie weiter leben durfte, froh sein durfte.

Niemals!

Ich würde hier rauskommen!

Erneut suchte ich die Zelle ab. Irgendwas musste hier doch sein, um das Schloss zu knacken.

Nach einer Ewigkeit gab ich die Suche auf.

Die Wände waren zu dick und das Schloss bewegte sich keinen Millimeter.

Es war ein Wunder, dass ich dieses Miniloch in die Wand bohren konnte. Seufzend setzte ich mich wieder hin und roch den Schweiß, den ich bereits produzierte.

Meine Lippen waren staubtrocken und schmerzten noch von Ice' Schlag. Immer häufiger räusperte ich mich, da mein Hals schmerzte. Wann hatte ich das letzte Mal etwas getrunken? Das musste gestern Abend gewesen sein, kurz bevor ich mich ins Bett gelegt hatte. Mein Shirt hatte ich provisorisch zusammengeknotet, weil Ice es im Wald zerrissen hatte.

Und wann hatte ich das letzte Mal etwas gegessen? Gestern Mittag irgendwann? Kam hin.

Dann erinnerte ich mich an Ice' Worte.

»Er ist tot.«

Kyle lebte nicht mehr. Ich schloss kurz die Lider, um die Worte sacken zu lassen.

Er war mein Vater und die letzten drei Jahre für mich da, obwohl ich mich stets darüber aufgeregt hatte, dass er meine Freiheit zu sehr einschränkte. Aber er war mein Vater. Zur Hälfte war ich von ihm.

Heftig schüttelte ich den Kopf. Ich konnte mich damit jetzt nicht auseinandersetzen, sonst würde ich doch noch zusammenbrechen.

Es dauerte erneut ziemlich lang, bis ich aus der Zelle nebenan Geräusche wahrnahm.

Dann quietschten die Scharniere der Gitterstäbe.

»Bastard!« Ich erkannte Zeros wütende Stimme, dann hörte ich, wie er wieder verschwand.

»Fuck«, stöhnte der Fremde in der Zelle nebenan.

»Geht es dir gut?«, fragte ich schnell.

Der Fremde lachte kurz auf, als hätte ich einen besonders guten Witz erzählt.

»Bist du schwer verletzt?«, hakte ich nach.

Vielleicht verblutete er nebenan und ich konnte nichts dagegen tun.

»Nur mein Ego, wenn überhaupt«, antwortete er, klang aber dennoch ziemlich angeschlagen. Er rutschte auf dem Boden herum und lehnte sich vermutlich an die Wand, denn seine Stimme hörte sich näher an.

»Hat man dich in Ruhe gelassen?«

»Man erwartet eine Antwort von mir. Folter ist nicht das, was er will«, erwiderte ich, obwohl ich mir ehrlich gesagt nicht so sicher war, ob Ice' kranker Kopf nicht auch auf so etwas stand.

»Wir sind bei den White Outlaws.« Es war keine Frage, sondern eine Feststellung.

»Ja«, flüsterte ich so leise wie irgend möglich.

»Sie lassen Prospects Folterungen durchführen. Ich hätte mehr von den Outlaws erwartet«, schnaubte er.

»Folterungen?«, fragte ich panisch nach.

Was hatten sie ihm angetan?

Bilder von abgetrennten Fingern oder noch Schlimmerem erschien vor meinem geistigen Auge.

»Waterboarding. Nur leider haben sie vergessen, dass sie mir so erneut drei Tage geschenkt haben.«

Ich runzelte die Stirn.

»Wovon sprichst du?«

»Ich hab genug Wasser geschluckt, das reicht für weitere drei Tage.«

Jetzt verstand ich es.

»Das ist wirklich nicht besonders clever«, sprach ich und musste über Zero schmunzeln. Wenn sie vorhatten, den Fremden verdursten zu lassen, war das der falsche Weg gewesen. Allerdings war es für den Fremden auch ein guter Weg, um darüber hinwegzukommen, dass man ihn wohl immer wieder foltern würde. So lange, bis er starb. Aber er schien mir nicht der Typ zu sein, der schnell aufgab.

Für einen winzigen Augenblick tat mir Ice leid. Er hatte den falschen entführt.

Dann gab der Fremde plötzlich ein zischendes Geräusch von sich.

»Du bist doch verletzt!«

»Fleischwunde. Nichts, was man nicht mit ein bisschen Liebe wieder hinbekommt«, gab er ironisch von sich.

Ich kroch zum Ende der Wand und drückte mich an die Gitterstäbe, aber ich konnte einfach nichts erkennen. Seufzend gab ich es auf und lehnte mich an die Wand.

»Sprich mit mir«, sagte er plötzlich.

»Worüber?«

»Ganz egal, Hauptsache du sagst etwas«, redete er mit angestrengter Stimme.

Wie schwer verletzt war er? Das klang alles nicht so harmlos, wie er es darstellte.

»Was hast du für Hobbies?«, fragte ich, ohne darüber nachzudenken. »Ohne das Töten und den Sex meine ich.«

Kurz schien es so, als würde er nicht antworten wollen. Vermutlich gab es nicht mal Zeit für ein Hobby. Immerhin benötigte man auch ziemlich viel Zeit fürs Töten und den Sex.

Großer Gott! Worüber denke ich hier eigentlich nach? Das ist doch …

»Ich hab nicht viel Zeit für mich selbst.«

Wusste ich's doch!

»Aber wenn es diese Zeit dann doch mal gibt, fahr ich mit meinem Bike raus und …«

»Und?«

»Ich fahr einfach. In diesen Momenten gibt es dann nicht viel. Nur mich, die Straße und den Motor unter mir. Es ist … es ist befreiend.«

Seine tiefe Stimme gefiel mir von Anfang an, aber jetzt, da er mit so viel Gefühl von seinem Hobby sprach, beruhigte mich das irgendwie. Mir war nicht mal bewusst, dass ich so verdammt angespannt war.

Meine Schulter war nicht mehr so steif und meine Füße fühlten sich nicht mehr so kalt an.

Vermutlich lag es daran, dass wir das hier nicht allein durchstanden.

Ich kannte ihn nicht und dennoch fühlte er sich nicht mehr wie ein Fremder an. Wir zwei saßen in derselben Scheiße. Eine, die ich hatte kommen sehen. Ice war immer aufdringlicher geworden und es war nur eine Frage der Zeit gewesen, bis er zu weit ging. Diesen Punkt hatte er längst überschritten und jetzt saß ich hier. Ganz zu schweigen von Tiger...

»Das klingt schön«, murmelte ich und zog mir mein Haarband aus dem Zopf, um mir durch die Haare zu fahren.

»Ist es auch. Hast du schon auf einem Bike gesessen?«

»Einmal.« Als Kyle mich mitgenommen hatte.

»Du solltest es noch mal versuchen. Selbstverständlich kannst du dich auch einfach hinter mich setzen. Wobei mein Instinkt mir sagt, dass du eine Frau bist, die gern selbst die Richtung angibt.«

Woher wusste er das denn schon wieder? Und woher wusste er ...

»Scheiße, ich hör mich wirklich wie ein verdammter Softie an«, schnaubte er dann auf einmal.

Ich musste schmunzeln.

»Momentan kann ich es niemanden verraten. Keine Angst.«

Erneut schnaubte er.

»Und deine Hobbies?«, fragte er dann.

Ich starrte an die Decke. »Tanzen.«

»Tanzen?« Es schwang ein gewisser Unterton mit, als er das fragte. Stellte er sich gerade vor, wie ich an der Stange tanzte?

»Mir ist klar, dass du dir vermutlich nur eine Art von Tanz vorstellen kannst, aber ich rede vom klassischen Ballett.« Einmal holte ich tief Luft.

»Ich hab als Kind getanzt, aber irgendwann konnte meine Mom sich das nicht mehr leisten und ... Ich musste damit aufhören und konnte mein Traum von einer Profikarriere begraben, aber ... es gehört noch immer zu mir, verstehst du?«

Vermutlich nicht.

»Es erinnert mich an eine Zeit, in der nur zählte, jeden Mittwoch zum Ballett zu gehen und zu tanzen. Es gab keine Clubangelegenheiten, keine Angst, kein ... Es ist schwer zu erklären.«

Der Fremde räusperte sich. »Ich finde, du hast es gut erklärt.«

»Ja?«

»Wenn ich rausfahre, irgendwohin, allein. Dann ist es bei mir genauso.«

Ich lächelte, obwohl er es nicht sehen konnte.

»Du hast blondes Haar.«

»Hm?« Seine Feststellung überraschte mich. Woher wusste er das?

Und dann sah ich, wie seine Hand ganz leicht die Strähnen berührte, die durch die Gitterstäbe zu sehen waren.

Eigentlich wollte ich mein langes Haar längst geschnitten haben, aber nun
war ich dankbar, dass es so lang war.

»Ja.«

Seine Finger waren schmal und auf jedem davon waren kleine Zeichen tätowiert.

Zu anfangs, als Dad mich den Jungs vorstellte, war ich fasziniert von den vielen Bemalungen. Mom hatte immer etwas dagegen gehabt. Vermutlich lag es einfach daran, dass Kyle auch viele besaß. Meine eigene Faszination hatte auch nachgelassen, aber jetzt war sie mit einem Schlag wieder da.

Ohne zu überlegen, ergriff ich seine Finger und strich ihm über den Mittelfinger.

»Was bedeutet ...« Er ergriff meine Hand.

Seine Hand fühlte sich warm und hart an. Ein sehr merkwürdiger Kontrast und das wohlige Kribbeln, das seine Haut auf meiner auslöste, ließ mich erschaudern.

Vor Schock und Überraschung ließ ich seine Hand los und rieb mir meine eigene Hand.

Was war das gewesen?

»Wie heißt du?« Seine Hand war auch verschwunden, aber die Frage, die er mir stellte, hörte sich gewichtig an. So, als wollte er es unbedingt wissen.

Bevor ich ihm antworten konnte, öffnete sich eine Tür, und ich stand automatisch auf, um bereit zu sein, für was auch immer.

Aber es erschien niemand an meiner Zelle.

»Plötzlich Licht?«, hörte ich Bikerboy belustigt fragen.

»Du weißt eh, wem du deinen Besuch hier zu verdanken hast, Demon«, erwiderte Ice.

»Und was glaubst du, was das hier werden wird? Dass ich singe?!«

»Nein, das denke ich auch nicht. Aber für so etwas gibt es immer einen Plan B. Überrascht?«

»Und wie. Du kennst mehr Buchstaben aus dem Alphabet, als ich dir zugetraut hätte.«

Ich lachte, hielt mir aber schnell mit der Hand den Mund zu, damit man mich nicht hörte.

»Dir wird dein verficktes Grinsen noch im Halse stecken bleiben«, brüllte er Bikerboy an und schlug gegen die Gitter.

»Also, um es zusammenzufassen«, redete Bikerboy drauflos. »Du weißt, ich singe nicht, willst mich aber hier weiter foltern, weil du so ein netter Junge bist? Die Zelle hätte besser gefüllt werden können, Whitey.«

»Du bist nichts weiter als eine Ablenkung.«

»Eine Ablenkung?«, horchte Bikerboy auf, wobei ich sonst selbst nachgefragt hätte. Irgendetwas in Ice' Stimme machte mich nervös.

»Du bist in meiner Gewalt. Was glaubst du, wie abgelenkt dein alter Herr ist?«

Sein Vater?

»Du verdammter Bastard!«, brüllte Bikerboy plötzlich und schlug gegen die Gitterstäbe. »Ich werd dich umbringen!«

»Wird schwierig in deiner Position. Und jetzt entschuldige mich, wir räumen kurz auf und holen dich gleich zu einer zweiten Sitzung.«

Die Tür schloss sich wieder und es wurde wieder still.

»Fuck! Fuck! Fuck!« Immer wieder rüttelte und schlug er auf die Gitter ein.

»Bikerboy?«

Er reagierte nicht, fluchte weiter und brach sich gleich womöglich sämtliche Finger, wenn er so weiter machte.

»Bikerboy!«

Er beruhigte sich, als er meine Stimme wahrnahm.

Dex

Ich drückte mein Gesicht gegen das Gitter.

»Dex«, seufzte ich.

»Was?«, kam es von der anderen Seite der Wand.

»Ich heiße Dex.«

Es wurde längst Zeit, dass wir unsere Namen kannten. Und ich wollte wissen, wie diese blonde Frau neben mir in der Zelle hieß. Ich brauchte einen Namen. Dringender als jemals zuvor.

Langsam ging ich zur Wand und hielt mich am Gitter fest.

Der verdammte Prospect hatte mir vor Wut – nachdem er gerafft hatte, dass ich nicht singen würde, egal wie viele Liter er mir über diesen schäbigen Lappen gekippt hatte – das Messer in die Schulter gerammt. Nur weil er eben ein dämlicher Anfänger war, hatte er mehr Knochen als Fleisch getroffen. Aber es tat trotzdem höllisch weh.

»Dex von Dexter?«, fragte sie.

Ich lächelte, weil sie einfach nachfragen musste.

»Dex von Dexton. Mein Vater hat ihn ausgesucht.«

Leo ... Verfickte Scheiße.

Dieser verdammte Outlaw würde ihn töten. Deswegen hatte er sich dann auch gleich den Vize gekrallt. Da ich nicht sang, wäre auch ich so gut wie tot. Dieser Pisser – ich war mir sicher, dass es Ice war – würde mir Leos Leiche vor die Füße legen, mir klarmachen, dass mein Club am Ende war und mir dann eine Kugel in den Kopf jagen.

Fuck! Ich musste hier raus!!!

»Mir gefällt er«, ertönte die Stimme von der anderen Seite.

»Was?«

»Dein Name.«

Ich schmunzelte und dann passierte lang nichts, bis sie erneut die Stille brach.

»Dex?«

»Hm?« Ich hatte die Lider müde geschlossen.

»Geht es dir wirklich gut?«

Nein, mir ging es nicht gut. Ich war hier drin und die Outlaws planten den Pres meines Clubs zu killen.

»Das mit deinem Dad ... Es tut mir leid. Ich hoffe ...«

»Was hoffst du?«

»Ich hoffe, dass er es schafft«, sagte sie leise und mit viel Wehmut in der Stimme.

Ich runzelte die Stirn. Was bedeutete ...

Und dann hörte ich das Piepen, das alles veränderte. Mein Kopf ruckte zur anderen Seite der Wand.

Das Piepen wurde lauter und länger.

»Du hörst mir jetzt zu, Blondie«, sprach ich schnell.

»Was ...«

»Drück dich so weit es geht an die Gitter, zieh den Kopf zu den Knien runter und schließ die Augen.«

»Dex ...«

»Tue was ich sage. Und sobald du rausrennen kannst, tust du es.«

»Was ...«

»Tue es!«, fuhr ich sie an und dann explodierte auch schon die gegenüberliegende Wand. Ich wurde durch den Druck gegen die Rückwand meiner Zelle geschleudert. Die Sicht war eingeschränkt. Staub waberte durch den Raum, Geröll lag überall in der Zelle verteilt und die Luft war stickig.

Dann flog das Gitter zu Boden, weil es keinen Halt mehr besaß. Und schon begann die Schießerei.

»Dex!«

Ich erkannte Spikes Stimme, dann wieder Schüsse und schließlich kam er geduckt zu mir gelaufen.

»Geht es dir gut?«

»Scheiße ja!«, fuhr ich ihn an und er gab mir seine SIG, damit ich endlich selbst ballern konnte.

Die Outlaws standen hinter der Tür, konnten allerdings nicht hereinkommen, ohne direkt von uns abgeknallt zu werden.

Dennoch ballerte ich das komplette Magazin leer und hörte irgendwelche Pisser auf der anderen Seite schmerzerfüllt aufstöhnen.

Spike zog mich mit sich durch das Loch in der Wand, das durch die Sprengung entstanden war.

»Warte!«, rief ich ihm gegen den Lärm zu. Von draußen gaben uns meine Jungs Deckung und schossen ohne Ende gegen die Tür. Ich kletterte über die zerstörte Decke, die mich die ganze Zeit über von ihr getrennt hatte, in die Nebenzelle.

»Was zum Teufel wird das, Alter?«

Spikes aufgebrachte Frage kam nur bedingt bei mir an. Die Zelle war leer.

Die wohlplatzierte Bombe hatte ein riesiges Loch gesprengt. So groß, dass auch ihre Zelle nun einen Ausgang besaß, allerdings stand das Gitter ihrer Zelle noch. Es gab also nur eine Richtung, in die sie geflohen sein konnte.

Die Erleichterung, dass sie es rausgeschafft hatte, war groß.

»Dex!«

Ohne auf Spike zu reagieren, sprang ich über das Geröll hinaus in die Finsternis. Es war also Nacht und wir befanden uns auf einem alten Industriegelände, wovon es Dutzende in Chicago gab.

Wenige Yard von uns entfernt standen zwei SUVs. Wie schlecht war das hier eigentlich bewacht? Die Outlaws mussten sich ziemlich sicher gefühlt haben. Idioten!

»Steig ein, Boss.«

Eagle kam auf uns zu und warf eine Handgranate in das Loch, das wenige Sekunden später eine weitere Explosion verursachte.

»Wir müssen erst ...« Ich blickte mich um, weil ich auf blondes Haar achtete. Aber es war hier so scheißdunkel, dass ich mehrmals blinzeln musste, um überhaupt etwas sehen zu können.

»Oh Fuck, Boss?«, sagte Eagle.

»Nenn mich nicht ...« Mir versagte die Stimme.

»Scheiße, er verliert Blut!«, rief Spike, der anscheinend auch wieder da war.

Während ich Schüsse hörte, weiteres Gebrüll und meine Beine den Geist aufgaben, dachte ich nur an blondes, langes Haar und ihre leise Stimme, die meinen Namen flüsterte.

»Dex von Dexter?«

»Dex von Dexton. Mein Vater hat ihn ausgesucht.«

»Mir gefällt er.«

»Hm?«

»Und dein Name?«

Sie hatte ihn mir nicht genannt und als mir das bewusst wurde, sackte ich wie ein verwundetes Tier zusammen.

Kapitel 4

Dex

»Jetzt sag mir nicht, dass er seinen Arm verliert!«

»Was?«

»Na sieh dir doch mal seine Schulter an, das kann doch nicht gesund sein!«

»Ja, aber gleich sein ganzer Arm? Gab es überhaupt jemals einen Pres mit nur einem Arm?«

»Sehe ich so aus, als wüsste ich das?«

»Dann googel doch!«

Definitiv träumte ich, denn das war ja nicht auszuhalten.

Spike und Ritchie schienen direkt vor mir zu diskutieren.

»Es gab da doch mal diesen Chinesen, der nur mit einem Bein ...«

»Alter, Spike! Nur ein Bein? Ernsthaft?«

»Was denn? Das war 'ne Doku und ...«

»Gentleman«, mischte sich jetzt eine markante, ältere Stimme ein.

Doc. Er war hier. Dann war es wirklich ernst.

»Ich versuche mich hier gerade zu konzentrieren und ...«

»Oh, sorry, Doc. Wir wollen ja nicht, dass Sie mit den Dingern ausrutschen und dann aus Dex doch noch einen

Einarmigen machen!«, erklärte Spike mit einem Hauch Panik in der Stimme.

Deswegen öffnete ich jetzt langsam die Lider und stöhnte sofort auf, weil die Lampe, die mir direkt in die Augen schien, kein nettes Empfangskomitee war.

»Fuck!«

»Ganz ruhig, Dex. Bleib ruhig liegen«, bat mich der Doc.

Selbst wenn ich aufstehen wollte, hätte ich nicht die Kraft dazu gehabt.

Meine Schulter spannte und ich fühlte mich, als wäre mir ein Laster über den Körper gefahren. Was zum Teufel war passiert?

Ich identifizierte das Zimmer. Es war die Küche und ich lag auf dem Esstisch.

»Wir mussten uns beeilen, Boss. Du bist uns fast verblutet«, erklärte Ritchie, unser Secretary, der Buchhalter des Clubs.

»Verblutet?«, fragte ich irritiert nach.

Spike machte mit den Händen eine Kugel und ließ sie dann gespielt langsam explodieren, dabei machte er Geräusche wie ein schlechter Laserschwert-Imitator.

»Der Stich war nicht tief, weil er einen Knochen getroffen hat, Dex«, erläuterte jetzt der Doc. Ich versuchte zu sehen, was er mit mir machte. Meine Kutte lag irgendwo in dem Loch und war vermutlich explodiert. Das Shirt, das ich noch getragen hatte, war allerdings verschwunden und meine halbe Brust voller Blut. Das war verdammt viel Blut.

»Ein Knochensplitter hat die Arterie verletzt.«

»Splitter?«, fragte ich, immer noch verwirrt.

Erst jetzt bemerkte ich, dass meine Stimme verwaschen klang und ich kaum ganze Wörter aussprechen konnte.

Doc sah auf und drehte die Lampe in eine andere Richtung, um mich anzusehen.

Er war knapp siebzig und längst seine Approbation los. Das aber auch nur, weil er dem Vergewaltiger seiner Nichte nicht geholfen hatte, über die Straße zu gehen. Was konnte Doc denn dafür, dass er anscheinend einen Vierzigtonner übersah? Er war auch der einzige Zivilist, der nicht zum Club gehörte und doch bei jedem Scheiß gerufen wurde.

»Bleib ruhig, Junge. Wir werden das schon hinkriegen.«

Doc drückte mich wieder auf den Tisch zurück, weil ich aufstehen wollte.

Fuck! Ich wollte hier raus.

»Wo ist sie?«

Ich sah zu Spike und Ritchie, die sich jetzt fragend anstarrten.

»Jetzt fängt er schon wieder an von *ihr* zu reden«, hörte ich Spike besorgt flüstern.

»Womöglich die Medikamente«, mutmaßte Ritchie.

»Ja, aber er hat schon vorhin von *ihr* gesprochen!«

»Keine Ahnung, Mann! Womöglich träumt er sich nach der Scheiße in so eine Art Paralleluniversum.«

»Sowas wie Narnia?«

»Scheiße, was?«

Ritchie und Spike waren wie Feuer und Wasser. Der eine besaß seine Bücher und war zufrieden, der andere nahm seine Waffe sogar mit in die Dusche. Beide konnten nicht über den Tellerrand schauen. Im Endeffekt hieß das: Beide waren Nervensägen!

»Wo ist sie?«

Ich drückte mich hoch, ignorierte den Protest des Docs und schwankte bedenklich lang, bis ich Spike und Ritchie wieder vor mir sah, ohne dass sie ständig verschwammen.

»Boss, wir wissen nicht …«

»Verdammte Scheiße, ich bin nicht der Boss. Wo ist mein alter Herr?«

Spike sah zum Doc und wirkte leicht verzweifelt. Ritchie starrte auf den Boden, statt mich anzusehen.

»Er ist tot, Dex«, hörte ich Eagles Stimme von der Tür.

Ich ließ mir nichts anmerken, außer dass ich schlucken musste.

»Du bist keine zwölf Stunden verschwunden gewesen, da traf ihn eine Kugel in den Kopf«, redete Eagle weiter und kam in die Küche herein.

»Die Outlaws«, gab ich von mir und presste die Kiefer aufeinander.

»Ja.«

»Wir müssen …«

Eagle hielt mich auf, bevor ich gänzlich vom Tisch rutschte. Er packte meine unversehrte Schulter und sah mich konzentriert an.

»Es wird Krieg geben, da bin ich ganz bei dir, Bruder. Aber jetzt ist es erst einmal wichtig, dass unser Pres den Arm behält.«

Unser Pres?

Ich blickte zu Spike und Ritchie, die keine Miene verzogen. Sie alle trugen die Kutte mit dem fliegenden Dämon auf dem Rücken. Unserem Clublogo.

Eagle blickte mich eindringlich an, dann legte ich mich wieder hin.

»Ich hab's gleich«, kommentierte Doc, während ich zu Eagle sah, der verbissen wirkte.

Mein ganzes Leben lang hatte ich zu Leo, meinem Vater, aufgesehen. Und je älter ich wurde, desto wütender wurde ich auf ihn. Er hatte seinen Chapter mit so viel Toleranz geführt, wie er konnte, und doch wollte ich nicht viel damit zu tun haben, bis er mich vor drei Jahren zum Vize machte. Danach wurde unsere Beziehung immer schwieriger, falls das überhaupt noch möglich war. Ich wollte Frieden, er wollte kämpfen und jetzt sah man, was es ihm gebracht hatte. Seine Feinde konnten ihm eine Kugel in den Kopf schießen, weil ich so dumm gewesen war, mich schnappen zu lassen.

»Egal was du denkst, es ist nicht deine Schuld.«

Eagle kannte mich zu gut. Wir waren zusammen aufgewachsen. Seine Mom war zwar keine Old Lady gewesen, aber sie wurde hier geachtet. Dann starb sie und Eagle wurde Prospect. Seit zwanzig Jahren nun war er bereits Member und hatte sich mittlerweile hochgearbeitet, gehörte neben Spike zu unseren Waffenmeistern. Nun würde er Vize werden, darüber würde ich nicht mal diskutieren wollen. Er war jetzt meine rechte Hand.

»O mein Gott! Wo ist er?«

Spike gab einen undefinierbaren Laut von sich und Eagle schenkte mir einen Warum-zum-Teufel-musstest-du-sie-unbedingt-vögeln-Blick.

Cara drückte sich auf mich drauf und ich ächzte erst einmal, während der Doc genervt nach Luft schnappte.

»Tut mir leid, Dex. Tut es sehr weh?«

Cara fummelte an meinem Gürtel herum, an meinem Bauch ...

»Ähm, Cara, du solltest dich ...«

Eagle kam nicht mal dazu, den Satz zu Ende zu sprechen, da fuhr sie ihm schon dazwischen.

»Dex ist verletzt, Eagle. Er braucht mich.«

Sie küsste mich und ich verzog das Gesicht, weil mir ihr aufdringliches Parfum, das alle Schlampen im Club trugen, um Pott und den Geruch von Sex und Schweiß zu überdecken, in die Nase stieg.

»Was kann ich tun? Wie kann ich ...«

Cara drückte meine Hand mit ihren langen, pedikürten Fingernägeln. Ich starrte auf unsere Finger.

Ihre Hände waren warm und schwitzig. Etwas, das mir nie aufgefallen wäre, hätte ich nicht bereits gespürt, wie wahnsinnig berauschend es sein konnte, die richtige Hand zu halten.

Die Berührung unserer Finger in dieser Zelle dauerte

gerade mal fünf Sekunden an. Mehr bekam ich nicht und doch fühlte ich Dinge, die für Männer in meiner Branche normalerweise unerreichbar waren.

Es war wie ein Kick, den mein Körper bekam. Ein Ruck war wortwörtlich durch mich hindurchgegangen, obwohl ich auf der anderen Seite der Zelle saß und erstarrte, weil ich nicht wusste, weshalb ich so stark auf jemanden reagierte. Dazu kam noch dieser schnelle Herzschlag. Bevor ich überhaupt realisieren konnte, was da mit mir geschah, war ihre Hand verschwunden. Genauso die Wärme ihrer Haut und ihrer schlanken Finger, die über meine Tattoos gestrichen hatten, weil sie deren Bedeutung nicht kannte.

Aber jetzt, blutend auf meinem Esszimmertisch und mit der falschen Hand in meiner, wusste ich, was das bedeutete.

»Dex?«

Es war nicht *ihre* Stimme, die mich aus meinen eigenen Gedanken herausriss.

Cara war dunkelhaarig, besaß lange, gebogene Wimpern und Lippen, die so manchem Mann den Verstand raubten.

Sie war eine der schönsten Schlampen im Club. Sie wusste das und deswegen gab sie sich nicht mit den Prospects ab, auch wenn sie eigentlich für jeden zur Verfügung stehen musste. Aber Cara hatte immer mehr gewollt, sie wollte eine Kutte tragen und das konnte sie nur, wenn sie zur Old Lady wurde.

Mir war klar, warum sie mir seit über einem Jahr

hinterherrannte. Aber sie würde nie meine Old Lady werden.

Bevor ich in dieser Zelle gelandet war, war ich mir sicher, überhaupt niemals eine Old Lady zu wollen. Jetzt wusste ich, dass es nur eine gab, die es je sein könnte.

»Verschwinde, Cara.«

»Was?«

Ihre großen Augen wurden noch größer.

»Du hast ihn gehört, verschwinde«, redete Eagle für mich weiter, weil er wusste, dass ich es ernst meinte. Und so wütend, wie der Doc aussah, wäre es wohl zu gefährlich, noch einmal aufzustehen, um eine kleine Schlampe in ihre Schranken zu weisen.

»Aber …« Cara versuchte es mit ihren großen Kulleraugen, doch da ihr Lippenstift leicht verschmiert war, wusste ich, dass die Sorge um mich nicht so groß gewesen sein konnte, wie sie mir weismachen wollte.

»Komm.«

Eagle zog sie am Ellbogen zu Spike, der sie einfach hinaustrug.

Es dauerte noch eine ganze Weile, bis der Doc sich seufzend von meinem Arm entfernte und sich über die schweißnasse Stirn fuhr.

»So, die Wunde ist versorgt. Lass da bloß nichts drankommen, Junge.«

Er gab mir Pillen, ermahnte mich noch weitere fünf Minuten und ging dann mit Moe, der gekommen war, um den Doc zu bezahlen.

Ritchie verschwand auch, weil Eagle und ich einiges zu besprechen hatten.

Ich setzte mich auf, presste allerdings den Kiefer zusammen, denn die Scheißwunde schmerzte immer noch höllisch.

Erst jetzt bemerkte ich die gefühlt tausend Kompressen voller Blut auf dem Boden. Was war das hier? Der Schlachthof?

»Ja, es war ziemlich knapp«, kommentierte Eagle meinen Blick.

»Hat sich nicht so angefühlt«, behauptete ich, obwohl ich bemerkt hatte, dass ich in der Zelle viel Blut verloren hatte.

»Na klar.« Er glaubte mir nicht und zog sich eine Kippe aus der Kutte. Er hielt mir auch eine hin, die ich dankbar annahm. Dann warf er mir das Feuerzeug zu, ich zündete sie mir an und nahm einen langen Zug.

»Vergeltung«, murmelte ich und Eagle runzelte die Stirn, da ich »eine überlegte Vergeltung« hinzufügte.

Sein Blick sagte alles.

»Dex, denk nach. Du hast dich in diese Scheiße gebracht, weil du wie sein Sohn gedacht hast. Ich meine, ich hab die Rothaarige gesehen, aber dass sie es gleich schafft, dich k. o. zu kriegen?«

»Wo ist sie?«, fragte ich wütend nach.

»Begraben. Hätte sie nicht gesungen, hätten wir dich womöglich gar nicht gefunden.«

Ein Gedanke, über den ich besser nicht nachdenken wollte.

»Du musst jetzt nicht wie sein Sohn denken, sondern wie ein Anführer.«

Eagle war immer der erwachsenere von uns beiden gewesen. Während er darauf wartete, den nächsten Auftrag von Dad zu bekommen, saß ich auf meinem Bike und versuchte, dem hier zu entkommen.

»Was schlägst du vor?«, fragte ich und zog noch einmal an meiner Kippe.

Meine Nerven beruhigten sich langsam, auch wenn die Schulter wohl eine Weile noch Mucken machen würde.

»Sofortige Vergeltung. Wir müssen zurückschlagen. Sofort!«

Ich nahm noch einen Zug von der Zigarette und dachte darüber nach. Wie würde wohl Blondie darüber denken? Sie würde es anders angehen, Dinge hinterfragen, abwägen.

»Wir müssen den Club stabilisieren, unseren Partnern und den Gegnern klar machen, dass uns das nicht geschwächt hat«, erklärte ich.

Eagle schien kurz darüber nachzudenken. Gerade hatte ich seine Ideale in die Tonne geworfen.

»Es wird Zeit, dass du uns alle ins 21. Jahrhundert führst«, sagte er dann plötzlich.

Ich hätte nachfragen sollen, was er damit meinte, aber wir beide kannten die vielen veralteten Regeln meines Vaters. Darüber konnte man später noch reden.

»Wir begraben meinen alten Herrn und feiern, was er geschaffen hat«, erklärte ich so ruhig wie möglich.

Eagle sagte nichts, was im Grunde ein Einverständnis war, dass er dieselbe Meinung hatte wie ich.

»Ice hat ihn getötet, er hat es mir in der Zelle mehr oder weniger erzählt.«

Eagle nickte und zog mit viel Wut im Gesicht an seiner eigenen Kippe.

»Keine Ahnung, was der Pisser vorhat, aber …«

»Kyle, der Pres der Outlaws, ist gestern Nacht abgekratzt. Angeblich Herzinfarkt«, informierte Eagle mich.

»Angeblich?« Das war interessant. Versuchte Ice sich durch Mord zum Pres zu machen? Anscheinend war ihm das gelungen.

»Das wird noch spaßig werden«, grinste Eagle, weil er immer Bock auf ordentlichen Krach hatte.

»Er hatte eine Frau in dem alten Lagerviertel gefangen.«

Jetzt wurde Eagle hellhörig, aber ich sah ihn nicht an. Ich starrte vor mich hin und dachte an das blonde Haar, das ich kurzzeitig berühren konnte.

»Sie konnte fliehen. Keine Ahnung, wie sie das geschafft hat bei dem Beschuss.«

»Ach, das war sie?«, fragte Eagle und pfiff beeindruckt.

»Hm?«

»Zwei unserer Prospects sollten an der Seite darauf achten, dass niemand kommt. Sie wurden ausgeknockt, lagen einfach auf dem Boden.«

Ich bekam den Mund nicht mehr zu.

»Hätte einer der Outlaws sie niedergeschlagen, wären sie tot«, redete Eagle weiter und er hatte recht damit.

»Sie muss direkt nach der Explosion rausgerannt sein. Mutig.«

Mutig oder dumm. Beides gefiel mir nicht sonderlich, wenn es sie in Gefahr gebracht hatte.

»Ich will sie ...«

Eagle zog eine Augenbraue fragend in die Höhe.

»... finden.«

Einen langen Augenblick schaute mein bester Mann und Freund mich einfach nur an, dann nickte er aber, als wäre ihm klar, wie wichtig mir das war.

»Wird erledigt.«

Kapitel 5

Drei Monate später

Dex

Der Geruch von Vanille war das erste, was mir unangenehm in die Nase stieg.

Fuck. Nicht schon wieder.

»Mmmmh.«

Das leise, zufriedene Summen an meinem Hals war genauso unangenehm.

»Scheiße!«

Ich drückte Cara von mir weg und wollte sie nicht mal ansehen, aber da sie praktisch in mich hineingekrochen war, grinste sie nur, zufrieden wegen der letzten Nacht.

»Noch eine Runde, großer, böser Anführer?«

Der Stolz, mich wieder mal besoffen eingefangen zu haben, stand in ihren vor Wimperntusche verschmierten Augen.

Wir lagen auf meiner Couch. Sie völlig nackt, ich trug zumindest noch meine Jeans.

Seufzend fuhr ich mir durch mein Haar. Gestern hatte ich wieder zu viel getrunken, nachdem wir wieder mal nichts in Erfahrungen bringen konnten.

»Dex?« Ihre Krallen kratzten an meiner Brust.

»Cara, lass es«, erklärte ich und setzte mich auf. Dabei flog sie fast von der Couch, konnte sich aber noch retten.

»Hey! Was ist denn ...«

»Ist dir nicht in den Sinn gekommen, dass ich gestern besoffen war? Was glaubst du, was besoffene, große und böse Anführer so anstellen, hm? Genau, sie treiben es mit der Falschen!«

Entsetzt – als wäre sie wirklich überrascht – starrte sie mich an und griff sich ihren kurzen Rock und die Bluse, die auf dem Boden lagen.

Während sie sich anzog, stand ich auf und schwankte mehr, als dass ich ins angrenzende Bad lief.

Ich entleerte schnell meine volle Blase und schüttete mir danach gefühlt mehrere Liter Wasser ins Gesicht. Mein Kopf meldete gerade Schmerzen an und ich massierte meinen steifen Nacken.

»Was ist eigentlich los mit dir?«

Cara lehnte sich – Gott sei Dank angezogen – an den Türrahmen zum Bad und musterte mich mit verschränkten Armen.

Allein dass sie sich traute, mich zu fragen, sagte schon zu viel aus.

»Du rührst keine andere an, aber mich lässt du an dich ran.«

So etwas wie Hoffnung war aus ihrer Stimme zu hören.

»Ich lass dich an meinem Körper ran, Cara. Das ist ein feiner Unterschied.«

»Ja, aber ...«

»Was aber?«, fuhr ich sie an, weil ich diese Diskussion sicherlich nicht mit ihr führen würde. »Du bist ein leichtes Mädchen in diesem Club. Keine verdammte Old Lady. Und wenn du denkst, dass ich ein besonderes Interesse an dir hätte ... Nope, daran liegt es nicht.« Schnell riss ich mir die Kutte von der Tür, an der sie hing und zog sie über.

Dann lief ich an ihr vorbei und öffnete meine Tür.

»Und woran liegt es bitte dann? Du willst mich, Dex!«

Ich biss die Zähne zusammen, knallte die Tür zu und ging noch einmal zu ihr. Aber nicht, um mir ein Küsschen abzuholen, und das wusste sie auch ganz genau. Cara blickte mich verängstigt an.

»Ich muss nicht mal die Hand heben und du gibst mir, was ich will. Einen warmen Körper, aber eine kalte Seele. Das bist du, Cara. Du hast den gesamten Club durch und denkst dir jetzt, da gibt es ja endlich diesen jungen Pres, der auch noch zu haben ist. Du bist leer, Cara. Es gibt nichts mehr in dir, das du irgendjemandem geben könntest.«

»Du verdammter ...«

Sie schrie und wollte sich auf mich stürzen, aber ich fing ihre dünnen Arme ab. Dann blickte ich ihr fest in die Augen.

»Nimm es nicht persönlich. Ich bin genauso. Das macht dieses Leben. Also denk nicht, dass ich mich als etwas Besseres sehe. Das bin ich nicht, ob Pres oder nicht. Aber ich will mehr als diese Kälte. Mehr als du jemals geben kannst. Kapierst du das?«

So wütend, wie sie mich anstarrte, wollte sie es nicht kapieren.

Deswegen ließ ich sie los.

Ich drehte mich um und ging erneut zur Tür.

»Warum, Dex?«

Ich seufzte.

»Warum was?«

»Warum willst du mehr, als du verdienst?«, fragte sie mit schwacher Neugier, so, als wüsste sie bereits, dass ich nicht antworten würde.

Aber ich wollte ihr antworten.

Cara war bereits seit Jahren bei uns. Sie war um einiges älter als ich und kannte nichts anderes. Ihre versoffene Mom hatte ihren Vater erschossen, weil sie erst viele Jahre später verstand, was er mit Cara getrieben hatte. Und selbst Cara begriff, dass es so nicht weitergehen konnte.

Deswegen war sie in letzter Zeit so heiß darauf, mich einzufangen. Und da ich nun mal ein verlorenes Arschloch war, griff ich immer wieder zu.

Nein, das stimmte nicht wirklich.

Ich griff zu, weil sie die einzige Schlampe im Club war, die mich nicht an *Sie* erinnerte. Was schwachsinnig war, da ich nicht mal wusste, wie *Sie* aussah.

Ich hatte keinen Namen, keinen Anhaltspunkt. Ich wusste nichts und dieses Eingeständnis machte mich scheißwütend.

Deswegen sah ich erneut zu Cara rüber.

»Weil ich ein Demon bin, der sich die verdammte Welt

nimmt, wenn es sein muss, um das zu bekommen, was er will.«

»Und ich will dich!«, rief sie wütend aus, als hätte sie tatsächlich etwas zu sagen.

»Dunkelheit frisst Dunkelheit. Und du willst nicht gefressen werden, weil es dann nichts mehr gibt, was von dir übrig bleibt.«

Dann verzog ich mich, schloss die Tür und hoffte, dass dieser neue Tag besser wurde als der gestrige.

Ich lief den langen Flur entlang, ignorierte das Stöhnen, das Schreien und die lauten Matratzengeräusche. Als ich die Treppe herunterging, roch ich bereits den kalten Zigarettenqualm und bemerkte ein paar Prospects, die auf dem Boden eingepennt waren.

»Aufstehen!«

Pinky und Blue – unsere beiden Zwillinge – stöhnten genervt auf, als ich sie mit dem Fuß zur Seite schob, um zur Bar zu gelangen.

»Morgen, Dex«, begrüßte Ella mich und räumte weiter hinter der Theke auf.

Ella war die Old Lady von Moe und bereits ein Urgestein. Mit Mitte fünfzig hatte sie bereits mehr gesehen, als wir alle zusammen. Einschließlich Moe, der immer in seiner Werkstatt hing und die Welt gern ausschloss.

»Morgen.«

»Kaffee?« Sie lächelte nicht, sie neckte nicht. Also steckte ich in der Scheiße.

»Hast du mir was zu sagen?«, murmelte ich. »Warte,

falls ja, lass es. Ich bin dein Pres und damit eh vor deinen
…«

»Komm mir jetzt nicht mit deiner Position im Club,
Junge. Ich hab dir nicht nur die Windeln gewechselt, sondern …«

»Großer Scheiß, Ella! Es ist nicht mal zehn«, jammerte
ich, weil ich gerade auf die Uhr über der Bar gesehen hatte.

»Und jetzt gibt es eine Regel, dass ich dich erst nach
zehn zusammenscheißen kann, ja?«

Sie stellte mir einen Kaffee hin, weil sie wusste, dass ich
ohne nicht funktionierte.

Ella war fast wie eine Mom für mich, soweit es eben
möglich war. Meine eigene hatte mich vor dreißig Jahren
hier vor die Türschwelle gelegt und darauf gehofft, dass
mein alter Herr so etwas wie ein Herz besaß.

Ella war es, die mir beigebracht hatte, wie man Schnür-
senkel band, und die dafür sorgte, dass ich zumindest meinen Highschoolabschluss machte. Leo war eher der Typ,
der mir Kondome in die Tasche steckte, damit ich bloß
nicht mit irgendeinem Balg nach Hause kam.

Sie beide hatten mir auf die eine oder andere Art gezeigt, wie das Leben funktionierte.

*Geh gefälligst zur Schule, bevor du anfängst, geschützten
Sex zu haben.*

Der Kaffee schmeckte herb und war genau richtig.
Eine echte scheiß Wohltat, wenn ich an den äußerst be-
schissenen Weckdienst von Cara zurückdachte.

Eben diese Tussi kam die Treppe herunter, schenkte

mir noch einen wütenden Blick und verließ dann das Clubhaus.

»Wie lange willst du dir das eigentlich noch antun?«, riss mich Ellas Frage aus meinen Gedanken.

»Deinen Kaffee? Ella, du weißt doch, dass das die einzige Flüssigkeit ...«

»Neben Whisky«, redete sie mir dazwischen.

»Na siehst du! Du weißt doch schon, was mich glücklich macht. Was will man mehr?«

Ella polierte auffallend lang ein Glas, ohne mich dabei aus den Augen zu lassen.

»Du weißt aber auch, dass eine Frau wie Cara nicht so schnell aufgibt, oder? Und es hilft auch nicht, wenn du sie weiter durchnimmst.«

»Cara ist kein Problem.«

»Nein, weil du das Problem bist. Fick sie nicht, wenn du sie nicht willst. Diese Schlampe will mehr!«

»Scheiße, Ella, was soll das werden? Ich habe alles unter Kontrolle!«, fuhr ich sie wütend an.

»Morgen, Pres!«

Eagle kam ins Clubhaus und wirkte frisch und munter. Natürlich, er war vermutlich schon seit sechs Uhr auf.

Er bemerkte sofort die schlechte Stimmung zwischen uns.

»Alles klar hier?«

Ella schnaubte nur und polierte weiter das arme Glas.

»Gerücht ist übrigens gestreut«, sagte Eagle und schüttelte den Kopf, als er die beiden Prospects auf dem Boden pennen sah. Wenn es einen gab, für den Disziplin nicht nur ein Wort war, dann war es Eagle.

»Gut«, antwortete ich.

Nachdem wir meinen alten Herrn unter die Erde gebracht hatten, mussten wir erst mal beweisen, dass wir nicht geschwächt waren. Wir bauten unsere Geschäfte aus und suchten uns neue Partner im Westen. Mittlerweile hatten wir unseren Umsatz mit den Waffen- und Drogenverkäufen verdoppelt.

Und jetzt kümmerten wir uns um unser eigentliches Ziel – um die Rache am Tod unseres Pres'. Am Mord meines Vaters.

Eagle sollte bei den Mexikanern, mit denen wir seit Jahren ein gutes Geschäftsverhältnis besaßen, erwähnen, dass die Outlaws finanzielle Probleme hätten. Auch wenn die Whiteys verdammte Nazis waren, kauften sie unsere Waffen bei den Mexikanern. Selbstverständlich dachten sie, wir wüssten das nicht. Ihr Fehler.

Ice war nun der Pres der White Outlaws. Das überraschte mich nicht, da der Pisser auf Tote aus war. Er hatte seinen Pres irgendwie loswerden können und nun spielte der Pisser sich auf. Dumm war er nicht. Er hielt sich bedeckt, wartete vermutlich selbst noch darauf, dass wir endlich zur Vergeltung losschlugen. Aber wir ließen uns Zeit. Hauptsächlich weil ich diese Richtung gehen wollte und ... weil ich seit über drei Monaten immer noch nach *Ihr* suchte.

»Ich bin übrigens in Downtown gewesen und hab mich noch mal umgehört.«

Downtown wurde von den Outlaws gehalten. Es war schlichtweg lebensmüde, als Flying Demon dort herumzulaufen. Aber Eagle machte sich nie Gedanken über solche Dinge. Er führte Befehle aus.

»Und?«

Nur Eagle wusste wirklich über *Sie* Bescheid. Die restlichen Jungs hielten mich vermutlich für verrückt. Aber ein verrückter Anführer war nichts Neues.

»Niemand kennt eine junge, blonde Frau, die verschwunden ist.«

Auch wenn mir bewusst war, dass die Chance gering war, sie tatsächlich zu finden, hatte ich die Hoffnung nie aufgegeben.

Mit einem Haufen angestauter Wut schlug ich die Faust auf den Bartresen, so dass eine Schale mit Nüssen zu Boden flog und irre Krach machte.

Ella schenkte mir nur ein Stirnrunzeln.

»Wie war das? Du hast alles unter Kontrolle?«, fragte sie, wirkte aber keinesfalls beruhigt, sondern eher leicht genervt.

Seit drei Monaten fragten wir uns wie verdammte Pfadfinder durch die halbe Stadt. Selbst unser Computernerd Ty hatte nichts finden können.

Warum hatte sie mir nicht ihren Namen genannt?

Warum war sie überhaupt abgehauen?

Warum ging mir die Kleine nicht mehr aus dem Kopf?

Eagle hatte einige plausible Fragen gestellt, nachdem ihm klar wurde, dass ich selbst nach all den Wochen nicht aufhören würde, nach ihr zu suchen.

»Ich kann ja verstehen, dass du dir irgendwie Sorgen machst und so. Eine Frau hat in einer Zelle einfach nichts zu suchen. Aber sie ist abgehauen! Sie hätte auf dich warten können, hat sie aber nicht. Und was ist, wenn sie hässlich ist? Du weißt ja nicht mal, wie die Kleine aussieht!«

Er hatte alle Fakten aufgezählt, die ich nicht widerlegen konnte. Mein Instinkt sagte mir, dass die kleine, gesichtslose Frau mir den Atem nehmen würde, wenn ich vor ihr stünde. Ihre ruhige, zarte Stimme und diese scharfe Zunge würde ich wiedererkennen. Nur musste ich sie dazu finden.

Alles andere sollte sich ergeben, dafür würde ich sorgen.

Kapitel 6

Irgendwo und doch nicht weit entfernt

Lizzy

»B-bitte.«

»Du dämliche Schlampe willst plötzlich nicht mehr? Und warum hast du mir dann die ganze Zeit deine Titten ins Gesicht gehalten?«

»I-ich habe nicht …«

Ich entsicherte die Waffe und drückte sie dem Mistkerl an den Hinterkopf. Er erstarrte.

»Lass sie sofort los!«, sagte ich so ruhig wie irgend möglich.

Tanisha, die noch immer an die Hauswand gepresst stand, sah mich mit verweinten Augen an.

Oh Mann, Tanisha. Nicht schon wieder!

»Was willst du jetzt tun? Mich erschießen?«

Auch wenn der Typ vor mir fast zwei Meter groß war, wusste er, dass ich ihn töten könnte, wenn ich es wollte.

Er hob die Hände, entfernte sich aber nicht von ihr.

»Ich könnte es«, erwiderte ich, seufzte dann leise, weil ich die Schritte von Pablo hörte. »Aber für die Arbeit wird er schon bezahlt.«

Tanishas heutige Eroberung war mal wieder einer der Kerle, die kein Nein als Antwort akzeptierten.

Pablo, der genauso groß und breit gebaut war wie Mr. Stalker hier, griff sich den Kerl und zog ihn mit sich.

»Danke«, flüsterte Tanisha und rieb sich die Oberarme.

»Tanisha ... Was war jetzt bitte an dem Typ weniger gefährlich?«, fragte ich sie direkt.

»Ich ... ich dachte, er würde vielleicht viel Trinkgeld geben und ...«

Sie war eine wunderschöne, schlanke Brünette, die viel zu naiv war. Nur lernte sie leider Gottes nicht aus ihren Fehlern. Wobei Gott hiermit überhaupt nichts zu tun hatte. Dieses Viertel hatte er vollkommen sich selbst überlassen.

»Du befindest dich hinter dem Stripclub, zwischen Mülltonnen, Tanisha. Was denkst du dir nur, mit fremden Typen hier hinzugehen? Du kannst von Glück sagen, dass ich euch gefolgt bin!«, fuhr ich sie verärgert an.

»Ich weiß, tut mir ...«

Ich hob müde die Hand.

»Wenn du diese Woche noch einmal sagst, dass es dir leidtut, dann ... Wir haben erst Mittwoch und du hast deine Ausreden für diese Woche bereits aufgebraucht. Jetzt komm rein und schlepp nicht wieder irgendeinen Gast ab, okay? Zieh deine Schicht durch und dann fährst du nach Hause. Allein!«

Tanisha verdrehte die Augen, als würde ich mit einem unartigen Kind reden.

Vermutlich war der Vergleich gar nicht mal so weit von der Wahrheit entfernt.

Da sie sich nicht bewegte und meine Pause gleich zu Ende war, zog ich sie einfach an der Hand mit mir und ging wieder in den Club. Wir liefen an den Umkleideräumen der Tänzerinnen vorbei, und bemerkten unseren Boss Bill, wie er gerade mit irgendeiner von eben diesen Tänzerinnen rummachte und dann schnell in die eklig kleine Toilette mit ihr verschwand.

Da Bill eben einen wegstecken musste, war die Bar augenscheinlich nicht mehr besetzt und deswegen übernahm ich die Theke, nachdem ich die Waffe wieder abgelegt hatte.

»Was willst du trinken?«, fragte ich den Biker, der sich suchend nach der Bedienung umschaute.

Als er mich sah, wirkte er nicht glücklicher.

Ah, ein kleiner Brummbär.

»Wodka auf Eis.«

Tanisha stand zwar auch hinter der Bar, wirkte aber völlig fehl am Platz.

»Geh nach Hause«, rief ich ihr durch die laute Musik zu.

»Das kann ich nicht«, jammerte sie.

»Ach echt? Dann arbeite, denn sonst stehst du mir die halbe Nacht nur im Weg herum.«

Ich stellte dem Brummbär seinen Wodka auf Eis hin und bediente weiter, da sich mittlerweile eine Schlange gebildet hatte. Nach einer kurzen Auszeit raffte Tanisha sich auf und half doch mit.

So ging das eine ganze Weile und das Trinkgeld häufte

sich. Ich war zufrieden und kam meinem Ziel heute erneut ein Stück näher.

Seit fast drei Monaten schuftete ich hier. Zuerst dachte ich, ich könnte das Geld für neue Pässe auch mit einem Job in einem Supermarkt am Rande der Stadt beschaffen. Aber bei dem Stundenlohn hätte ich in zehn Jahren noch nicht genug Geld beisammen. Und dann fiel mir das Schild hier vor der Tür auf. Man suchte Barkeeper und ich hatte zumindest bei den Outlaws etwas Erfahrungen sammeln können. Kyle hatte das nicht gut gefunden, aber ich hatte schon immer meinen Kopf durchsetzen können. Zumindest meistens.

Gerade hatte unsere begehrteste Tänzerin Maria ihren großen Auftritt. Sie besaß fast einen Meter zwanzig lange Beine, trug die wirklich ausgefallensten Kostüme und sorgte immer für eine sehr abwechslungsreiche Show. Jetzt ließ sie es laut Knallen und dann quoll Rauch aus den Säulen auf der Bühne.

Ich erschrak, weil ich das Geräusch nicht hatte kommen sehen.

Dabei ließ ich ein Glas fallen, das auf dem Boden zerschellte.

»Mist!«

Erneut knallte es und ich fühlte mich zurückversetzt.

Überall war da dieser Rauch. Ich konnte nichts sehen und hielt die Augen geschlossen, während mein Körper einfach nur funktionierte. Ich bewegte mich fort und lief wie eine Verirrte herum – die ich nun mal war, weil ich nichts sehen konnte. Erst als die Sicht besser wurde und ich aus der Zelle stolperte, hörte ich die vielen Schüsse.

Ich räusperte mich, weil der Rauch in meine Kehle eindrang und rannte los. Direkt in starke Arme, die mich fest umklammerten.

»Na, wen haben wir ...« Er trug eine Kutte. Gehörte er zu den Outlaws?

Erneut funktionierte ich. Ich stach dem Typen meine Finger in die Augen und als er heulend auf die Knie fiel, schlug ich ihm meinen Ellbogen ins Gesicht. Er sackte bewusstlos zu Boden.

»Was zum Teufel?« Er war nicht allein und schon trat ich seinem Kollegen reflexartig meinen Fuß zwischen die Beine. Der Kerl heulte auf wie ein Hund und auch ihn schlug ich k. o.

Ich sah mich nicht um, während das Knallen der Kugeln um mich herum immer leiser wurde. Stundenlang war ich in der Gegend herumgelaufen, bis ich die Chance hatte, eine Brieftasche zu klauen, um mir ein schäbiges Hotelzimmer zu nehmen; ich musste dringend meine Optionen abwägen.

Es war klar, dass ich hier wegmusste, aber ohne ausreichend Geld und neuen Dokumenten würde Ice mich sofort finden.

Kurz überlegte ich, zu den Flying Demons zu gehen. Wenn Bikerboy dort wäre, würde er mir vielleicht helfen – es sei denn, er hatte es nicht geschafft und war bei der Explosion umgekommen. Jedes Mal wenn ich über diese Option nachdachte, erzitterte ich.

Ich kannte ihn nicht, auch wenn wir in diesen Zellen so etwas wie Freunde auf Zeit geworden waren.

»Alles okay, Lucy?«

Ich hatte mir logischerweise einen falschen Namen zugelegt.

Tanisha war gerade dabei die Glassplitter vor meinen Füßen aufzufegen.

»Du hast dich ganz schön erschreckt«, sagte sie und schaute mich ein wenig verständnislos an.

»Ich hab's nur nicht kommen sehen. Das ist alles«, murmelte ich.

»Das macht den Überraschungsmoment aus«, mischte sich jetzt diese brummende Stimme ein.

Der Typ mit dem Wodka auf Eis saß noch immer am Tresen und beobachtete uns.

Er war schon etwas älter, obwohl er augenscheinlich zu einem Motorradclub gehörte. Da er weder einen rasierten Schädel hatte noch darauf wartete, mir eine Kugel in den Kopf schießen zu können, gehörte er wohl nicht zu den Outlaws. Wobei die sich auch nicht in den Norden trauten. Es war nicht ihr Gebiet.

Ich blickte auf die Kutte, die er trug. Als erstes fiel mir das angenähte Abzeichen auf.

Captain.

Und sein Name war Moe. Was für ein einfallsloser Name. Also Angst bekam ich jetzt nicht wirklich vor ihm, auch wenn er schaute, als würde er darauf warten, alle nur mit seinem Blick töten zu können.

»Noch einen?«, fragte Tanisha ihn und drückte sich so fest an die Theke, dass ihr großer Busen ins Auge stach.

Ich verdrehte die Augen, weil sie es erneut darauf anlegte, noch bis Ende dieser Woche im Lake Michigan als Wasserleiche zu treiben.

»Ich bin bedient«, antwortete er und sah sich wieder um, dabei fiel mein Blick auf die Rückenansicht seiner Kutte.

»Ein fliegender Dämon«, flüsterte ich überrascht.

»Was hast du gesagt?« Moe, der anscheinend ein hohes Tier bei den Flying Demons war – dank seiner vielen aufgenähten Patches, war das auch nicht schwer herausfinden - starrte mich konzentriert an. »Nichts«, flüsterte ich, immer noch geschockt von dem, was ich gesehen hatte.

Kannte er Bikerboy? Was machte er hier? Suchte man nach mir? Waren die Outlaws auch hier?

Mir war bewusst, das Bill Schutzgelder zahlte. Aber nicht an welchen Club!

Jetzt komm mal wieder runter, Liz. Ice wäre dumm, hier aufzutauchen, und woher sollte er wissen, wo ich mich aufhalte?

Plötzlich durchdrang ein lauter Schrei den Club und jeder Mann, der nur ansatzweise nach Gefahr roch, erhob sich und zuckte seine Waffe. Auch Moe war unter ihnen.

Die Musik wurde ausgeschaltet und Bill kam mit seinem weißen Hosenanzug auf die Bühne.

»Alles gut, Jungs. Maria ist nur gestolpert.«

»Man stolpert nicht einfach auf Fünfzehn-Zentimeter-Absätzen«, sagte Tanisha und hatte wohl recht damit. Denn Bill musste Maria tatsächlich auf den Arm nehmen und sie nach hinten bringen. Da unser Boss ein schwaches Bein hatte, dauerte seine gute Tat einige Zeit.

»Das war wohl eine sehr kurze Nummer. Bill wird fuchsteufelswild sein.«

Erneut traf es Tanisha auf den Punkt. Da sie offensichtlich gar nicht so dumm war, wieso brachte sie sich dann immer wieder in Lebensgefahr?

Bill gehörte der Club und Maria war für viele DER Grund überhaupt vorbeizuschauen. Sie hatte Schlangentanz oder so etwas unten in Brasilien gelernt und die Typen standen auf biegsames Material.

Moe setzte sich indes wieder an die Theke.

Wenige Sekunden später tauchte Bill hinter der Bar auf und goss sich schnell einen Kurzen ein. Den kippte er sich schnell runter und dann holte er tief Luft.

»Der Abend ist eine Katastrophe.«

»Hat Maria sich schwer verletzt?«, fragte ich ihn.

Bill blickte mich leicht verwirrt an. »Verletzt? Ach, der Fuß ist wohl gebrochen, aber die Einnahmen! Die Einnahmen sind futsch, wenn ich keinen Ersatz finde.«

Ja, Hauptsache die Einnahmen brechen nicht ein.

»Was ist mit Eva?«, fragte Tanisha.

Eva war nach Maria auch nicht schlecht anzusehen. Ihre Adam und Eva-Show war legendär. Vor allem die echte Schlange, mit der sie auf der Bühne spielte, hatte etwas für sich.

»Eva ist im Urlaub. Scheiße, ihre Titten hätten wenigstens den Verlust etwas geschmälert.«

Wir sahen gerade dabei zu, wie eine größere Männergruppe den Club verließ. Bill klatschte vor Wut auf den Tresen.

Plötzlich spürte ich Tanishas Ellbogen in meiner Seite.

»Autsch!«

»Das ist deine Chance«, flüsterte sie mir so unauffällig wie nur möglich zu.

»Was?«, fragte ich verwirrt.

Dann machte sie irgendetwas Merkwürdiges mit den Augen. Sie rollte sie, dann sah es so aus, als würde sie blinzeln, um dann mit dem Kinn zur Bühne zu zeigen.

»Bist du high?«

Tanisha verdrehte erneut die Augen.

»Du kannst tanzen, du Dummerchen!«

Bill sah zu mir, selbst Moe blickte mich interessiert an und ich ... ich schnaubte, weil das einfach nur ein sehr schlechter Scherz sein sollte.

»Nein«, lachte ich und sah zu Bill, der mich jetzt aufmerksam musterte.

»Nein!« Ich klang nachdrücklicher.

»Du hattest doch mal erwähnt, dass du irgendeine Tanzausbildung hattest, oder nicht?«, fragte Bill.

»Ich ... Ich hab professionell getanzt, ja. Aber ich ...

»Wir könnten dich als Newcomer bringen lassen. Was Neues. Darauf steht die Kundschaft. Frischfleisch.« Bill grinste und sein Zungenpiercing leuchtete kurz auf. Er besaß nicht nur einen wirklich sehr fragwürdigen Geschmack, wenn man an den weißen und gestern an den knallroten Anzug dachte. Der Typ war ein Geier. Er roch Geld, wo es sonst niemand tat, und jetzt sah er mich mit diesen glänzenden Augen an, als würden mir gleich Scheinchenbündel aus dem Ausschnitt kriechen.

»Ich geb dir 250 für einen Auftritt.«

250 Mäuse?

»300«, korrigierte ich schnell, weil ich wusste, was er Maria zahlte. Und verzweifelte Männer waren bereit, viel mehr zu zahlen, wenn es um genauso viel ging.

Bill plusterte seine Wangen auf, nickte dann aber.

»Gut, dafür will ich aber einen geilen Lapdance sehen, Lucy. Und wehe, du enttäuschst mich.«

Bill blickte auf seine goldverchromte Uhr.

»Okay, wir machen zehn Minuten Pause, dann hast du deinen Auftritt. Geh nach hinten zu Manni und sorg dafür, dass ich das hier nicht bereue.«

Bill verschwand wieder, um irgendwo anders zu randalieren, und ich konnte wieder atmen.

»Ist das nicht aufregend?«, quiekte Tanisha laut und klatschte vor Freude in die Hände.

Ich grinste aufgesetzt.

Sie hätte wirklich nach Hause fahren sollen.

»Dir ist schon klar, dass Ballett rein gar nichts mit Tanzen an der Stange zu tun hat, oder?«

»Nein? Ich dachte, ihr übt auch an einem Spiegel und ...«

»Das ist etwas anderes«, fuhr ich ihr dazwischen, auch wenn sie irgendwie recht hatte.

Es war meine Chance, 300 Dollar zu verdienen! Für nur einen Auftritt.

Ich schaffe das!

Wenige Minuten später stand ich vor dem Spiegel und starrte mich selbst an.

Ich trug Nieten! Das erste Mal in meinem Leben. Meine Nippel wurden gerade so von dem schwarzen Leder verdeckt und mein Höschen war ... In einigen Bundesstaaten wäre dieses Accessoire wohl auch illegal. Hatte ich schon die High Heels erwähnt? Nein, nun, mittlerweile verstand ich, warum Männer so großen Wert auf die Größe legten. Diese Schuhe waren der Overkill.

Wir standen in der Umkleidekabine, in der nur wenig los war. Draußen steppte der Bär.

»Gib es zu, du liebst es«, trällerte Sandy neben mir und kaute wie immer Kaugummi. Sie war zwar bereits Mitte vierzig, aber immer noch topfit als Tänzerin. Ihrer eigenen Aussage nach.

»Es ist ...«

Mein Sprachzentrum wollte es einfach nicht zugeben oder aussprechen. Irgendwas von beidem.

»Ich sehe aus wie eine Stripperin.«

»Ist deine Freundin dumm oder so etwas?«, hörte ich Sandy Tanisha fragen, die hinter mir stand und sich ein Kostüm nach dem anderen anschaute.

»Ich hab noch nie auf der Bühne gestanden«, erklärte ich ihr und fokussierte meine knallrot geschminkten Lippen.

»Aber tanzen kannst du, ja?«

»Sie tanzt Ballett«, antwortete Tanisha für mich, als hätte ich stolz darauf sein müssen.

»Ballett? Bill hat keine Ahnung, was er sich da angelacht hat, oder?« Sandy schnaubte und kaute genüsslich weiter auf ihrem Kaugummi herum, ohne mich dabei aus den Augen zu lassen.

»Was meinst du damit?«

»Ich meine damit, Süße ...« Sie stolzierte auf mich zu und grinste. »Das du nach Ärger stinkst. Ein Mädchen, das Ballett tanzt, verirrt sich nicht einfach in einen Club wie diesen.«

»Und?«

Ich funkelte sie herausfordernd an. Sandy war eine von vielen Tänzerinnen, die ihren Job machten. Nie hätte ich vermutet, dass sie viel über meine Situation nachdachte.

»Komm mal wieder runter. Du bist einfach nicht das typische Opfer, das hier Unterschlupf sucht. Das will ich damit sagen.«

»Das typische Opfer?«

Sie zuckte mit der Schulter und kramte in einer Box herum.

»Na, du weißt schon. Du heulst nicht heimlich in irgendeiner Ecke, weil es dir ja *so* schlimm ergangen ist. Einen Freier, der dich aushält, suchst du auch nicht und du setzt dich für andere ein.« Sandys kurzer Blick zu Tanisha, die sich noch immer die Kostüme anschaute, genügte, um klar zu machen, dass sie mitbekam, in was für dämliche Situationen sich meine Freundin immer reinritt.

»Hier.«

Sie warf mir etwas Schwarzes zu und ich fing es instinktiv auf.

Es war eine schwarze Perücke.

»Du solltest dein blondes Haar auf jeden Fall verdecken. Zu auffällig.«

Ich überlegte nicht, sondern band meine langen, blonden Haare zusammen und setzte sie mir sofort auf. Die Perücke war kinnlang, eine süße Bobfrisur, wenn ich meinem Spiegelbild trauen konnte. Aber da ich dazu noch diese Lederunterwäsche mit Nieten trug, war der Look eher herausfordernd und verdammt sexy.

»So kann ich dich rausgehen lassen«, erklärte Sandy, stellte sich hinter mich und wirkte zufrieden.

»Hast du noch weitere Tipps für mich?«

»Stolpere nicht.«

Das war alles?

Dex

Mit der Zunge schnalzend blickte ich mich mit Eagle im Club um.

Wo war Moe?

Ich musste nicht lang suchen, er kam schon auf uns zu.

»Das wurde aber auch Zeit, Pres.«

»Wir wurden aufgehalten«, erwiderte ich kurz und knapp. Dass Cara mal wieder eine riesen Szene gemacht hatte, wollte ich nicht erwähnen.

Sie hatte mich auf meinem Bike gesehen und war ausgeflippt.

»*Wohin willst du? Ich will mit dir reden.*«

Als das nichts half, versuchte sie wieder mal körperlich zu werden und ich hatte die Faxen dicke.

»*Wenn ich wieder da bin, bist du verschwunden.*«

Das hatte einen Heulkrampf ausgelöst und ich war selbstverständlich der Buhmann. Jetzt konnten die Prospects sich um den Scheiß kümmern. Sie waren gerade dabei, Cara vom Hof zu jagen, als ich mit Eagle zum Club gefahren war.

Und jetzt waren wir hier.

»Wo ist er?«, fragte ich direkt und sah mich um.

Ein paar Gäste saßen um die Bühne herum, und warteten auf die nächste Show. Die Bar war besetzt, aber ich entdeckte Bill nirgends.

»Er ist hinten, eine der Tänzerinnen hat sich verletzt und es ist ein süßes Telenovela-Drama draus geworden. Eine der Barkeeperinnen springt ein.«

Ich zog die Augenbraue in die Höhe. Normalerweise trennte Bill diese beiden Dinge.

»Holt ihn!«, befahl ich und setzte mich rechts in eine bequeme Sitzecke.

Eagle und Moe gingen nach hinten und benötigten nicht mal ein paar Minuten, da zogen sie Bill so unauffällig wie möglich zu mir.

»Was zum ...« Er bemerkte mich und verstummte.

Bill war kein Idiot. Er hatte immer rechtzeitig bezahlt und unser Anteil war groß. Seit einiger Zeit stagnierte das Geschäft, obwohl Ty, unser Computernerd, herausgefunden hatte, dass Bills Kontobewegungen etwas anderes aussagten.

»Setz dich, Bill.«

Obwohl ich wusste, dass er ein steifes Bein hatte, weil er vor Jahren eine Kugel abbekommen hatte, setzte er sich ohne Probleme hin.

Er war ein kleiner, gewiefter Geschäftsmann, der gerne extravagante Anzüge durch die Stadt trug. Seine Goldzähne waren das I-Tüpfelchen seiner Demonstration von Macht und Einfluss.

Und doch sah ich nur eines in seinem Blick, als ich mir eine Kippe anzündete und mich zurücklehnte.

Angst.

Moe blieb hinter ihm stehen, Eagle setzte sich neben mich.

»Warum, glaubst du, bin ich hier?«

»Ich weiß es nicht, Dex.« Er sah mir zwar in die Augen, aber die Angst war auch in seiner Stimme zu hören.

Das schummrige Licht konnte mir seine Reaktion nicht vorenthalten.

»Okay, anders.« Ich beugte mich leicht vor. »Warum glaubst du mir weismachen zu können, dass der Club nicht läuft?«

Bill sah zu Eagle, der gerade kalt wie ein Stein war. Er starrte Bill an, sah durch ihn hindurch, was auch immer. Ich übernahm die Gespräche, das Verhandeln und all den Kram. Eagle war Vize und meine Unterstützung. Er würde etwas sagen, wenn ich es wollte. Er würde schießen, wenn ich wollte. Eagle wäre der Letzte, der ihm helfen würde und wollte.

»Ehrlich, Dex, ich weiß nicht ...«

Ich schlug mit der Faust so fest auf die Tischplatte, dass nicht nur diese erzitterte, sondern auch Bill.

»Du glaubst wirklich, dass du mich verarschen kannst, oder? Dass du jetzt, da mein alter Herr Geschichte ist, die Hand aufhalten kannst, oder? Sprich dich aus, Bill. Wir sind doch unter uns.«

Ich lehnte mich zurück und steckte mir die Kippe zwischen die Lippen.

»Ich ... Dex, bitte. Du weißt, wie hart das Leben geworden ist. Ich ...«

»Ich. Ich. Ich. Mehr höre ich nicht, Bill. Versuch es noch mal.«

Bill schluckte erneut, fand kaum Worte und wenn, wusste er, dass es die Falschen wären. Nichts könnte helfen.

Plötzlich setzte Musik ein.

»Es gibt Mädchen ...«

»Hm?«

»Ich sagte, ich habe Mädchen, Dex. Sie würden dir zur Verfügung stehen. Such dir eine aus oder zwei, wenn es dir hilft, mir diesen Fehler durchgehen zu lassen.«

Bills Worte waren mutig. Mutig und dumm.

Ich sah zu Eagle, der nur mit der Schulter zuckte, weil er auch nicht wusste, was er davon halten sollte.

»Deinen Fehler durchgehen lassen? Du hast den Club um viel Geld gebracht. Dir ist schon klar, dass wir doppelt kassieren werden, ansonsten ist der Scheiß-Club hier Freiwild für die Outlaws oder die Mexikaner. Willst du das?«

»Nein!«, rief er so laut, dass er die Musik fast übertönte.

»Und biete mir nie wieder Mädchen an, die offensichtlich nicht wissen, worauf sie sich bei dir eingelassen haben, Bill. Nie wieder!«

Bill nickte immer wieder, als würde ihn das selbst beruhigen können.

Ich lehnte mich zurück, legte die Arme über die Polster der Lehne und zog an meiner Kippe.

»Bill, Bill. Was soll ich nur mit dir machen?«

»Du bekommst dein Geld.«

Etwas anderes wäre auch keine Option für ihn.

»Ich schwöre dir, Dex. Ich ...«

Es war nur ein beiläufiger Blick gewesen. Stripperinnen waren mit den Jahren, wenn man schon hunderte von ihnen an der Stange gesehen hatte, nicht interessant genug.

Ja, sah die Kleine ansehnlich aus, bezahlte man sie für eine private Nummer und vögelte sie dann vielleicht ordentlich durch. Aber es war nichts, was mich aus dem Takt brachte.

Aber dieses Mal war es eben genau das.

Meine Haut kribbelte, als ich diese dunkelhaarige Schönheit auf die Bühne gehen sah. Vermutlich trug sie eine Perücke, dazu eine silberne Augenmaske.

Sie stand erst nur breitbeinig auf der Bühne und begann dann, ihren Kopf zu kreisen. Ihre Schultern bewegten sich im leichten Rhythmus dazu und dann ging sie in die Knie, um sich zur selben Zeit wieder mit ihrem Arsch hochzuschieben.

Automatisch musste ich schlucken, als mein Blick über ihren restlichen Körper glitt.

Es waren Pfiffe zu hören, Gegröle und irgendwelche Zwischenrufe, die man bereits kannte.

Dann griff sie sich die Stange und tanzte daran herum, als würde sie das tagtäglich machen.

Irritiert runzelte ich die Stirn. Wer war sie?

»Du hast neue Tänzerinnen?«

Meine Frage kam für Bill überraschend.

»Sie springt für Maria ein.«

Ach ja, Moe hatte so etwas erwähnt.

Ihr Körper hing gestreckt an der Stange und offenbarte wieder, wie schön sie war.

Diese Kombi aus Leder und Nieten war der Hammer. Es verbarg kaum etwas, aber genug, um halb verrückt zu werden, weil jeder sehen wollte, was sich darunter verbarg.

Fuck! Jetzt vernebelt mir auch noch eine unbedeutende Tänzerin den Kopf. Das ist doch nicht zu fassen.

Mein Schwanz in der Hose begann sich auch zu regen. Das konnte ich jetzt überhaupt nicht gebrauchen!

Dann passierte das, was öfters geschah. Einer der Gäste dachte, er könnte mal zupacken.

Eines musste man der Vertretung lassen, sie blieb ruhig, als ein Milchbubi aufstand und ihren Fuß ergriff.

Bill bemerkte es auch, aber mit einem Handzeichen drückte Moe ihn zurück auf seinen Platz und kümmerte sich selbst um den Typen.

Moe schnalzte mit der Zunge und stellte sich direkt vor den Typen. Er ließ die Kleine los und setzte sich schnell wieder auf seinen Platz.

Sie tanzte weiter ihre Nummer und immer mehr Scheine flogen auf die Bühne.

Verdienterweise.

Bill war vergessen, während ich ihr dabei zusah, wie sie diesen Körper immer wieder an der Stange rieb, lehnte oder mit diesen Wahnsinnsbeinen umschlang.

Was würde sie tun, wenn sie diese um meine Hüfte schlingen würde?

Eine sehr, sehr interessante Idee.

»Dex?«

Eagle blickte mich nachdenklich an.

Ach ja. Wir waren wegen etwas anderem hier.

Ich sah zu Bill.

»Du hast zwei Tage Zeit, die fehlenden vier Riesen zu

beschaffen, Bill. Und um deiner Gesundheit willen, solltest du keinen Tag länger warten.«

Erst schien es so, als wollte Bill tatsächlich noch mal zeigen, dass er so etwas wie Eier besaß. Aber dann nickte er nur ergebend und enttäuschte mich etwas.

Gerade wäre ich sehr gern bereit dazu gewesen, ihm die Fresse zu polieren. Allein schon, weil ich herkommen musste, um ihm klar zu machen, dass ich mich von einem kleinen Clubbesitzer nicht zum Narren halten ließ.

Aber das dachte halt auch die halbe Stadt.

Es gab eine neue Führung, also meinten einige, sie könnten mal ausreizen, wie weit sie gehen konnten. Aber nicht mit mir und meinem Club.

Dafür, dass wir sie alle schützten, bekamen wir verdienterweise unseren Anteil. Und Bill hier verdiente mehr als genug. Das deckte Ty auf und das sagte mir auch die kleine Tänzerin, die gerade mit ihrem Arsch wackelte und mich dazu brachte, vor Wut auf die Innenseite meiner Wange zu beißen.

Was zum Teufel war das?

Es war nicht so, dass ich blaue Eier hätte.

Immerhin hatte Cara stets dafür gesorgt, dass zumindest mein Schwanz das Denken einstellen konnte.

Aber diese Reaktion? Das war doch vollkommen übertrieben. Sie war nur eine verdammte Stripperin, die ...

Plötzlich ertönten Schüsse von der Tür her. Wir reagierten instinktiv.

Moe drückte Bill auf die Sitzbank, wir zogen unsere

Waffen und schossen zur Tür, obwohl wir nichts sehen konnten.

Die Kellnerinnen schrien, versteckten sich ebenso wie die restlichen Gäste.

Obwohl die Musik noch lief, stand die Kleine mit der Maske auf der Bühne und starrte wie hypnotisiert zur Tür. Es war kein Schuss mehr zu hören, aber das hieß nicht, dass keiner mehr kommen würde.

»Unten bleiben!«, rief ich ihr also zu, damit sie keine Kugel in den Kopf einfing.

Ihr Blick schoss zu mir und obwohl ich ihre Augen von hier aus nicht sehen konnte, wusste ich, dass sie überrascht wirkte. Und erst dann kniete sie sich langsam hin. Von der Bühne springen konnte sie nicht, da sich dort die restlichen Gäste befanden.

»Moe, ruf die Prospects an«, brüllte ich ihm zu. Sie hätten draußen warten sollen. Vermutlich waren sie bereits alle tot, aber man wusste ja nic ...

»Eagle, Hinterausgang.«

Eagle zögerte nicht und verzog sich, die Waffe in der Hand, nach hinten.

»Was ... was soll ich machen? Meine einzige Security ist vor ...« Bill wirkte verstört, was ich verstehen konnte, da ein Angriff auf einen Club, den wir schützen sollten, nicht üblich war. Es sei denn, die Idioten da draußen wussten, dass wir hier waren. Und da unsere Bikes vor der Tür parkten, war die Wahrscheinlichkeit hoch, dass sie uns töten wollten.

»Vor der Tür. Ist mir bewusst«, antwortete ich Bill und kontrollierte meine Munition.

Erneut schoss jemand durch die Tür und jetzt auch durch die halbe Wand.

»Verflucht!«

Ich kniete mich auf den Boden.

»Runter! Alle!«

Das Kreischen und die Panik wurden immer größer.

Irgendeiner rief wohl auch bereits die Cops. Man konnte nur hoffen, dass Ty den Anruf abfing. Ich mahlte mit dem Kiefer.

Wir befanden uns wie auf dem Präsentierteller.

Und dann wurde die Tür geöffnet und etwas rollte hinein.

Konzentriert sah ich genau hin, was sie hineingeworfen hatten. Wenn es eine Handgranate war, dann waren wir ...

Plötzlich breitete sich Rauch im Club aus.

»Fuck!«

Sie wollten uns ausräuchern.

»Alle nach hinten!«, brüllte ich. Eagle hatte zwar noch nicht sein Go gegeben, aber es war der einzige Weg hier herauszukommen.

Die Leute rannten schreiend hinter die Bühne. Bill war auch irgendwann verschwunden.

Um den würde ich mich später kümmern.

»Los, gehen Sie!«

Die zarte weibliche Stimme kam mir bekannt vor. Die

Tänzerin, die noch immer die Augenmaske und diese Perücke trug, dirigierte die Leute hinaus. Sie wirkte nicht mal ansatzweise geschockt von der Schießerei. Womöglich war das für sie tägliches Brot. Chicago war ein hartes Pflaster.

Die Luft wurde stickiger und die Sicht immer eingeschränkter.

Als alle bereits zum Hinterausgang liefen, kam Eagle herangeeilt.

»Es sind die Outlaws. Sie warten draußen auf uns. Die Gäste lassen sie durch, weil sie bemerkt haben, dass wir nicht dabei sind«, teilte er mir mit.

Natürlich. Selbst Ice würde kein Massaker anrichten, nur um uns zu kriegen.

»Wie viele?«, fragte ich direkt.

»Mindestens dreißig, wenn nicht mehr.«

»Fuck!«

Im Augenwinkel bekam ich mit, wie die Tänzerin noch ein paar Gäste hinauswinkte. Keine Ahnung, wo sich Bill befand.

»Wir brauchen eine dritte Option«, teilte ich ihr mit und ging auf sie zu.

»Dritte Option?«

Diese weiche, zarte Stimme ...

Ich musste schnell wieder klar im Kopf werden.

»Einen anderen Ausgang.«

»Warum?«

So langsam verlor ich die Geduld. Ich war kein Schisser und stellte mich jeden Kampf, aber Ice würde unseren

90

Club überrennen, wenn er auch mich kalt stellte. Die Demons wären Geschichte und die Frauen ... wer wusste schon, was Ice mit ihnen anstellte.

»Gibt es einen, oder nicht?«, fragte ich sie genervt.

»Ihr könntet die Feuerleiter nehmen. Die führt auf die Dächer und ...«

Moe kam auf uns zu, nickte nur, weil er bereits mitgehört hatte, was zu tun war. Dann machten wir uns auf den Weg, um hier rauszukommen.

»Wartet!« Wir drei blieben an Ort und Stelle stehen und sahen sie an.

Die Tänzerin kam wieder auf uns zu gelaufen.

»Bill ist ein Kontrollfreak. Er hat die Fenster verriegelt. Aber ich hab einen Schlüssel in meinem Spind.«

»Schlösser halten uns nicht auf«, schnaubte Eagle.

Sie fuhr zu ihm rum.

»Brecht ihr die Scheibe ein, geht die Alarmanlage an. Die kann ich nicht ausstellen. Also, braucht ihr nun den Schlüssel, oder nicht?«

Eagle war nicht begeistert.

Mit einer Handbewegung machte ich ihr allerdings Platz und sie lief schnell in einen der Räume hinein.

»Wer ist sie?«, fragte Eagle murmelnd. Es gab wenige Frauen, die sich überhaupt trauten, ihm Kontra zu geben.

»Na, eine Tänzerin«, antwortete ich salopp.

Eagle schaute mich mürrisch an.

Schon kam sie mit einem Schlüssel und in einer albernen Strickjacke bekleidet heraus.

Einer Strickjacke?

Ich zog die Augenbraue in die Höhe, als sie an uns vorbeilief und anscheinend direkt das Fenster anpeilte, das tatsächlich verschlossen war. Ein Blinken oben in der Ecke signalisierte, dass Bill hier High-Tech verbaut hatte. Mir fiel aber auch auf, dass sie noch immer diese merkwürdige Maske trug. Warum?

Ich blickte auf ihren Rücken. Die Strickjacke war hellblau und wirkte so scheiße unschuldig.

Sie nahm den Schlüssel, drehte mehrmals herum, das Leuchten erlosch und sie öffnete das Fenster. Ich fokussierte mich wieder auf die Sache. Moe stand Schmiere an der Tür, falls wir unerwartet Besuch bekommen würden.

Es regnete jetzt und es war stockfinster. Die Feuerleiter war ein schmales Ding, das niemals als Feuerleiter gedacht war. Womöglich wäre es gerade deswegen der beste Fluchtversuch, weil sich sonst niemand trauen würde, hier rüber hochzulaufen.

Bevor Eagle als Erster herunter stieg, zog ich ihn zurück.

»Ich gehe zuerst«, befahl ich.

Eagle nickte und ich kletterte raus.

Kapitel 7

Liz

Mein Herzschlag war unangenehm schnell geworden. Ich zitterte, weil ich hinter jeder Ecke wen auch immer erwartete, der uns eine Kugel in den Körper schießen würde. Und doch versuchte ich es mir nicht anmerken zu lassen.

Die Waffe hinter der Theke würde mir vermutlich mehr Sicherheit geben, wobei diese drei Biker wohl mehr dazu beitragen könnten, dass ich mich sicherer fühlte.

»Die Luft ist rein«, teilte ihr Anführer mit, der diese wunderschönen, kalten grünen Augen besaß. Er war so ganz anders als jeder Biker-President, den ich bereits kennengelernt hatte. Gut, es waren nicht viele, aber diese Alpha-Gene waren bei jedem ausgeprägt, nur bei diesem hier ... war das anders.

Nicht nur, dass er mit dieser Wollmütze auf dem Kopf aus der Masse herausstach. Er wirkte auch düster und gefährlich, aber er machte mir einfach keine Angst. Ice musste mich nur ansehen und ich wusste, die Instinkte, die er in mir hervorrief, gehörten zu meinem puren Überlebenswillen.

Dann waren die Schüsse erneut im Club zu hören.

»Okay, bleiben oder schießen, Pres?«, fragte dieser Moe und wirkte auf einmal kampfbereit.

Ich blickte in die grünen, unergründlichen Augen des Presidenten der Flying Demons. Auch er erwiderte meinen Blick, obwohl er vermutlich nicht mal meine Augen erkennen konnte, da ich noch die Maske trug. Aber sie war der beste Schutz, den ich gerade zur Verfügung hatte.

Die drei Biker schienen den Angriff mit sich selbst in Verbindung zu bringen, aber wie sicher war das? Und ich hatte gehört, wie sie von den Outlaws gesprochen hatten. Sie waren da draußen, Ice vermutlich auch, und warteten darauf, wer dort herauskäme. Was, wenn Ice wusste, dass ich hier war? Keine Ahnung, wie er es herausfinden konnte. Ich zog jede Nacht in ein anderes Motel, befand mich immer außerhalb ihres Gebietes und benutzte jedes Mal gefälschte Namen.

»Unser Pres ist kein Märtyrer«, erklärte Eagle Moe. Ich meinte, ihn gehört zu haben, wie er ihn als Eagle angesprochen hatte.

Der President der Flying Demons presste die Lippen aufeinander, als würde er wirklich mit sich hadern, ob er schießen oder fliehen sollte.

Und irgendetwas in mir wollte nicht, dass er wirklich schoss.

»Könnt ihr mich rausbringen?«

Die Worte kamen heraus, bevor ich näher darüber nachdenken konnte.

Er runzelte die Stirn, wirkte leicht nachdenklich.

»Bitte.«

Ich bat nie um etwas. Damit hatte ich aufgehört, als Mom gestorben war, obwohl ich Gott angefleht hatte, sie mir nicht zu nehmen. Und zu bitten, machte schwach. Sehr, sehr schwach.

Trotzdem bat ich jetzt diesen fremden Mann vor mir, mich hier herauszuholen.

Sie hätten mich fragen können, warum ich nicht wie die anderen einfach hinten hinausspazierte, aber sie taten es nicht.

Ihr President hob die Hand, um mir rauszuhelfen und ich ergriff sie, nur um sofort wieder zu erstarren.

Es regnete auf ihn herab, selbst ich spürte, wie kühl die Nacht war, aber seine Hände waren warm und umklammerten mich sicher.

Ich spürte seinen Blick auf mir; zum Glück konnte ich mich zusammenreißen und mit diesen blöden Absätzen hinausklettern.

Es war stockfinster hier draußen und als die anderen beiden uns folgten, verschluckte die Dunkelheit uns.

»Es ist rutschig, versuch, einen festen Stand zu bekommen«, sagte er mir und zog mich vorsichtig Stufe für Stufe hoch.

In der einen Hand hielt er die Waffe, in der anderen lagen meine Finger.

Es hatte nur einen weiteren Moment in meinem Leben gegeben, in dem ich mich so sicher gefühlt hatte.

Das war in dieser kleinen, dreckigen Zelle gewesen. Dex hatte meine Hand gehalten. Nicht lang, vielleicht ein paar Sekunden. Aber dieser Moment genügte, um mich nicht mehr allein zu fühlen.

Er war ein Fremder, ein Feind, würde mein Vater sagen. Aber jemand, der mir für einen kurzen Augenblick gezeigt hatte, wie es sein konnte, wenn man nicht allein war.

In den vergangenen Monaten hatte ich oft über Dex nachgedacht. Womöglich könnte mir einer der drei sogar etwas über ihn sagen. Hatte er es zurückgeschafft? War er tot?

Nein!

Ich würde nicht nach ihm fragen.

Denn dieses Leben wollte ich nicht. Nicht mehr!

Heute Abend hatte ich auf der Bühne getanzt und war kurz davor gewesen, jedem männlichen Besucher meine Titten zu präsentieren. So weit war ich schon gesunken!

Okay, es hatte Spaß gemacht, auf eine verdrehte, merkwürdige Art. Ich liebte das Tanzen und es fühlte sich einfach wunderbar an, wenn man nach dem Takt der Musik seinen Körper bewegen konnte.

Aber ich hatte mich auch verkauft, weil ich dringend Geld benötigte, um hier endlich wegzukommen.

Chicago gab mir nichts mehr.

Mom war tot, Kyle ermordet worden … und ich würde sicherlich nicht darauf warten, dass Ice noch irgend so einen kranken Besitzanspruch an mich stellte.

Es waren vierzig rutschige Stufen hoch bis zum Dach. Ich zählte sie, während meine Gedanken rasten.

»Okay, was jetzt?«, fragte ich atemlos.

Der Mann, der meine Hand immer noch hielt, blickte sich um.

Außer Satellitenschüsseln war nicht viel hier oben.

Erneut waren Schüsse zu hören und Flüche.

»Sie haben uns entdeckt«, erklärte Moe sachlich.

Wie schön, dass er sich keine Sorgen zu machen scheint.

»Lauf!«

Ich hätte ihn fast nicht gehört, weil ich zu sehr darauf konzentriert war, was da unten geschah.

Hörte man sie bereits die Feuerleiter hochstürmen? Riefen sie nach mir? Oder wollten sie einfach nur alles abknallen, was sie sahen?

»Hast du mich nicht gehört? Lauf!«

Er, dessen grüne Augen sich in mich hinein bohrten – viel konnte ich dank der Dunkelheit nicht erkennen – starrte mich unerbittlich an.

»Sie sind auf dem anderen Dach, Dex!«, brüllte plötzlich Eagle und begann in irgendeine Richtung zu schießen.

Auch wenn ich das mit dem *Sie sind auf dem Dach* verstanden und verinnerlicht hatte, konnte ich den dazugehörigen Namen nicht so schnell verdauen.

»Dex?«

Der große Mann, der noch immer meine Hand in seiner hielt, war Dex?

»Fuck!«, murmelte dieser und drückte sich hinter mich, um seinerseits in dieselbe Richtung wie sein Freund zu schießen.

Wenige Sekunden später zog er mich mit sich, um mich gegen eine Tür zu drücken, die verschlossen war, aber wohl ins Innere des Hauses führte.

Er sah mich nicht an, während er ein Schuss nach dem anderen abgab.

Dieser Mann vor mir war also Dex.

Der Dex, der stets einen Witz von sich gegeben hatte und vieles nicht ernst nahm, damit ich es nicht ernst nehmen konnte; und wodurch meine Ängste in dieser Zelle immer kleiner geworden waren.

Ich hatte jeden Tag über diese Zeit mit ihm nachgedacht und dabei wurde mir immer deutlicher bewusst, dass er mich da drin beruhigen wollte. Was er auch geschafft hatte.

Aber er hatte mir auch viel über sich erzählt. Dinge, die er wohl nur selten zugab.

Und jetzt war er hier und beschützte mich. Wieder mal.

»Dex?«

Er hörte mich nicht, weil die Schüsse zu laut wurden, aber dann legte ich automatisch die Hände auf seine Kutte. Das raue Leder fühlte sich so fremd und doch nicht unangenehm an.

Dex bemerkte die Berührung und sah mich an, ohne die Waffe zu senken. Er presste mich noch immer an diese Tür. Mir war bitterkalt. Ich hätte noch eine Hose anziehen sollen, aber ich musste schnell aus diesem Club heraus, Zeit für mehr blieb nicht. Aber jetzt, zwischen ihm und der Tür, fühlte ich keine Kälte. Ich fühlte mich einfach nur beschützt.

Seine grünen Augen bohrten sich in meine, obwohl ich

noch immer diese bescheuerte Maske auf dem Kopf trug. Es war verrückt. Er wusste nicht, wie ich aussah. Dazu hatte ich ja auch noch meine blonden Haare unter der dunklen Perücke versteckt. Dazu regnete es die ganze Zeit.

Er kann nicht wissen, dass ich es bin.

»Danke.«

Ich drückte leicht seine Brust, weil ich es wirklich ernst meinte.

Nicht nur für die Zeit in der Zelle, in der er mir Kraft und manchmal sogar ein Lächeln schenken konnte. Sondern auch für das hier. Keine Ahnung, ob Ice hinter mir her war, aber ich wollte es auch nicht mehr herausfinden. Dex hatte auf mich aufgepasst, obwohl er es nicht hätte müssen. Schon wieder!

Niemals im Leben könnte ich ihm das zurückzahlen.

Ein leichtes Lächeln stahl sich auf sein Gesicht.

»Dank mir noch nicht. Wir sind hier noch nicht raus!« Dann schoss er wieder, brüllte seinen Freunden etwas zu und schoss weiter.

Obwohl er hochkonzentriert war, ließ er mich nicht los. Er hatte seinen Arm um mich geschlungen und die andere benutzte er, um uns zu beschützen.

»DEX!«, brüllte plötzlich eine Stimme, die mir bekannt vorkam.

Ich erstarrte und Dex spürte es, sagte aber nichts dazu.

»Ice, was für eine Überraschung!«, rief Dex ihm ironisch zu.

Von der Seite konnte ich Moe sehen, der nur wenige

Fuß von Eagle entfernt stand und hinter einer kleinen Erhebung Deckung gesucht hatte.

Dex suchte kurz ihren Blick. Sie waren hochkonzentriert, auch wenn Dex vor mir versuchte, seinen lockeren Tonfall nicht zu verlieren.

»Ist es nicht!«, erwiderte Ice und verursachte eine Gänsehaut bei mir. Keine, die angenehm wäre.

»Okay, was willst du? Dir sollte bewusst sein, das eine Kapitulation nicht im Raum steht.« Dex' Stimme war fest und klar. Ich hätte vermutlich schon vor Angst nur noch ein Stottern herausgebracht. Wenn überhaupt.

»Ich suche jemanden ...«

Meine Lippen öffneten sich, als Dex zu mir sah.

Ice suchte mich und er wusste, dass ich hier war.

Nein!

»Ich denke, du wirst sicherlich wissen, wen ich suche ...«

Dex runzelte die Stirn, weil es in ihm arbeitete.

Meine Brust hob und senkte sich und ich spürte, wie meine Hände begannen zu kribbeln. Gleich würde ich hyperventilieren.

»Ganz ruhig«, flüsterte er mir sanft zu.

Ich schluckte, obwohl mein Hals trocken war, und ich griff mir seine Kutte, um mich fester an ihn zu krallen.

Dex' Blick folgte meiner Hand und er starrte einen langen Moment einfach darauf.

»WO IST SIE?«

Mein Griff um seine Kutte wurde so fest, dass meine Fingernägel schmerzten.

Dann hob Dex den Kopf und sah mich an, auch wenn ich nicht wirklich viel hier draußen erkennen konnte.

»Keine Ahnung, wen du meinst. Aber du kannst gern herkommen und nachsehen!«, rief Dex ihm zu, ohne mich aus den Augen zu lassen.

Sein Humor war ungebrochen. Ich versuchte zu lächeln, was mir aufgrund der Situation nicht wirklich gelang.

»Wir bekommen Besuch!«, rief irgendeiner von Ice' Leuten.

Ich bemerkte, wie Dex grinste und die Augenbrauen vielsagend bewegte.

Kopfschüttelnd entspannte ich mich etwas, als klar wurde, dass die Verstärkung in Form der Flying Demons gekommen war.

Es ging wieder los mit der Schießerei. Eine ganze Weile, bis irgendjemand »Rückzug!« rief und Dex sich sichtlich entspannte.

Irgendwas explodierte laut und ließ das Haus erzittern.

»Was zum …« Dex fluchte und ging zum Ende des Dachs, um hinunter zu schauen.

»Scheiße, Spike, nimm die Bazooka runter! Wir sind auch noch hier oben!«

»Sorry, Boss!«, brüllte wohl dieser Spike hoch.

Langsam füllten sich meine Lungen wieder mit Luft und das Ausatmen tat nicht mehr weh. Eagle klopfte Dex kameradschaftlich auf die Schulter, blickte mich kurz an, dann kletterte er mit Moe wieder hinunter.

Von weitem konnte man ein Feuer sehen, das auf der Straße brannte und dann fuhr dort tatsächlich ein Panzer entlang.

»Träum ich?«, flüsterte ich, weil alles so unwirklich schien.

Gerade noch wollte ich einfach zusätzliches Geld verdienen und ... jetzt stand der Mann vor mir, dessen Gesicht in meinen Träumen immer nur ein schwarzer Fleck gewesen war.

Apropos schwarzer Fleck: Warum verschwamm alles vor meinen Augen?

»Shit!«, hörte ich jemanden sagen und dann fühlte ich mich plötzlich schwerelos. Als hätten meine Beine keinen Halt mehr.

»Hey, Kleines. Was ist los?«

»Pres?« Die fremde Stimme kannte ich nicht, aber sie klang auch nicht freundlich.

»Sie ist einfach ...«

»Sie verliert Blut.«

»Was? Wo?«

Dann bekam ich nur noch Bruchstücke mit.

Angeschossen ... Viel Blut ... Doc ...

Und dennoch war es das erste Mal, dass ich einschlief, ohne Angst zu haben.

Kapitel 8

Dex

»Wir müssen sofort zurückschlagen!«

»Sofort? Und lass mich raten, wenn wir es verkacken, wirst du die Verantwortung übernehmen?«

»Die Outlaws wollten etwas!«

»Und was?«

»Sehe ich so aus, als wäre ich die Post?«

»Was hat denn die Post damit zu tun?«

»Na ...«

»Es reicht!«, rief ich in die Versammlung in der Höhle.

Schon mein alter Herr hatte die Zusammenkunft der höchsten Mitglieder des Clubs dort stattfinden lassen. Damals hatte er mit hohem Aufwand die Wände kaputtgekloppt, damit es wirklich so aussah, als säßen wir in einer verdammten Höhle.

In den großen, hölzernen Tisch, an dem wir saßen, waren die Initialen eines jeden Mitglieds, das jemals im Rat der großen sechs berufen wurde, eingekerbt. Ich hatte vor zwei Jahren meine Initialen neben Dads geritzt. Spike, mein Sergeant-at-Arms, saß mir direkt gegenüber. Eagle rechts von mir, Richie, unser Buchhalter saß neben ihm. Moe, der Road-Captain befand sich auf der anderen Seite und Ty, unser Nerd der Truppe, saß bei ihm.

Der Doc war gerade bei ihr ...

Die ganze Zeit über waren meine Gedanken bei ihr.

»Wir werden alles weiter nach Plan laufen lassen!«, stellte ich klar.

Richie, der ständig und überall etwas zu sagen hatte, öffnete den Mund, wurde aber von Eagle abgelenkt.

»Was machen wir mit dem Mädchen?«

Ja, was machten wir mit ihr?

Es war offensichtlich, dass sie uns nicht nur geholfen hatte, weil sie uns für nette Jungs hielt. Nein, sie war mitgegangen, weil sie wusste, dass Ice sie suchte.

Aber warum?

»Ty, versuch etwas über sie herauszubekommen.«

»Sie hatte nichts bei sich«, stellte Moe fest, als wäre es völlig normal gewesen, das Mädchen zu durchsuchen. Aber was hatte er bitte durchsucht? Sie war praktisch nackt unter dieser Strickjacke.

Mein wütender Blick traf seinen abgeklärten und sachlichen. Moe war wirklich ein wandelndes Pokerface. Hätte er keine Old Lady, würde ich behaupten, in seiner Brust befände sich nur Metall.

»Nimm ihre Fingerabdrücke und such ... Scheiße, du bist hier der Spezialist. Finde einfach heraus, wer sie ist!«, stellte ich klar.

Ty nickte und rückte seine Brille auf der Nase zurecht.

Da er sich nicht bewegte, starrte ich ihn an.

»Jetzt!«

»Oh, na klar. Jetzt. Mach ich. Erledige ich.«

Nicht nur Eagle verdrehte die Augen, als Ty hinausging.

Warum waren diese Computerfreaks nur immer so verpeilt?

»Ein bisschen Vergeltung musst du aber schon zulassen, Dex«, erklärte Eagle und sah zu Spike, der nervös mit den Fingern auf die Tischplatte klopfte.

Spike war irre. So irre, wie man als Seargent-at-Arms sein konnte.

Wenn er länger als fünf Minuten nicht an seine Waffe kam, bekam er Wutanfälle, die darin endeten, dass er Prospects zusammenschlug. Und anscheinend hatten die Bazooka und der Panzer nicht ausgereicht, um ihn zu beruhigen.

»Gut, dann nehmt euch Männer und fackelt zwei Clubs in Downtown ab. Gäste werden nicht angerührt, es sei denn, sie gehören zu den Whiteys.«

Downtown gehörte den Outlaws.

Spike grinste, stand auf und zog Moe gleich mit sich, der grimmig und entschlossen wirkte.

Richie stand seufzend auf.

»Dann werd ich mal zusehen, dass sie auch ordentlich die Kasse füllen.«

Richie war unser Buchhalter und würde dafür sorgen, dass wir ordentlich was mitgehen ließen, wenn die Jungs die Clubs stürmten.

Jetzt waren Eagle und ich allein.

»Das Mädchen wird Ärger machen«, schlussfolgerte Eagle.

Ich schnaubte.

»Mehr als Ice es sowieso schon macht? Er steht auf unserer Liste ganz oben!«

»Ja, aber wir wollten ihn nicht loswerden, indem wir offen Krieg gegen sie führen«, erklärte Eagle.

»Ist mir klar.«

Ich stand auf.

»Ach wirklich?«

Mit Wucht schlug ich meine Faust auf den Tisch, der nicht wackelte. Die Platte war fast zwanzig Zentimeter dick.

»Sie haben uns angegriffen. Wir müssen zurückschlagen!«

Eagle schien nicht überrascht über meinen Ausbruch.

»Als sie deinen alten Herrn getötet und dich eingesperrt hatten ... Da warst du zwar wütend, wusstest aber genau, wie du es Ice heimzahlen wirst.« Eagle tippte sich an die Stirn. »Mit Grips. Dein alter Herr war mein Pres, du weißt, dass ich ihn auch geliebt habe. Aber er war kein Kopfmensch. Er ist mit seiner Birne ständig durch die Wand und hat nicht nachgedacht, bevor er den nächsten Zug gemacht hat. Dasselbe tust du jetzt, weil es um diese Kleine geht!«

»Bullshit!«, behauptete ich, ohne groß darüber nachzudenken.

Eagle zog eine Augenbraue in die Höhe.

»Dann ist es dein Schwanz, der das Denken übernommen hat.«

»Vorsicht, Eagle! Ich bin immer noch dein Pres!«, fuhr ich ihn an.

Eagle stand auf.

»Wir wissen nichts über sie. Eine schöne fremde Frau, die offenbar von unseren Feinden gesucht wird. Das ist gefährlich, Dex.«

Eine schöne fremde Frau?

Ich runzelte die Stirn und dachte an ihren Blick oben auf dem Dach. Sie hatte ihre kleine, zierliche Hand auf meine Brust gelegt und mich angesehen, als würde sie mich kennen. Und dann diese leichte Frage in der Stimme, als sie meinen Namen gesagt hatte.

Erst war ich zu sehr abgelenkt, weil uns der Arsch aufgerissen wurde. Aber dann hatte sie meinen Namen noch einmal gesagt, als wäre er eine Offenbarung für sie.

Eine schöne fremde Frau.

Schon wieder eine geheimnisvolle Fremde, wie Sie, an die ich seit Monaten dachte. Vielleicht spielte mein Verstand deswegen so viele Streiche mit mir?

»Wir machen es so, wie ich gesagt habe und in der Zwischenzeit finden wir heraus, wer sie ist und werden weiter dafür sorgen, dass die Outlaws bald nichts mehr zu lachen haben!«, erklärte ich.

Eagle sagte nichts mehr, aber ich sah ihm an, wie wenig er davon hielt.

Dann ließ ich ihn stehen, weil ich endlich darauf hoffte, dass der Doc mit ihrer Behandlung fertig geworden war.

Als sie auf dem Dach vor mir zusammenbrach, stand ich kurz vor meinem ersten Herzinfarkt. Sie hatte mich erneut angesehen, als wäre ich ein verdammter Prophet oder so etwas, und dann hatte sie die Augen hinter dieser Maske verdreht. Zum Glück konnte ich sie noch schnell auffangen, bevor sie den Boden küsste.

Die ganze Fahrt über war sie bewusstlos geblieben. In ihrer linken Wade steckte tatsächlich eine Kugel, doch offensichtlich hatte sie den Schmerz erst gespürt, als das Adrenalin nicht mehr durch ihren Körper pumpte.

Ich lief aus der Höhle, dann den kleinen Flur entlang, um in die obere Etage zu gehen. Hier oben befanden sich einige Zimmer der Männer und auch mein Apartment, in das ich sie gebracht hatte.

Warum auch immer, aber sie sollte nicht im Bett einer meiner Männer liegen. Das fühlte sich nicht richtig an.

Ich ging durch mein Wohnzimmer direkt ins Schlafzimmer. Sie lag im Bett, so viel konnte ich erkennen, aber da öffnete bereits der Doc die Badezimmertür. Er hatte sich die Hände gewaschen.

»Ich habe die Kugel entfernen können. Achte darauf, dass sie den Fuß nicht stark belastet und dass der Verband trocken bleibt. Sie sollte bis morgen schlafen, Antibiotika liegen auf dem Tisch. Die muss sie auf jeden Fall bis zum Ende einnehmen.«

Ich nickte, weil wir alle bereits irgendwann mal darauf zurückgreifen mussten. Erst letzten Monat feierten wir den 100. Streifschuss dieses Jahres. Die Party war legendär gewesen. Zumindest wenn man die Männer danach fragte.

»Danke, Doc.«

»Ja, ja, du weißt, ich arbeite gern für euch. Ihr seid wie meine Familie.« Der Doc steckte seine Utensilien in den Koffer, schloss ihn und griff ihn sich. Dann blickte er zu ihr. »Aber Zivilisten? Dabei habe ich kein gutes Gefühl, Junge.«

»Gut, dass du das nicht zu entscheiden hast«, sagte ich nur. Hatten Eagle und er sich jetzt abgesprochen oder was? Spielten sie guter und böser Cop mit mir?

Der Doc murmelte mehr vor sich hin, als dass er sprach, und verließ dann das Apartment.

Langsam ging ich zum Bett und runzelte die Stirn. Er musste ihr die Maske abgenommen haben. Sie schlief, aber ohne diese Maske!

Mir blieb der Mund offen stehen, als ich ihr zartes, schönes Gesicht anstarrte. Sie war wirklich einfach nur ...

»Na leck mich doch!«

Spike stand in der Tür und starrte ebenso verzückt zu ihr.

»Ist das unsere Geisel?«

Wie hatte er sie genannt?

»Wovon sprichst du?«

»Na, Eagle meinte, sie wäre wichtig für Ice und ...«

»Bullshit! Sie ist keine Geisel!«

Mein Blick schoss wieder zu ihr. Sie hatte sich nicht

einen Zentimeter bewegt, ihre Atmung ging ruhig. Eingehüllt in meine Decke wirkte sie wie ein Engel, wie ...

Ich blinzelte mehrmals, weil ich sie jetzt auch noch mit jemandem verglich, die gerade nichts in meinem Kopf zu suchen hatte.

»Ach so, du willst sie ficken.«

Ich schloss die Augen, weil Spike einfach nie die Fresse halten konnte. Meistens hörte ich gar nicht hin, aber jetzt waren da nur noch zehn Fuß zwischen mir und seinem schnellen Tod.

»Aber wenn du sie nicht willst, dann kann ich doch ...«

Die zehn Fuß waren schnell überbrückt und ich presste ihn an die Wand.

»Pres?«

»Du wirst sie weder anfassen noch ansehen. Ist das klar?«

»Glasklar«, antwortete er, weil ihm sofort bewusst wurde, was hier gerade ablief.

Ich ließ ihn so schnell los, wie ich ihn gepackt hatte.

»Und warne die anderen vor. Ein einziger Spruch und sie alle werden was erleben ...«

»Alles klar, Pres.«

Spike zog seine Kutte zurecht, starrte allerdings nicht mehr zu ihr. »Wir wollen los, melden uns, sobald alles geregelt ist.«

Ich nickte und entließ ihn.

Mein Blick schoss wieder zum Bett. Es war ein verdammt langer Tag gewesen und ich wollte nur noch pennen.

Ich wartete so lang, bis die Männer zurückkamen. Breit grinsend tauchten sie spät in der Nacht auf und griffen sich die ersten Schlampen, um den Sieg und den kleinen Teil der Vergeltung zu feiern.

Dann verzog ich mich nach oben in mein Apartment, in dem sie immer noch selig schlief.

Obwohl ich auf meiner Couch hätte schlafen können, legte ich mich neben sie. Ich schloss die Augen, um mich kurz zu entspannen. Die Sonne würde bald aufgehen.

***

Müde fuhr ich mir über die Augen, ich musste eingeschlafen sein.

Die Sonne war längst aufgegangen und schien durch die Vorhänge, die nur halb zugezogen waren. Mehrmals blinzelte ich und spürte den weichen Körper, der neben mir lag. Ich sah hinunter und bemerkte den Arm, der auf meinem Shirt lag. Nur meine Kutte und die Schuhe hatte ich ausgezogen.

Sie hatte ihren Kopf in meine Armbeuge gelegt. Ich grinste, weil sie das sicherlich nicht getan hätte, wäre sie wach gewesen.

Und dann sah ich in ihr Gesicht.

Ihre Perücke war verrutscht und blonde Haare lugten hervor.

Mein Mund öffnete sich, während ich die Perücke nahm und sie nun ganz von ihrem Kopf hob. Blondes, langes Haar ergoss sich auf meine Kissen.

Ich starrte von der Perücke in meinen Händen zu der Frau, die sie getragen hatte.

Blondes, langes Haar.

Sie ist eine Fremde mit blonden Haaren.

Bevor ich den Gedanken weiter verfolgen konnte, bewegte sie sich. Sie murmelte etwas, gab irgendein Wort von sich und öffnete langsam die Lider. Nachdem ihr wohl klar geworden war, dass sie in meinem Bett lag, bekam sie riesengroße Augen und öffnete den Mund, um zu schreien.

Aber meine Hand war schneller. Ich drückte sie auf ihren Mund. Sofort reagierte sie instinktiv und wehrte sich. Aber da sie nun mal zwei Köpfe kleiner und bestimmt hundert Pfund weniger wog als ich, war es mehr ein Kitzeln als ein Schlag.

»Beruhige dich.«

Sie tat alles, aber das nicht.

»Ich sagte …« Mit einer Hand drückte ich ihre beiden Handgelenke über ihren Kopf in das dicke Kissen. Ich lag halb auf ihr, versuchte aber, ihr verletztes nicht Bein zu berühren. »Beruhige dich.«

Es war das erste Mal, dass ich ihre Augenfarbe erkennen konnte. Braun. Sie war blond wie die Sonne, aber ihre Augen so dunkel wie die Nacht. Was für ein absurder Gegensatz.

Nein, nur deine Beschreibung ist das, du verdammter Softie!

Auch sie sah mich an. Ihre Atmung ging schnell und ihr Blick besaß etwas Gehetztes. Ihre Haare lagen wild durcheinander über ihren Kopf.

»Wer bist du?«, fragte ich, weil ich es unbedingt wissen wollte.

Ihr sanfter, verlockender Mund öffnete sich überrascht. Sie schien nicht mit der Frage gerechnet zu haben.

Warum nicht? Jeder vernünftig denkende Mensch musste doch wissen, dass man die Identität einer Person erfahren wollte, wenn man sich den Arsch aufriss, um denjenigen zu beschützen.

Obwohl ... die fremde, blonde Frau in der Zelle wollte mir auch nicht ihren Namen verraten.

Wenn sie es denn ist ...

Restzweifel waren noch da, auch wenn die Berührungen erneut etwas in mir auslösten, das gleichzeitig ungewöhnlich sowie erregend war.

Schon auf dieser kleinen, scheiß Feuerleiter hatte ich es gefühlt, aber ignoriert, weil es zu dem Zeitpunkt Wichtigeres gegeben hatte.

Zum Beispiel da oben nicht abgeknallt werden.

»Niemand«, flüsterte sie mit brüchiger Stimme.

Mein Druck auf ihre Handgelenke wurde fester.

Falls sie es spürte, ließ sie es sich nicht anmerken. Zumindest ihre Mimik blieb gleich, aber ihr Körper ... der reagierte vollkommen anders.

Ich spürte durch diese dünne Decke ihre Nippel, die anscheinend stärker als das Leder waren.

»Das fühlt sich nicht wie jemand an, der ein Niemand ist, Süße.«

Ihr Blick verdüsterte sich.

»Nenn mich nicht so!«

Ich zog eine Augenbraue in die Höhe.

»Lass mich raten.« Die Vorsicht in meiner Stimme war meiner Nervosität geschuldet, weil ich langsam, aber sicher wirklich hoffen durfte.

»Du hasst es, so genannt zu werden?«

Sie erstarrte und schloss die Augen, um mich auszuschließen.

Das Adrenalin, die Freude, dass sie es wirklich war, brachte mein kaltes Herz so scheiße verrückt zum Schlagen, dass ich am liebsten …

Warum eigentlich nicht?

»Sieh mich an …«

Wie hieß sie? Warum hatte Ty sich noch nicht gemeldet?

Obwohl ich gedacht hatte, es würde ein Kampf darum geben, öffnete sie die Augen. Der Glanz ließ mich schlucken.

»Wen sucht Ice?«

Der bittere Zug um ihre Lippen erschien erneut.

»Weiß ich nicht.«

»Dann werd ich dir auf die Sprünge helfen«, erklärte ich und ließ sie nicht aus den Augen.

Man sah ihr an, dass sie sich unbehaglich fühlte. Sie konnte sich nicht bewegen, nicht wegsehen, nichts tun, was sie aus der Situation retten würde.

»Vor etwas über drei Monaten habe ich nicht aufgepasst und bin in seine Hände geraten. Ich befand mich in einer Zelle, irgendwo in einem alten Lagerviertel im Süden Chicagos.«

»Aha.« Ihre Augen fixierten meinen Blick, als würde sie mich dazu bringen können, nicht weiter zu fragen.

»Ich war nicht allein in diesem Loch.«

»Ratten sollen sich an solchen Orten recht heimisch fühlen«, erklärte sie und wirkte ziemlich angepisst. »Kein Wunder also, dass du nicht allein warst.«

»Ich mag dumm genug gewesen sein, mich schnappen zu lassen, aber ich werde mich nicht verarschen lassen. Du warst mit mir in dieser Zelle, auf der anderen Seite!«

Sie schnaubte, blickte zur Seite und dachte anscheinend wirklich, dass ich ihr das abkaufen würde.

»Gib es zu!«

Bitte.

Am liebsten hätte ich das Wort gesagt, dieses Wort, das ich noch nie in meinem ganzen Leben genutzt hatte ... Aber ich besaß doch jetzt schon kaum noch etwas, dass nicht mit ihr zu tun hatte.

Meinen ruhigen Schlaf hatte sie mir genommen – so ruhig er eben sein konnte, wenn man tagtäglich damit rechnen musste, abgeknallt zu werden. Wenn ich Cara vögelte, stellte ich mir vor, dass sie es wäre. Ganz zu schweigen von den restlichen Stunden am Tage, an denen ich auch so gut wie immer an sie dachte.

Und jetzt lag sie unter mir. Sie war so wunderschön, wie ich sie mir vorgestellt hatte und sie befand sich in meinem Bett.

Wenn sie meinen Ständer spüren konnte, ließ sie sich nichts anmerken. Einzig ihre aufgerichteten Nippel, die ich durch die Decke spüren konnte, waren ein Indiz, dass sie es nicht kalt ließ.

»Ich weiß nicht, was du von mir willst. Ich danke dir, dass du mir im Club geholfen hast, aber ich bin nichts weiter als eine namenlose Stripperin, die ein paar Mäuse verdienen will!«

»Was ich von dir will?«, fragte ich irritiert nach, weil ich so langsam echt nicht mehr wusste, was ich da tat.

Sie drückte mich von sich und dieses Mal ließ ich sie gewähren. Ich löste meine Finger von ihren Handgelenken und sofort kroch sie von mir fort. Erst als sie bemerkte, dass sie noch ein Verband trug, rappelte sie sich vorsichtiger auf.

Die Strickjacke hing über den Stuhl. Sie riss sie an sich und zog sie sich drüber, damit sie nicht wieder in diesem lächerlichen Kostüm vor mir stand.

Es war heiß, verbarg praktisch nichts, aber ...

Scheiße, hatte ich eine 0815-Stripperin beschuldigt, meine verschollene Was-auch-immer-Fremde zu sein?

»Ich danke dir, Dex. Aber ich bin wirklich nur eine ganz normale Stripperin. Ich ...«

Sie wollte noch etwas sagen, aber sie schien es sich anders überlegt zu haben. Langsam humpelte sie zur Tür und verschwand aus dem Zimmer.

»Verfickte Scheiße!«

Ich fuhr mir durch mein Haar und dachte nach.

Es fühlte sich wie ein riesengroßer Fehler an, sie gehen zu lassen. Selbst wenn sie nicht die war, die ich hoffte, gefunden zu haben ... Sie wäre in Gefahr und das konnte ich nicht zulassen.

»Warte!«, rief ich ihr hinterher.

Sie war bis zur Couch gekommen und wandte sich mir dann zu.

»Du hast uns den Arsch gerettet. Lass mich dir wenigstens ...«

»Nicht nötig«, redete sie mir dazwischen. »Wir sind schon quitt.« Sie zeigte auf ihr verbundenes Bein. »Ich nehme an, ich wurde angeschossen.«

»Ja.«

Ich beobachtete sie genau. Ihre langen Haare fielen ihr über die Schulter und lockten sich.

Genau wie die Haare der Fremden in der Zelle.

Sie sah mir nicht ins Gesicht. Normalerweise würde ich sagen, sie verbarg etwas, aber konnte ich mir bei ihr überhaupt sicher sein, ihre Reaktionen richtig einzuordnen? Konnte ich eine Lüge erkennen?

Alles, was mit dieser Fremden zu tun hatte, brachte mich dazu, an meinen Instinkten zu zweifeln.

»Scheiße, ich wollte nicht, dass du dich unbehaglich fühlst«, erklärte ich und konnte nicht fassen, was ich da tat.

Ich entschuldigte mich gerade bei einer Stripperin!

Einer sehr schönen Stripperin. Die uns den Arsch gerettet hat.

»Falls du Arbeit brauchst, frag Ella unten an der Bar. Sie kann ...«

»Ich brauche keinen Job an der Bar. Ich bin Stripperin, ich find schon etwas.«

Irgendetwas an dieser Aussage machte mich erneut stutzig, aber da ging sie schon weiter, um mein Apartment zu verlassen.

Momentan mal ... Bill hatte etwas anderes behauptet.

Liz

Er beobachtete mich. Sein Blick brannte sich in meinen Rücken und doch machte ich einen vorsichtigen Schritt nach dem anderen, um hier endlich wegzukommen.

Als ich aufgewacht war, fühlte ich mich so sicher und wohlig warm, dass ich die Gefahr zu spät erkannt hatte.

Dex lag neben mir und hielt meine Perücke in seiner Hand. Dazu hatte er diesen Blick drauf. Er wirkte nachdenklich und dann bestürzt, als sein Blick wieder auf mich fiel.

Meine blonden Haare ... Jetzt konnte er sie sehen und erkannte sie anscheinend wieder, so viele Fragen, wie er mir gestellt hatte.

Als er die Zelle erwähnte, hätte ich am liebsten laut aufgeschluchzt. Ich wollte nicht daran zurückdenken und wenn ich es dann doch tat, dachte ich an Dex, der jetzt vor mir stand und eben genau wissen wollte, was ich noch über die Zeit in der Zelle wusste.

Aber als er mich festhielt und in diesem bestimmenden Tonfall mit mir sprach, da wurde mir klar, dass er auch einer von denen war. Er war ihr Anführer! Nicht irgendein Typ, der für ein nichtssagendes Mädchen, das er mochte, sein Leben umkrempeln würde, um mit ihr irgendwo ein neues Leben anzufangen.

Für Dex gab es nur den Club und so gern ich ihn hatte, so wenig wollte ich dort anfangen, wo ich vor der Zelle aufgehört hatte.

Dex

»Sie springt für Maria ein.«

Genau ... weil er Ersatz benötigte. Was hatte Moe gesagt? Eine Barkeeperin wäre für Maria eingesprungen?

Warum verkaufte die Kleine sich dann als Stripperin, wenn sie das offensichtlich nicht war?

Ich biss die Zähne aufeinander.

»Du bleibst!«

Sie erstarrte augenblicklich. Die Stripperin, die keine war, aber wunderschön getanzt hatte, drehte sich nicht um.

»Ich denke, du wirst mir erklären ...«

Bevor ich dazu kam, rannte sie bereits aus der Tür.

»Was zum ...«

Ohne zu überlegen, rannte ich ihr hinter her.

Scheiße, ist die schnell!

Ich konnte gerade noch ihre blonden Haare durch die Luft wehen sehen, da war sie bereits die Treppe runter und auf dem Weg durch die Bar.

Die letzten drei Stufen sprang ich, dann hetzte ich ihr wie ein verdammter Stalker hinterher.

Aber war ich in den letzten drei Monaten nicht genau das gewesen?

Ich hatte die komplette Stadt durchsucht – womöglich nicht komplett, wenn ich die Verfolgungsjagd mal mitzählte.

Sie lief gerade direkt in Richies Arme, aber mit einem »Lasst sie vorbei!«, dass ich rief, huschte er schnell zur Seite, um ihr nachzusehen, wie sie hinausrannte.

Jeder Kopf drehte sich in unsere Richtung, bevor ich die Tür aufriss und zu ihr aufschließen konnte.

Sie schrie wie am Spieß, als ich sie herumwirbelte, schlug mir ihre Faust gegen das Kinn und wir fielen aufgrund ihres Schwungs auf den Boden.

Instinktiv drehte ich mich, damit sie nicht mit dem Rücken auf den harten Untergrund landete.

Aber da diese kleine Furie weiter versuchte, mir die Augen auszukratzen, drehte ich mich noch einmal, so dass ich jetzt über ihr lag.

»Lass mich los!«, schrie sie.

»Erst beruhigst du dich!«, brüllte ich zurück und mahlte mit dem Kiefer, weil sie mir wieder eine verpassen wollte.

Schnell schnappte ich mir eines ihrer Handgelenke. Sie bewegte sich unter mir wie ein verdammter Fisch, der gerade nach Wasser zum Atmen schnappte.

»Lass mich gehen!«

»Du wirst dich jetzt beruhigen, Blondie!«

Ich schnappte mir endlich ihr zweites Handgelenk und funkelte sie abwartend an.

Und dieses Mal enttäuschte sie mich nicht.

»Oh, das kannst du vergessen, Bikerboy, nicht mit mir!«, antwortete sie sarkastisch und pustete sich ihre Haare aus dem Gesicht, als ihr wohl endlich bewusst wurde, wie sie mich genannt hatte.

Ihre braunen Augen wurden noch eine Nuance dunkler. Aber nicht, weil sie erregt war. *O nein. Darauf würde sie wohl eine Zeit lang nicht mehr aus sein.*

Sie war stinksauer. Womöglich mehr auf sich selbst, weil sie sich gerade verraten hatte.

»Lass mich gehen«, bat sie leise.

»Nicht heute«, antwortete ich und zog sie mit mir hoch, ohne ihr linkes Handgelenk loszulassen.

Erst jetzt bemerkten wir, dass der halbe Club nach draußen gekommen war und uns beide anstarrte.

»Ella?«

Sie stand bei Moe, dessen Arm um ihre Schulter lag.

»Dex?«

»Bring sie rein. Moe, pass auf sie auf.«

»Nein!«, rief Blondie aus und zog vergebens an meiner Hand, die ihre fest umklammerte.

Ella und Moe kamen auf uns zu, dann schlug sie mir jedoch so fest in den Magen, dass ich aufstöhnte.

»Du verdammte ...« Ich ignorierte ihren Schrei, als ich sie auf meine Schulter legte und tief Luft holend die Arbeit selbst erledigte.

»Pres?« Moe wirkte leicht irritiert, als ich an ihm vorbei ging.

»Ich erledige das selbst«, antwortete ich knapp und ging an den Clubmitgliedern vorbei.

Blondie schrie, versuchte zu kratzen und dann noch um Hilfe zu schreien. Es war fast amüsant, würde mein Bauch nicht immer noch von ihrem Schlag schmerzen.

»Ihr müsst mir helfen!«, brüllte sie jetzt, da niemand reagierte.

»Genieß es!«, rief ihr irgendjemand zu.

»Fick dich!«, schrie sie ihn an und jetzt schmunzelte ich tatsächlich. Das war genau das Mundwerk, das ich vermisst hatte. »Ihr seid doch alle krank! Ich bin entführt worden und jetzt hält man mich hier fest!«

So langsam hatte ich die Faxen dicke, da sie erneut versuchte, mir die Haut mit ihren Fingernägeln aufzukratzen, riss ich die erste Tür auf, die hinten zu finden war und warf sie auf das leere Bett.

Blondie war so zierlich, dass sie mehrmals aufgrund des Schwungs hoch und runter wippte.

Als sie sich wieder fing, funkelte sie mich wütend an.

»Du mieser ...«

Ich ließ sie nicht aussprechen, sondern donnerte die Tür hinter mir einfach zu.

Dann erst konnte ich richtig nach Luft schnappen. Mein Nacken war etwas verspannt, da wir nicht wirklich in einer bequemen Lage geschlafen hatten.

Trotzdem hast du durchgeschlafen.

»Pres?«

Moe kam mit Ella auf mich zu und wirkte immer noch irritiert.

»Diese Tür wird nicht geöffnet. Es sei denn, sie hat Hunger oder Durst. Und dann auch nur, wenn Moe dabei ist. Verstanden, Ella?«

Auch Ella wirkte nicht ganz sicher, was das sollte, aber sie reagierte als Erste und nickte.

»Natürlich. Aber willst du uns nicht mal erklären, was sie hier ...«

»Später«, erwiderte ich, weil ich nicht ganz wusste, was ich tun würde, wenn ich weiter vor diesem Zimmer stehen blieb.

Also ließ ich die beiden stehen und ging direkt zur Bar.

»Pres, was kann ich für ...?«

Ich ignorierte eine der Kellnerinnen und griff mir von der Bar die Whiskyflasche, um daraus einen kräftigen Schluck zu nehmen.

»Habt ihr nicht irgendwas zu tun?«, brüllte Eagle plötzlich, als würden sie mich alle immer noch beobachten.

Was vermutlich nah an der Wahrheit liegt.

»Was zum Teufel treiben die eigentlich so früh schon hier?«, murmelte ich und trank noch einen großzügigen Schluck von der bitteren Scheiße.

»Wir haben späten Nachmittag, Alter.«

Ungläubig sah ich zu meinem Vize, während mir bewusst wurde, dass ich nicht nur durchgeschlafen, sondern auch ... fast 12 Stunden entspannt geschlafen hatte.

Ich schnaubte und trank noch schnell einen weiteren großzügigen Schluck.

»Wir haben schon geglaubt, dass irgendwas passiert sei. Ich hab nachgesehen ...« Eagle musterte mich lang. »Ihr habt gekuschelt.«

Der Satz war nicht anklagend gemeint, eher so, als würde er das dazugehörige Rätsel gern lösen.

Willkommen im Club.

»Sie ... ich kenn sie«, brachte ich heraus.

»Ach, echt?« Eagle schnaubte belustigt. »War mir nicht

entgangen, während ihr draußen im Dreck gekämpft habt.«

Mein Shirt war nicht mehr weiß, es strotzte vor Dreck. Meine Arme sahen nicht besser aus.

»Sie muss ja total auf dich abfahren.«

Ich schenkte ihm einen Rede-weiter-und-du-wirst-es-nie-wieder-tun-können-Blick. Eagle hob abwehrend die Hände und tat so, als könnte er kein Wässerchen trüben.

»Sie ist der Grund, warum Ice im Stripclub aufgetaucht ist«, erklärte ich ihm und wusste aber immer noch nicht genau, warum sie ihm so wichtig war.

»Was soll das heißen, dass sie der Grund war? Wer ist sie?«

Ich hatte die Whiskyflasche geleert und stand auf.

»Das, was es heißt!«

»Moment mal, Dex ...«

Er berührte meine Schulter und ich blickte in sein fragendes Gesicht. Aber dann schien er zu verstehen.

»Ist sie ... ist sie das Mädchen, von der du die ganze Zeit gesprochen hast?«

Ich erwiderte nichts.

»Scheiße, wir dachten, du hast dir da drin dein hübsches Häschen einfach nur vorgestellt. Dass dein Kopf dir in dieser Zelle Streiche gespielt hat. Ich meine ... niemand hat es ernst genommen, dass du nach einer Fremden gesucht hast, deren Gesicht und Name du nicht kennst.«

Obwohl ich so lang geschlafen hatte, fühlte ich mich müde und ausgelaugt. Ich fuhr mir durch mein Gesicht.

»Dex, das kann doch kein Zufall sein, dass sie auf einmal hier ist«, flüsterte Eagle mir zu.

»Hast du das Gefühl, dass sie freiwillig hier ist?«, fragte ich ihn verbittert.

Drei Monate hatte ich nach ihr gesucht. Drei verdammt lange Monate und nun wurde offensichtlich, dass sie nicht versessen darauf war, mich zu sehen. Sie floh, schlug mich und rief um Hilfe. Und jetzt hatte ich sie eingesperrt, weil ich sie nicht mehr gehen lassen wollte. Allein der Gedanke, dass sie wieder abhauen könnte, war ...

Scheiße!

Meine Hand, mit der ich erneut über mein Gesicht fuhr, zitterte leicht.

Eagle bekam diese Reaktion mit.

»Dex, diese Sucht ist gefährlich.«

»Sucht?«, fragte ich leicht belustigt nach.

»Du weißt nichts über sie, Mann. Was ist wenn ...«

»Wenn was ist?«, fuhr ich ihn laut an.

Eagle blieb nur einen kurzen Moment still. Er war einer der wenigen, der sich mit mir anlegte.

»Wenn sie zum Feind gehört.«

»Dann wäre sie nicht vor Ice abgehauen.«

»Es gibt mehr Feinde als Ice, Dex. Verfickte Scheiße, denk mit dem Kopf und nicht mit dem Schwanz!«

»Meinst du, ich hab es nicht versucht?«, fuhr ich ihn leise, aber bestimmend an. Dann tippte ich mir auf den Kopf. »Aber da drin ist sie auch schon. Sie ist überall. Es ist ... wie ein verfickter Fluch, Eagle.«

Ein Fluch, der nur noch schlimmer geworden war, seitdem sie unter mir lag.

»Fluch? Das nennt man auch anders, Dex.«

»Hm?«

Eagle blickte in mein fragendes Gesicht, schüttelte aber den Kopf, als würde er es für keine gute Idee halten, weiter zu reden.

Ich kniff mir in die Nasenwurzel und dachte nach.

Vorhin hatte ich instinktiv reagiert. Ich wollte nicht, dass sie mir wieder aus den Händen glitt. Deswegen hatte ich sie jetzt eingesperrt. Zuallererst benötigte ich Antworten.

Genau. Antworten. Erst muss ich Antworten aus ihr herausbekommen.

Meine schmerzende Hand flüsterte mir allerdings zu, dass das nicht so einfach werden würde.

»Egal was du tun willst, mach es nicht unbewaffnet«, stellte Eagle fest und setzte sich zurück auf den Barhocker.

Nachdenklich sah ich ihn an, als Ella zur Bar eilte, einen Erste-Hilfe-Koffer unter dem Tresen hervorholte und mich dabei finster musterte. Sie sagte nichts, aber der Blick sprach Bände. Dann verschwand sie wieder nach hinten.

Eagle schenkte mir einen Siehst-du-Blick und ich verdrehte die Augen.

Kapitel 9

Liz

Die einzigen zwei Fenster in diesem Zimmer waren vergittert. Vor der Tür hielt Moe Wache, der hoffentlich noch ordentlich von meiner Bisswunde blutete.

Seufzend setzte ich mich auf die weiche Matratze.

Was machte ich mir eigentlich vor?

Ich wollte ihn nicht verletzen.

Wobei ... Dex wollte ich wirklich wehtun. Immerhin hatte der Mistkerl mich hier eingesperrt!

Keine Ahnung, wie lang ich mich hier schon aufhielt, aber da bereits die Sonne untergegangen war, mussten es einige Stunden sein.

Und jetzt befand ich mich bei den Demons ...

Von dem einen Club in den nächsten.

Das war doch zum Verzweifeln!

Plötzlich wurde die Tür geöffnet. Es war Ella. Sie hatte sich mir vorgestellt, kurz nachdem Dex verschwunden war. Danach hätte auch ich höflicherweise meinen Namen nennen können, aber stattdessen hatte ich Moe in den Arm gebissen.

»Dein Essen.«

Sie stellte ein Tablett auf dem kleinen Schreibtisch ab. Moe stand direkt in der Tür. Mit verschränkten Armen vor der Brust blickte er mir kühl ins Gesicht. War er sauer, dass ich ihn gebissen hatte? Mein schlechtes Gewissen hielt sich aufgrund seiner Gleichgültigkeit in Grenzen. Ellas Stimmung fühlte sich jedoch nicht gut an. Sie war am Anfang nett, fast freundlich zu mir gewesen. Nach dem Biss hatte sich ihre Freundlichkeit merklich abgekühlt.

»Und frische Klamotten.«

Sie warf mir ein Bündel Klamotten aufs Bett, dann hörte ich sie seufzen.

»Du kannst nicht halbnackt und nur mit einer Strickjacke bekleidet herumlaufen, ohne Probleme zu verursachen«, erklärte sie mir.

Ich schnaubte. »Anscheinend verursache ich genug davon, oder nicht?«

Ihr Blick traf meinen.

Ella war attraktiv, auch wenn ihr abgehärtetes Gesicht bereits Altersfalten aufwies. Moe ließ Ella nie aus den Augen. Man könnte jetzt meinen, dass er einfach sehr aufmerksam wäre, aber es ging auch darum, *wie* er sie anschaute.

Die beiden waren ein Paar.

Wenn sie einem Mann wie Moe tatsächlich echte Gefühle beigebracht hatte, konnte sie nicht so schlecht sein, wie ich mir einredete.

Denn darum ging es hier die ganze Zeit.

Bisher hatte man mir hier nicht wehgetan. Dex hatte mich eingesperrt, ja. Aber er stellte mir Ella zur Seite, die bis auf ein paar böse Blicke nicht den Eindruck machte, als würde sie mir etwas antun wollen.

Und nicht zu vergessen, dass du ihren Lover gebissen hast ...

»Geh duschen. Das Badezimmer ist nebenan und iss was.«

Sie ließ mich allein zurück und ich ging direkt ins Badezimmer.

Warum hatte ich nicht gleich darüber nachgedacht?

Das Badezimmerfenster war wirklich sehr, sehr klein, aber ich könnte es schaffen.

Auch wenn das Essen auf dem Tablett himmlisch duftete, würde ich die Zeit nicht damit nutzen, mir den Magen vollzustopfen.

Ich musste hier weg und jetzt musste ich halt versuchen, mich durch dieses kleine Fenster zu quetschen und von hier zu verschwinden.

Ich kann es schaffen. Ich werde es schaffen!!!

Da die Strickjacke nur im Weg wäre, zog ich sie aus und stellte die Dusche an.

Ein Ablenkungsmanöver.

Okay, na, dann mal los.

Ich stellte mich auf den geschlossenen Toilettendeckel und zog das kleine Fenster auf. Es war vielleicht einen halben Meter breit.

Es würde eng werden, aber ich würde hindurchpassen.

Einen kurzen Moment lauschte ich, ob ich draußen etwas hörte. Aber da war nichts. Da es bereits dunkel geworden war, konnte ich auch nichts sehen.

Dann kletterte ich auf die schmale Fensterbank, zog mich heraus, blieb mit meiner Hüfte kurz stecken und fluchte, weil meine Wade wehtat. Trotzdem schob ich mich mit Schmerzen hinaus und flog wortwörtlich auf meinen Hintern.

Da mein Sturz so viel Staub und Dreck aufwirbelte, musste ich husten. Als mir aber klar wurde, dass das hier meine Flucht war, hielt ich mir panisch die Hand vor den Mund und blickte mich in der Dunkelheit um.

Hier hinten befanden sich ein schrottreifer alter Jeep, Kisten und Mülltonnen, aber kein Biker, der mir Probleme bereiten könnte.

Und erst jetzt traute ich mich wieder ein-und auszuatmen.

Ich hab es fast geschafft.

Langsam stellte ich mich wieder auf meine Beine und blickte mich weiter um. Rings um mich herum waren Zäune. Stacheldrahtzäune.

»Mist verdammter ...«

Das Gelände war komplett eingezäunt. Was wiederum keine Überraschung war, da ich mich auf dem Gelände eines Motorradclubs befand.

Rechts von mir lag augenscheinlich die Werkstatt. Unzählige Bikes standen dort herum und es roch nach Motoröl. Auf der linken Seite standen mehrere Holzhütten, als würden dort tatsächlich Familien leben. Zumindest suggerierte das eine Reifenschaukel, die an einem Baum hing.

Bei den Outlaws sah das vollkommen anders aus. Es gab praktisch keine Kinder, Old Ladys ebenso wenig. Nur leichte Mädchen. Schlampen, die alles mit sich machen ließen, weil sie eh keine Chance gegen Kyle hatten. Nur mein Vater hatte ab und zu versucht, Ruhe reinzubringen.

Und dann starb er und Ice hatte den Club übernommen. Instinktiv wusste ich, dass es noch schlimmer für die Frauen geworden war.

Vorsichtig lehnte ich mich an die Hauswand und lauschte.

Von vorn konnte man ein paar Männer reden und lachen hören, aber hier hinten war anscheinend niemand. Das musste ich ausnutzen.

Ich schlich mich zum ersten Baum und lehnte mich dahinter, um Schutz zu suchen.

Das konnte ich bei zwei weiteren Bäumen genauso machen, dann kam ich an einer der Hütten an, die im Dunkeln lagen.

Es sah nicht so aus, als würde sich dort jemand aufhalten.

Aber das war auch nicht wichtig. Ich schlich mich dahinter und stand jetzt direkt vor dem Zaun. Er war mit Stacheldraht bestückt und circa sieben Fuß hoch.

»Okay, das kann ich schaffen«, flüsterte ich mir selbst Mut zu und stellte mich direkt vor den Zaun.

»Vergiss es. Das schaffst du nicht, ohne dich aufzuschlitzen.«

Die kalte, herrische Stimme ließ mich vor Schreck aufschreien und ich rannte automatisch weg. Dennoch kam ich nicht weit, da Moe mich bereits nach wenigen Schritten um die Taille fasste.

»FASS MICH NICHT AN!«, schrie ich und wehrte mich nach Kräften.

»Scheiße nochmal, jetzt beruhige dich!«

Aber er machte alles nur noch schlimmer. Jetzt hatte man mich schon wieder gefangen! Das durfte und konnte nicht sein! Nicht erneut!

Weil ich wie verrückt kämpfte, ließ er mich irgendwann los und ich plumpste erneut auf meinen Hintern. Der Schmerz war auszuhalten und ich robbte schnell von ihm weg.

Moe blickte mich wütend an und ich wurde etwas nervös, als mein Blick auf seine Waffe fiel, die halb aus der Jeans hervorlugte.

»Jetzt sieh mich nicht so an! Du bist hier diejenige, die fliehen wollte!«

»Du bist der mit der Waffe«, erklärte ich ihm.

»Auch wieder wahr«, hörte ich ihn murmeln.

»Was ist hier los?«

Dex kam mit diesem Typen, der diese irre Irokesenfrisur auf dem Kopf trug, heraus. Eagle hieß er. Erneut trug Dex eine Wollmütze und ein simples Shirt. Er sah fast so aus, als würde er gar nicht zum Club gehören, wenn nicht diese ganzen Tattoos zu sehen wären.

Schon in der Zelle hatte ich gewusst, dass er Tattoos trug. Aber nicht, wie viele.

»Pres, sie ist ...« Moe zögerte.

»Ich hab ihr gesagt, sie soll unter die Dusche gehen«, mischte sich jetzt Ella ein, die an Dex vorbei zu Moe ging, um ihn aufmerksam zu mustern. Dann blickte sie zu mir. »Ich wollte wissen, ob du fliehst.«

»Du wolltest ...« Dex blickte zu Eagle. Dieser zuckte nur hilflos mit der Schulter.

»Und warum zum Teufel wolltest du das?«

Ella hielt mir die Hand hin, die ich ergriff, damit sie mich hochzog.

Dabei ließ sie mich nicht aus den Augen.

»Das hier ist unsere Hütte. Geh rein, geh duschen und versuch das nie wieder. Denn dann werde ich Moe nicht mehr zurückhalten.«

Sie hatte Moe zurückgehalten? Womit?

Aber da Dex, seine Männer und auch Ella mich abwartend anstarrten, ging ich zu der Hütte und dann hinein, nachdem ich den Lichtschalter gefunden hatte.

Es war eine gemütliche, kleine Hütte, die sauber und tatsächlich mit ein paar Blümchen geschmückt war.

Ich ließ es nicht zu, darüber nachzudenken, was der Fluchtversuch für mich bedeutete. Ich wollte einfach unter diese Dusche.

Dex

Das war wirklich nicht mehr zu fassen!

Ella hatte ihr zur Flucht verholfen, um sie wieder einzufangen.

»Muss ich das verstehen?«, fragte ich Ella, während wir dabei zusahen, wie Blondie ins Haus ging.

Sie seufzte, als wäre sie über fünfzehn Jahre älter als ich und hätte bereits mehr von der Welt gesehen, als mir lieb war. Was ja auch so war.

»Ich wollte wissen, wie weit sie bereit ist zu gehen.«

»Und dann lässt du sie hier auf dem Gelände herumstreunen?«, fragte jetzt Eagle, der auch keine Geduld mehr zu haben schien.

»Sie ist verzweifelt«, stellte Ella genervt fest.

Das war ich auch!

Das alles entwickelte sich in eine völlig falsche Richtung.

Blondie war die Frau, die mir in der Zelle Mut gemacht hatte. Sie hatte mir in wenigen Stunden eine Welt gezeigt, die für mich unerreichbar war. Ein Leben, das nicht nur aus unzähligen Schwarz-weiß-Tönen bestand. Bei ihr und mit ihr hatte sich das vollkommen anders angefühlt.

Jetzt war sie hier und es fühlte sich so an, als hätte sie die Momente in der Zelle vollkommen vergessen.

»Sie ist kein dummes Ding, Dex. Das Mädchen hat Köpfchen«, sagte Ella.

Auch wenn mir das schon klar war, machte es mich irgendwie stolz, dass auch meine Leute das so sahen.

»Und?«, fragte ich dennoch, weil sie mir anscheinend etwas damit sagen wollte.

Ella starrte zur Hütte, in der nun Licht brannte.

»Ihr wurde kein Leid angetan. Zumindest nicht von uns, richtig?«

Ihr scharfer Blick zu mir machte klar, dass das eine Frage an mich war.

»Sehe ich so aus, als ob ...«

Sie ließ mich wie so oft nicht aussprechen.

»Gut. Sie weiß, dass wir uns um ihre Schusswunde gekümmert haben. Sie hat Verpflegung angeboten bekommen und flieht trotzdem. Warum?«

Flüchtete sie etwa vor mir? So wie Ella mich gerade musterte, wusste sie ganz genau, was mir durch den Kopf ging.

»Glaub mir, mein Junge. Das ist es nicht.«

»Ach ja?«, schnaubte ich und verschränkte die Arme vor der Brust.

»Sie sieht dich genauso an wie du sie. Du würdest es bemerken, wenn du mal genauer hinschauen würdest. Aber das war schon immer dein Problem. Du hinterfragst vieles, schaust dir dabei aber nicht die Leute in deiner Umgebung an.«

»Was soll das denn jetzt heißen?«

Ella seufzte tiefunglücklich, als wäre ich wieder schwer von Begriff. Aber das hatte sie schon gemacht, als ich noch ein kleiner Junge war. Zumindest wenn ich wieder mal eine Lektion nicht verstanden hatte.

Sie kam auf mich zu.

»Ich kenne nicht die gesamte Geschichte, aber sie läuft weg. Das sieht ein Blinder.«

Ich nickte, damit sie weiter redete.

»Sie besitzt genug Köpfchen, um zu begreifen, dass ihr hier nichts passieren wird.«

Plötzlich schnaubte Moe, der immer noch den Verband um das Handgelenk trug, weil Blondie ihn dort gebissen hatte.

»Du weißt, dass du mehr Lächeln sollst, Darling«, tadelte Ella ihn liebevoll und Moe schüttelte erneut den Kopf, als würde sie ihn gerade um eine Niere für Blondie bitten.

»Jedenfalls weiß sie das und trotzdem will sie von hier verschwinden. Sie hat offensichtlich Angst, aber nicht vor uns. Es wirkt schon fast so, als würde sie uns damit beschützen wollen. Findest du nicht auch?«

Ellas Frage brachte mich zum Nachdenken.

»Sie will uns beschützen?«

»Ihr ist offensichtlich nicht klar, dass wir sie hier beschützen können. Warum meinst du, ist das so?«

Die Frage war definitiv an mich gerichtet und auch der finstere Blick, den sie mir jetzt schenkte.

»Lass mich raten: Du hast sie nicht höflich gebeten, hierzubleiben und ihr erklärt, wer du eigentlich bist, oder?«

»Sie weiß, wer ich bin«, fuhr ich sie an.

Ella zog eine Augenbraue in die Höhe, verschränkte

die Arme vor der Brust und blickte mich mit ihren mütterlichen Augen an.

Shit. Ich hasse diesen Blick!

»Es könnte sein, dass unser Gespräch in die falsche Richtung gegangen ist«, murmelte ich.

»Schon besser«, erwiderte sie und ihre Haltung lockerte sich etwas.

Eagle neben mir gab ein amüsiertes Schnauben von sich, das allerdings sofort verstummte, als er meinen vernichtenden Blick spürte.

»Was soll er denn tun? Ihr die Füße küssen?«, fragte Eagle Ella.

Keine schlechte Idee, wenn sie dazu noch überall nackt wäre und ich ...

»Und genau deswegen hast du keine Old Lady, Eagle. Du denkst einfach nicht nach.«

Eagle wollte kontern, aber Ella ignorierte ihn einfach.

Sie sah mich an.

»Du hast dieses Mädchen hergebracht, obwohl sie nicht zum Club gehört und anscheinend nicht mal hier sein möchte.«

Auch ich öffnete den Mund, um etwas zu sagen, aber sie ließ mich ebenfalls nicht ausreden.

»Und du hast anscheinend nicht vor, etwas daran zu ändern. Oder kann sie gehen?«

»Ice sucht sie und ...«

»Dexton, ich frage nicht, ob es sicherer für sie wäre. Ich frage dich, ob sie bleiben soll, weil du das willst?«

Gut, dass nur Moe und Eagle hier standen, denn jedes andere Mitglied müsste kaltgemacht werden; Ella durfte mich nur im engsten Kreis zusammenscheißen.

»Ja, sie soll hierbleiben«, antwortete ich.

»Gut.« Ella entspannte sich noch einmal sichtlich.

»Gut? Hast du nicht mal gesagt, dir kommt kein fremdes Ding rein, weil das alles durcheinanderbringt?« Eagle nickte zustimmend.

»Das ist Jahre her und ich ... die Menopause ist keine schöne Zeit.« Ella seufzte, als würde ihr diese Aussage wirklich leidtun.

»Na, wenn das so ist ... die Kleine ...« Sie ließ Eagle nicht aussprechen und funkelte ihn wütend an.

»Du bringst mir keine Stripperin hier rein! Es reichen schon die üblichen Schlampen.«

Eagle wirkte semibegeistert.

Ich konnte nicht anders und musste grinsen.

»Pres!«

Als Ty angerannt kam, fiel mir das Grinsen aus dem Gesicht. Er wedelte mit ein paar Papieren in seiner Hand.

»Ich hab sie!« Ty keuchte, weil er so schnell gerannt war und stützte sich kurz auf seinen Knien ab, bevor er mir die Papiere gab. »Ich weiß, wer sie ist, und es wird scheiße kompliziert.«

Kapitel 10

Liz

Wie gut so eine Dusche tun konnte!

Als ich damals aus der Zelle entkam, fühlte ich mich schon schmutzig. Aber jetzt?

Das Leder an meiner Haut hatte einige Abdrücke hinterlassen, die ich mit warmen Wasser begoss und dabei erleichtert aufseufzte. Erst jetzt spürte ich, wie angespannt ich wirklich gewesen war.

Nachdem ich mich abgetrocknet und angezogen hatte, betrachtete ich meine nassen Haare im Spiegel.

»Was mach ich hier nur?«

Ich hätte nicht duschen sollen. Ich hätte die frische Unterwäsche, das Shirt und die Jeans nicht annehmen sollen. Ich hätte …

»Ach Liz. Was ich nicht alles hätte …«

Seufzend setzte ich mich auf den geschlossenen Toilettendeckel und fuhr mir durch mein müdes Gesicht. Es war kein Gramm Make-up mehr in meinem Gesicht zu finden und das erste Mal fühlte ich mich wirklich wieder sauber.

Mein Blick schoss zur geschlossenen Tür. Ich hatte zwar kein Geräusch gehört, aber Dex könnte sich dahinter verbergen. Wobei … er würde sich nicht verstecken. Ein

Mann wie er, der das Sagen hatte und so aussah wie er, würde sich nicht verstecken. Er würde vor der Tür stehen und darauf warten, dass ich herauskam, um die Unterhaltung weiterzuführen.

Aber konnte ich das?

Jetzt hatte ich endlich ein Gesicht zu dem Mann, der mir seit Monaten nicht aus dem Kopf ging und ich ... bekam Angst.

Er war ein Biker. Der President der Flying Demons.

Ich schloss die Lider, um kurz meine Gedanken zu sammeln.

Gut, er lässt mich nicht raus. Ich bin hier gefangen und ...

»Bin ich das wirklich?«, fragte ich mich laut und stand auf.

»Ella hat nicht so gewirkt, als würde sie mir etwas antun wollen und Moe ... der schaut nur so grimmig, weil er eben wenig zu lachen hat. Aber er hat mir nicht wehgetan. Sie sind nicht wie ...«

»Mädchen, kommst du jetzt da raus?«, fragte eine männliche Stimme durch die Tür.

Ich hielt erschrocken die Luft an und machte mehrere Schritte zurück.

»Ach komm schon, wir tun dir nichts.«

»Abwarten«, sprach jemand anderes.

»Verdammt, Eagle, halt doch einfach die Schnauze!«

»Ich bin dein Vize!«

»Ein Vize, der nicht mit Frauen umgehen kann«, hörte ich Ella auf einmal sagen.

Plötzlich war da ein leises Klopfen an der Tür. Ich hatte nicht absperren können, deswegen hätten sie auch einfach reinplatzen können.

»Hey, vergiss die großen, bösen Biker, die versuchen dich einzuschüchtern.« Ellas Spott brachte mich zum Schmunzeln. Sie besaß überhaupt keinen Respekt und die Jungs schien das nicht zu stören.

»Kommst du raus?«

Ihre Frage bedeutete etwas. Das war klar. Würde ich von selbst herauskommen oder wieder Ärger machen?

Dieses Mal entschloss ich mich, es ruhig angehen zu lassen. Sie waren eh viel zu viele, stärker als ich und ich befand mich auf ihrem Gelände. Zumindest redete ich mir ein, dass das alles Gründe waren, die mich diese Tür öffnen ließen.

Das Scharnier quietschte unangenehm laut, als ich die Tür aufzog.

Ella stand mir direkt gegenüber und lächelte mich mitfühlend an. Moe stand direkt hinter ihr, bereit, zuzuschlagen, wenn er es müsste.

Haha!

Links von mir, hinter der Couch stand der Irokese. Das war Eagle, soweit ich mich erinnerte und neben ihm stand ein hübscher, dunkelblonder Typ. Hatte er Eagle zurechtgewiesen? Von hier aus konnte ich seine Patches nicht lesen. Jedenfalls wusste er, wie man lächelte. Er checkte ganz unverfroren meinen Körper ab.

Jepp, ein Biker.

Aber dann bemerkte ich, dass sie alle hier in der Hütte waren.

Warum? Und wo war Dex? Er war nicht hier.

»Du brauchst keine Angst haben«, sagte Ella.

Das Schnauben von Eagle bedachte Ella direkt mit einem bösen Blick.

»Wo ist Dex?«, fragte ich und ignorierte Eagle ganz einfach.

»Er muss ...« Ella sah zu Moe, der nur mit der Schulter zuckte, als wüsste er auch keine Antwort darauf.

»Er brauchte einen Drink«, antwortete Eagle plötzlich.

Mein Blick schoss zu ihm.

»Weißt du, da wo ich herkomme, stellt man sich erst einmal vor.«

Die Worte kamen mir ohne zu überlegen über die Lippen.

Eagles ungläubiges Gesicht war Gold wert. Das fand wohl auch sein Kollege neben ihm, denn er hielt sich tatsächlich die Faust vor den Mund, um nicht zu lachen. Seine zuckenden Schultern verrieten ihn allerdings.

»Wo du herkommst? Willst du mich eigentlich verarschen?«

Eagle wollte auf mich zugehen, aber sein Kollege hielt ihn zurück.

»Eagle, lass es!«

»Süße ...«

Ella stellte sich vor mich, sodass ich die beiden Männern nicht mehr sehen konnte.

»Dex hat dich gesucht. Das ist dir klar, oder?«

Ich schüttelte stirnrunzelnd den Kopf.

»Ich wollte einfach da weg, ich habe nicht ...«

»Nachgedacht?«, fragte Moe und wirkte nicht wütend, eher verständnisvoll.

Langsam nickte ich, weil er den Nagel auf den Kopf getroffen hatte.

»Warum wolltest du dort weg?«, fragte Ella mich jetzt.

»Weil ich ...« Die vier Köpfe, die mich jetzt abwartend anstarrten, machten mich nervös. »Warum wollt ihr das wissen?«

»Warum?«, fuhr Eagle mich plötzlich an. »Ist das zu fassen? Unser Pres sucht dich seit Monaten wie ein Wahnsinniger in der Stadt, weil er irgendeine scheiß Verbindung zu dir spürt und jetzt finden wir heraus, dass du ...«

»Eagle!«, ging Ella wütend dazwischen.

Eagle ignorierte nicht nur sie, sondern auch seinen Kollegen, der aufgab und den Kopf schüttelte, als er ihn zu beruhigen versuchte.

»Ich bin der verdammte Vize und wenn Dex ihr nicht die Scheiße geigen kann, dann mach ich es eben!«

»Was?«, fragte ich, aber Ella verdrehte nur die Augen.

Eagles kalter Blick richtete sich wieder auf mich.

»Du bist die Tochter von Kyle, dem Schlächter. Er hat die Outlaws groß gemacht. Und jetzt sag mir, was du hier willst! Hast du dich reinschleusen lassen? Spielst du das arme Püppchen nur, damit Dex weiche Eier bekommt und dich in den Club einführt?«

Mit jedem Satz brannte es mehr in meiner Brust.

»Verfickte Scheiße, fickst du erst Ice und dann Dex? Was für eine Scheiße ziehst du hier ab?«

Ich zitterte vor Wut, vor Angst, vor allem ... Mit fünf Schritten stand ich vor Eagle, funkelte ihn an und dann schlug ich zu. So fest ich konnte. So fest, wie ich es gelernt hatte.

Eagle landete zwar nicht auf dem Boden – was eine wirkliche Genugtuung gewesen wäre – aber sein Kopf fiel zur Seite.

Zumindest eine Genugtuung.

Der Unglaube in seinem Gesicht hätte mich zum Lachen gebracht, wenn es nicht so ernst wäre.

»Wo ist Dex?«, fragte ich, weil das gerade die einzige Frage war, die mich interessierte.

Er war nicht hier, obwohl alle anderen Antworten von mir hören wollten. Das konnte ich so nicht akzeptieren.

Eagle wollte etwas sagen, was ganz sicher nichts mit Dex zu tun hatte, so angepisst wie er schaute, aber Moe kam ihm dazwischen. Er stellte sich direkt vor uns.

»Das reicht, Eagle. Dex würde nicht wollen, dass die Situation hier eskaliert.«

»Sie hat mich geschlagen.« Er klang nicht wirklich sauer, eher zerknirscht, als hätte das noch keine Frau vor mir getan.

Das ist längst überfällig gewesen, würde ich mal sagen.

»Ach, komm schon. Sie hat die beiden Prospects auch niedergeschlagen. Ihr könnt bald einen Club eröffnen, wenn das so weitergeht«, stellte der Kollege belustigt fest.

Keine Ahnung, wen er da meinte, aber ich mochte ihn. Auch wenn mir gerade nicht zum Lachen zumute war, lockerte er die Situation etwas auf.

»Du musst uns verstehen.« Ella stellte sich neben Moe. »Wir haben erfahren, wer du bist. Zumindest deinen Lebenslauf, der ... gelinde gesagt, nicht einfach zu verdauen ist, da du gerade bei uns bist. Dein Vater war immerhin ...«

»Mein Vater war der Pres der Outlaws, das ist richtig.«

Ich spürte, wie wahnsinnig angespannt plötzlich alle waren.

»Mir ist klar, dass ihr da denken müsst, ich wäre hier, um was auch immer zu tun. So denken die Clubs untereinander und Verräter gibt es, obwohl alle ständig über Loyalität sprechen.«

»Nicht hier!«, brummte Eagle.

Ich funkelte ihn wütend an.

»Ach nein? Dex ist nicht hier, warum übernimmst du seine Aufgabe?«

Eagle wirkte überrascht. »Ich übernehme nicht seine Aufgabe ...«

»Tatsächlich? Du hast mich verurteilt, bevor ich überhaupt erklären kann, was es mit meinem Vater und mir auf sich hat! Ich wette mit dir, dass ein Biker mit *dieser* Frisur ...« Ich machte eine wegwerfende Handbewegung zu seinem Kopf. »Niemals so etwas wie Vorverurteilung kennt, oder?« Die Ironie hörte und sah man mir an.

Eagle öffnete den Mund, dann sah er zu Moe, der

erneut mit den Schultern zuckte, als wüsste er nicht, was er dazu sagen sollte.

»Weißt du, ob Feind oder nicht, ich mag dich«, stellte der dritte im Bunde fest und drückte Eagle die Hand auf seine Schulter. Jetzt konnte ich auch seinen Namen auf der Kutte lesen. Spike. Er war Sergeant of Arms.

»Sie ist keine Feindin«, erklärte Ella, als wäre das vollkommen abwegig.

»Oder, Elisabeth?«

Also wussten sie wirklich, wer ich war.

»Das ist nur mein Geburtsname. Ich wurde ... also Mom hat mich immer ...«

Ella lächelte mich mitfühlend an. Sie wusste sicher auch über Mom Bescheid. »Liz?«, fragte sie.

»Lizzy. Sie hat mich Lizzy genannt.« Ich schluckte, weil mir die Stimme versagte. »Aber Liz geht auch.«

Ella nickte verstehend.

»Ist das Verhör erst mal beendet? Lizzy hat einen sehr aufregenden Tag hinter sich und ...«

»Wo ist Dex?«, stellte ich erneut die Frage im Raum.

»Na, wo wohl? Er erfährt, dass du kein Opfer warst, sondern ...«

»Ich kann dich zu ihm bringen, wenn du willst«, mischte Spike sich jetzt ein und ignorierte Eagles Erzählungen.

Ohne zu überlegen nickte ich und folgte Spike aus der Hütte.

»Moment ...«

Spike hob mich plötzlich auf seine Arme.

»Was tust du da?«

»Du trägst keine Schuhe. Wenn der Pres sieht, dass du im Dreck herumläufst, dann will ich nicht in der Nähe sein.«

Spike zwinkerte mir zu, als wäre das eine Information, die ich kennen sollte.

Auch wenn er groß, stark und gutaussehend war, fühlte ich mich nicht zu ihm hingezogen.

»Dex ist der President dieses Clubs.« Es war keine Frage und doch irgendwie so gemeint.

»Und du bist die Tochter des Feindes. Ich würde sagen, ihr habt beide eine Menge zu bereden.«

»Ich weiß noch nicht mal, was das ist mit Dex ...« Ich schloss die Augen, um mich zu sammeln.

»Anscheinend genug, dass er uns die komplette Stadt hat absuchen lassen, nach einer blonden Frau, die ihm den Schädel verdreht hat ...«

Ungläubig schaute ich ihn an. Auch wenn Eagle Ähnliches erwähnt hatte, schenkte ich Spikes Aussage mehr Gewicht.

»Das hat er getan?«

»Erfolglos, wenn man bedenkt, wo wir dich am Ende gefunden haben.«

Stimmt.

»Dex ist Biker, Liz.«

Als wüsste er, dass ich von ihm lieber Liz genannt werden wollte.

»Er denkt bis zur nächsten Party, wenn es um Frauen ging. Dex war zwar immer einer von den nachdenklichen Typen, aber er hat sich auch den Spaß gegönnt, wenn es um unverbindliches Vögeln ging.«

»Wenn du mir das sagst, damit ich begreife, dass er wie alle anderen ist, dann ...«

»Ach Scheiße, nein! Dex war immer der Typ, der auf etwas Besseres gewartet hat. Er weiß, er ist unser Pres, einfach weil sein alter Herr ihn darauf vorbereitet hat. Ihm ist bewusst, ohne ihn läuft es nicht. Aber er weiß auch, dass er mehr erwarten kann. Und dann wurde er von den Outlaws geschnappt, in dieses Loch geworfen und traf dich.« Er schenkte mir einen kurzen, aber bedeutungsschweren Blick, bevor er wieder geradeaus schaute. »Als er aus der Zelle herauskam, wurde er nicht nur Pres, sondern er hatte auch ein Ziel, verstehst du? Wir Biker brauchen das, sonst verlieren wir uns recht schnell in Besäufnissen, Schießereien, unbedeutenden Vögeleien und vergessen außerdem, dass es noch anderes gibt.«

Bevor ich darauf etwas erwidern konnte, stellte er mich auf den Holzboden ab.

»So, da wir jetzt über diesen emotionalen Scheiß gequatscht haben und so, bin ich jetzt deine beste Freundin?«, fragte Spike mich grinsend.

Ich verdrehte die Augen, weil er anscheinend sehr schnell umschalten konnte.

»Darf ich dir dann die Haare flechten?«, fragte ich leicht amüsiert nach.

Er trug sie etwas länger, als normal, aber Spike grinste breit.

»Kommt drauf an, welches Haar.«

»Okay, jetzt wird es widerlich.«

»Es besteht meist ein schmaler Grat zwischen widerlich und ...«

»Stopp! Vergiss das mit der besten Freundin sofort wieder!«

»Echt? Und ich dachte, wir erzählen uns all unsere Geheimnisse und ...«

Ich schüttelte den Kopf und ging in das Haupthaus hinein, ohne zurückzusehen.

Aber die Party, die im vollen Gange war, ließ mich überrascht stehen bleiben.

Überall saßen Biker. Entweder mit einer oder mit zwei Schlampen auf dem Schoß. Die gesamte Bar roch nach Bier, Schweiß und Rauch. Wobei der Rauch hier drinnen Überhand nahm.

»Vom Lüften habt ihr auch noch nie etwas gehört, oder?«, fragte ich Spike, der zu mir getreten war und sich begeistert umschaute.

»Wir haben den Outlaws in den Arsch getreten, das wird natürlich ordentlich gefeiert.« Dann hob er die Faust und rief lautstark und mit Stolz in der Brust: »DEMONS!«

Alle Männer, ob Zunge im Hals einer Schlampe oder nicht, brüllten »DEMONS!« zurück.

»Ihr habt was getan?«, fragte ich panisch nach.

»Warum so unentspannt? Angst, wir könnten deiner Familie ...«

Spikes Spott und seine hochgezogene Augenbraue gaben mir den Rest.

»Fick dich, Spike. Dieser ganze Club kann mich mal kreuzweise!«

Die Stille, die sich im Club ausbreitete, hätte mich zurückhalten sollen, aber ich war mal wieder schneller.

»Spike, die Kleine sollte ...« Irgendein Biker stand drohend auf.

»Bleib sitzen, Cade. Die Frau gehört zum Pres und sie hat ihre Tage, also ...«

Mit Spike zu diskutieren, war zwecklos, also bahnte ich mir den Weg durch die Bar. Dex war nirgends zu sehen. Was besser für ihn war. Nicht auszudenken, wie ich das finden würde, wenn er hier Party machte, während ich von seinem restlichen Club ausgehorcht wurde ...

Da er nicht hier vorn war, suchte ich die Räume im hinteren Bereich ab. Ich wusste bereits, dass hinten noch einige Zimmer waren. Vielleicht auch ein Büro.

»Bingo«, murmelte ich mir selbst zu, weil in kleinen Buchstaben »Büro Pres« auf einer der Türen stand.

Einen besseren Wegweiser gibt es gar nicht.

Ich öffnete die Tür und starrte auf den Hinterkopf einer Frau.

Mein Blick schoss hoch in Dex überraschtes Gesicht.

Dex

Ty hatte eine großartige Arbeit geleistet. Wieder mal. Nur dieses Mal hätte ich ihm dafür gerne eine Kugel in den Kopf geschossen.

Nachdem ich ihre Familienchronik gelesen hatte, brauchte ich einen Drink.

Wie ein verdammter Loser ließ ich Ella und die anderen stehen und verdrückte mich in mein Büro.

Das erste Glas Whisky half nicht. Beim zweiten war ich gerade dazu übergegangen, den Tod ihrer Mutter zu verdauen.

Sie war an Krebs gestorben, wenn ich den Krankenhausunterlagen glaubte. Danach erst verlor sich Elisabeths Spur.

Elisabeth Lauren Humphrey.

Das war also ihr Name ...

Der Name eines Verräters. Des Feindes.

Kyle – Der Schlächter – war ihr Vater. President der White Outlaws und somit bekennender Rechter.

Dass mein alter Herr Jude war, wusste sie bestimmt. Auch wenn er seine Religion nicht praktizierte und nicht öffentlich machte, müsste sie es wissen.

Wie konnte ich mich nur so irren?

Ella hatte mir gerade noch hinterher gerufen, dass ich kein Narr sein sollte.

Was wusste sie schon?

Sie wusste nichts, wie all die anderen.

Die gesamten letzten Monate hatte ich neben den Clubangelegenheiten nur an *Sie* gedacht.

Manchmal hatte ich mir eingeredet, sie wäre tot, würde irgendwo in einer dunklen Gasse liegen und verwesen. Es war manches Mal …

»Ups, falsches Zimmer …«

Cara kicherte und hielt sich mit zwei Händen an der Tür fest.

Anscheinend hatte sie wieder irgendjemand in den Club reingelassen.

Heute trug sie ein Top, das kurz unter ihren Titten endete und der Rock würde eher als ein Gürtel, der alles, was sich noch drunter verbarg, durchgehen.

»Warum bist du allein?«

Sie schloss die Tür und ich seufzte genervt auf.

»Cara, hatte ich dir nicht …«

»Alle reden von der Tussi, die du angeschleppt hast. Ist sie deine Neue?«

Dass sie so unverblümt über Elisabeth sprach, überraschte mich nicht. Cara hatte in letzter Zeit immer wieder Ansprüche stellen wollen. Aber jeder wusste und sah, dass Cara einfach nur verzweifelt war. Sie brauchte jemanden, der sich um sie kümmerte, weil sie es satt hatte, sich um sich selbst zu kümmern.

Mein Blick schoss auf die Papiere.

Elisabeth Lauren Humphrey, 24. Tochter von Kyle, President der W. O. Sie lebte in einem kleinen Apartment, bis sie spurlos verschwand und neben mir in der Zelle endete.

Sie hat mich verraten.

Alles war eine Lüge.

Ich habe mir den Kram, eine besondere Verbindung zu ihr zu haben, nur eingeredet. Da gab es nie etwas.

Ein schönes Gesicht war immer noch nur ein schönes Gesicht. Nichts weiter.

»Dex?« Cara setzte sich auf meinen Schoß und umklammerte meinen Hals.

»Was kann ich für dich tun? Du siehst müde aus? Ich weiß, was da helfen kann.« Dann beugte sie sich mit ihren großen Titten in diesem winzigen Witz von Top vor und flüsterte mir mit genau der richtigen Tonlage noch ein »Du kannst mit mir machen, was du willst« zu.

Auch wenn mir bewusst war, dass das eine ganz schlechte Idee war, griff ich mir ihr Haar, zog ihren Kopf zurück und starrte auf das geschminkte, schöne Gesicht.

»Alles, ja?«

Cara zögerte, weil sie meinen kalten Blick erkannte. Den hatte ich in den letzten Monaten jedes Mal gehabt. Nur heute in ausgeprägter Form.

Ich stand auf, lehnte mich an den Schreibtisch, damit sie vor mir genug Platz hatte.

»Hinknien.«

Sie zögerte nicht und diese Hingabe machte mich tierisch an.

Cara zog meinen Reißverschluss auf, als die Tür aufgerissen wurde und ich in das schönste Gesicht blickte, das ich jemals sehen durfte.

»Fuck.« Spike stand direkt hinter ihr und hatte das perfekte Wort für den unperfektesten Zeitpunkt gefunden.

»Liz, komm ...« Spike berührte sie an der Schulter.

Liz? Er nannte sie Liz?

Das passte irgendwie zu ihr und dann wieder nicht.

Liz hielt noch immer den Türgriff fest umschlossen und starrte auf Cara, die sich langsam erhob.

»Ist sie das?«

Nicht auch noch das ...

»Schaff sie hier raus, Spike«, befahl ich.

»Wen?«, fragte dieser auch noch völlig ahnungslos.

Ja, wen denn?

Liz stand in einer engen Jeans und einem nichtssagenden Shirt vor mir. Cara sah aus wie ein Mädchen, das eben hierhergehörte.

»Na, die Schlampe, wen sonst?«

»Was?!«, kreischte Cara lauthals auf.

»Brauchst du Hilfe, Pres?«

August – keine Ahnung, warum er unbedingt so hieß – einer der Prospects, kam durch die Tür. Er wog etwas zu viel, aber sonst war er für jede Scheiße zu haben. Nur dieses Mal reagierte er leider zu langsam.

Liz zog ihm die Waffe aus der Weste und entsicherte gekonnt das Teil, mit dem sie ohne Zögern auf mich zielte.

Caras Kreischen verebbte, Spike neben ihr erstarrte und August konnte den Mund gar nicht mehr schließen vor Überraschung.

»Du lässt mich gehen!«, forderte Liz, ohne eine Spur Verunsicherung. Nicht mal die Hand zitterte.

»Raus. Alle!«, befahl ich.

»Dex ...« Spikes Warnung interessierte mich gerade nicht.

»Raus!«, brüllte ich lautstark und wenige Sekunden später waren alle aus der Tür. »Tür zu!«

Als die Tür ins Schloss fiel, entstand eine sengende Stille.

Liz hatte sich nicht einen Inch bewegt. Sie zielte noch immer auf mich.

»Was willst du jetzt tun? Den Presidenten erschießen und dann einfach hier herausspazieren? Der Club ist voll besetzt.«

»Ich nehme dich als Geisel«, erwiderte sie mit fester Stimme, als hätte sie wirklich schon einen Plan.

Sie zu verunsichern war also keine Möglichkeit ...

»Du glaubst doch wohl nicht ernsthaft, dass ich es so weit kommen lasse, oder?«

Ihre Fassade bröckelte, denn sie presste den Kiefer fest zusammen.

»Lass mich gehen, Dex!«

Ich sollte nicht so reagieren, wenn sie meinen Namen sagte. Mein Körper sollte nicht so reagieren. Normalerweise müsste ich Adrenalin ausschütten und keine verdammten Sexualhormone!

Da ich mich nicht bewegte und auch nichts antwortete, fluchte sie.

»Verfickte Scheiße! Dex, lass mich gehen! Ich bin nicht von Wert für euch! Glaub mir.«

Ich schnaubte. »Du bist Kyles Tochter.« Die Wahrheit auszusprechen, wer sie eigentlich war, war bitter. Sehr bitter.

»Und was hat es mir eingebracht? Ich bin hier gefangen, weil ich vor Ice geflohen bin! Und warum? Weil ich wieder ein verdammtes Pfand bin? Lass mich gehen, Dex.«

»Warum bist du vor Ice geflohen?«

Es ist alles eine Lüge. Ich sollte ihr nicht glauben.

»Ich werde nichts mehr sagen. Es ist offensichtlich, dass du mir nicht glaubst!«

»Ach, tue ich das, ja?«

»Ich bin nicht blöd, Dex. Ich weiß, wie das läuft. Du hast deine Leute vorgeschickt, um zu checken, was ich verrate. Dabei versucht Spike mir den netten, doch nicht so bösen Dex zu verkaufen, der ja so lang und verzweifelt nach mir gesucht hat. Und Ella spielt bei allem mit, weil sie wohl denkt, sie müsse mich auch noch weichkochen, aber ...«

»Spike hat was getan?«, fragte ich verständnislos nach.

»Hör auf, Dex! Es ist so offensichtlich, dass du genauso bist, wie all die anderen Biker. Überall siehst du Verschwörungen und Lügner und ...« Liz schüttelte den Kopf und ihre feuchten Haare flogen um ihren Kopf.

Sie hatte geduscht ... deswegen roch es hier gerade nach Shampoo und nicht nach Alkohol oder Rauch. Es roch einfach frisch.

»Bist du eine Lügnerin, Liz?«

Sie sah mich überrascht an. Ob es wegen ihres Namens war oder meiner Frage, war nicht ganz klar.

Die Überraschung wich allerdings dem Trotz.

»Bist du einer?«

Eigentlich hätte ich wütend darüber sein müssen, dass sie mir erneut keine Antwort gab. Aber die eigentliche Wut brodelte erst in mir auf, als klar wurde, dass sie mich hier gerade bezichtigte, nicht die Wahrheit zu sagen.

»Worauf bezogen? Du wusstest, ich bin ein Biker. Du kannst nicht so naiv gewesen sein, als wir gefangen waren.«

Nein, so dumm ist sie nicht.

»Natürlich war mir klar, dass du ein Biker bist und zu einem Club gehörst. Aber doch nicht, dass du ... President bist.«

»Bin ich auch erst geworden, nachdem die Leute aus deinem Club meinen Alten getötet haben!«, fuhr ich sie wütend an.

»Mein Club?«, fragte sie verdattert nach. »Mein Club?« Sie wurde immer lauter und diesmal zitterte die Waffe in ihrer Hand. »Es war nie mein Club! Für meinen Vater war immer nur klar, dass ich beschützt werden muss, falls herauskommt, dass es mich gibt. Ihm war es scheißegal, ob ich dort leben wollte oder nicht. Es mag sein, dass ich manche Leute dort echt gern gehabt habe, aber Ice ganz sicher nicht. Er war ein verdammter Lakai und hatte es am Ende so satt, dass er nicht nur deinen Dad auf dem Gewissen hat!«

Auch wenn es nicht überraschend kam, horchte ich auf. Also wusste auch Liz, was Ice getan hatte. Er hatte seinen eigenen Presidenten getötet, um an die Macht zu kommen.

»Also erzähl mir nichts davon, es wäre mein Club oder ich wäre eine Spionin oder was auch immer. Ich habe dort viel Zeit verbracht, weil Kyle es so wollte, aber ich habe nicht nach seinen Regeln gelebt!«

»Warum bist du dann in der Zelle gelandet?«, fragte ich, obwohl ich es mir denken konnte.

»Weil Ice krank ist. Er hat sich in den Kopf gesetzt ...« Sie schloss die Lider, um vermutlich nicht daran zu denken, aber sie tat es. Der Kummer in ihren Augen, als sie mich wieder ansah, war echt. »Ich bin Kyles Erbin. Ob ich nach den Regeln gelebt habe oder nicht. Ich war Teil dieser ganzen Sache. Ice dachte ...«

»Er wollte dich zur Old Lady«, stellte ich wütend fest. »Natürlich, so bekommt er vermutlich alle ruhig, immerhin könnte so ein Putsch den Club entzweien.«

Mein Blick schoss zu ihr rüber.

»Du hast dich geweigert?«

Das war wohl der Grund, warum sie neben mir in der Zelle gelandet war.

»Er hat ... Ich bin geflohen und sie haben mich geschnappt. Deswegen haben sie mich zu dir verfrachtet. Also, lässt du mich jetzt gehen?«

Ich ignorierte ihre Frage.

»Hat er dich vergewaltigt?«

Einen langen Moment reagierte sie gar nicht, was meinen Puls in ungeahnte Höhen schießen ließ.

»Er hat es versucht, aber stattdessen Bekanntschaft mit einer Flasche gemacht. Und dann hat er aufgegeben, weil er es einmal richtig machen wollte, wie er sagt. Dann hatte er es erneut versucht, weil ich fliehen wollte. Aber ich habe ihn umstimmen können oder sein Gewissen hat es. Was weiß ich.« Sie schnaubte, als hätte Ice einen besonderen Witz von sich gegeben. »Er hat mich eingesperrt, um meinen Willen zu brechen.«

Mittlerweile hatte sie sogar die Waffe gesenkt und schien mit den Gedanken weit weg zu sein.

»Warum bist du geflohen, als meine Männer kamen?«

»Warum?«, fragte sie ungläubig. »Ich hatte keine Ahnung, wer ihr seid, und ich habe die Chance genutzt zu fliehen. Du warst ein großer Junge, ich wusste, du würdest klarkommen und ... ich habe dir nicht ...«

»Vertraut«, beendete ich ihren Satz. »Und das kann ich dir nicht mal übel nehmen. Es wäre sogar sehr dumm gewesen, wenn du das getan hättest.«

Das Eingeständnis war nicht schwer. In unserer Branche, nach dem, was sie durchgemacht hatte, war es logisch, dass sie vorsichtig war.

Um ehrlich zu sein, war ich stolz, dass sie die Situation so eingeschätzt hatte.

Liz war von meiner Erwiderung überrascht.

Klar, sie kannte das mit Sicherheit nur anders. Ice hätte vermutlich wieder versucht, sie ...

Vor Wut ballte ich die Fäuste.

»Du bist hier sicher, Liz. Ich werde dich beschützen. Meine Männer werden ...«

»Ach ja?« Sie schnaubte belustigt und zielte wieder auf mich. »Eagle würde mich anscheinend am liebsten auf der Straße sehen und ...«

»Eagle ist ein vorsichtiger Mann, er muss das sein.«

»Ja, weil eine kleine, einen Meter siebzig große Blondine euch gefährlich werden kann, verstehe.«

Auch wenn Liz das lustig fand, war ihr nicht bewusst, wie gefährlich sie wirklich war.

Der Kontrast zu dem Lederoutfit war groß. Der verruchte Touch war weg und ich musste ehrlich gestehen, dass mir der lässige, süße Mädchen-Look besser an ihr gefiel.

Auch wenn die Waffe, die sie auf mich zielte, etwas von ihrer süßen Mädchenhaftigkeit einbüßte.

In meinem ganzen Leben wollte ich nie etwas Süßes besitzen. Bis Liz kam.

Nur dass das hier gerade völlig falsch lief.

Ja, sie hatte mir die Wahrheit und ihre Umstände erzählt.

Ja, ich glaubte ihr.

Ja, ich fühlte mich beschissen, weil ich ihr etwas anderes vorgeworfen hatte; aber dass sie immer noch meinte, sich mit einer Waffe vor mir schützen zu müssen, war zu viel.

»Nimm die Waffe runter, Liz.« Ich hob dabei wieder die Hände, damit sie begriff, dass ich ihr nichts tun würde.

»Nenn mich nicht so!«, fuhr sie mich an.

»Elisabeth? Nimmst du bitte die Waffe runter?«

»Hör auf!«

»Spike hat dich doch auch Liz genannt! Was ist dein Problem?«

Erst schien es so, als wüsste sie selbst nicht, woran es lag. Aber stur, wie sie war, zuckte sie die Schultern.

»Das geht dich nichts an!«

»Wovon sprechen wir hier eigentlich? Lass die Waffe sinken, ich verspreche dir, hier bist du sicher.«

Wieder dieses undankbare Schnauben.

Diese Frau machte mich so langsam wirklich wütend ...

»Und warum solltest du das versprechen? Ich bin der Feind, hast du selbst gesagt. Welchen Wert hätte ich für euch?«

Ich runzelte die Stirn, weil die Frage unerwartet kam.

»Ich werde auf keinen Fall ausgetauscht!«

»Ausgetauscht? Du glaubst doch nicht ernsthaft, ich würde irgendeinen Deal mit Ice machen? Er hat meinen alten Herrn getötet!«

Sie wirkte unsicher. »Was willst du, Dex?«

Erneut krabbelten imaginäre Spinnen mein Rückgrat hoch, als sie meinen Namen aussprach.

Es wäre ein angenehmes Gefühl, würde ich mich in ihr befinden. Aber so ist das echt nervtötend.

»Dich!«, antwortete ich ihr ehrlich.

Liz setzte ein Pokerface auf und lachte plötzlich so losgelöst, dass mich das doch kränken sollte, oder?

»Du willst mich?«

Der Spott war zu viel.

Mit einer Bewegung riss ich ihr die Waffe aus der Hand, ließ die Munition zu Boden fallen und drückte sie an die nächste Wand, die sich direkt hinter ihr befand.

Die Hand, die die Waffe gehalten hatte, drückte ich ebenfalls an die Wand. Die andere fand sich auf meiner Brust, weil sie versuchte, mich wegzudrücken.

»Dex, lass mich los!«

Es war süß, wie sie versuchte, von mir wegzukommen.

»Selbst wenn ich dich loslassen würde, könntest du nicht entkommen«, sagte ich und blickte zu ihr herunter.

Das Aufblitzen von Trotz und Rachsucht in ihrem Blick machte mich tierisch an.

»Du hast das auch gespürt. Unten, in dieser stinkenden, kalten Zelle«, flüsterte ich ihr zu, weil mein Körper instinktiv ihre Nähe suchte. Liz erstarrte und blickte mir ins Gesicht.

Sie ist so zart.

Ich muss sie beschützen.

Niemand wird sie mir wegnehmen!

Alles Gedanken, die ich noch nie in Bezug auf eine Frau hatte.

»Ich hab dich nicht gesehen, ich hab dich nicht riechen können ... nicht so wie jetzt.« Ich holte tief Luft und atmete ihren frischen Duft nach Dusche und Frau ein. Statt den Druck ihrer Hand auf meiner Brust weiter zu verstärken, krallte sie sich jetzt in mein Shirt, als würde sie Halt suchen.

Ich halte dich.

»Aber ich hab dich berührt, nicht lang, aber lang genug, um dieses Gefühl zu speichern und weiter davon zu träumen, weil ich es immer wieder erleben möchte.«

Langsam ließ ich ihren Arm los, um ihr Gesicht zu berühren. Leicht, als würde ich die Wärme, die von ihr ausging in mir selbst aufnehmen, strich ich über ihre Wange. Ihre Brust hob und senkte sich genauso schnell wie meine.

»Du ... du hast nach mir gesucht.«

Es war keine Frage, aber ich verstand es als solche.

»Jeden einzelnen Tag«, murmelte ich und schloss die Augen, um nicht die Kontrolle über mich zu verlieren. Vor allem, als sie mein Handgelenk mit ihren zierlichen Fingern umschloss, presste ich den Kiefer aufeinander. Denn die Berührung kam direkt in meinem Schwanz an und der meinte jetzt auch, mitreden zu wollen.

»Jeden einzelnen Tag also ...«

Sie befeuchtete ihre Lippen und ich bekam gar nichts mehr auf die Reihe, außer dem Befehl meines Schwanzes zu folgen:

Küss sie. Nimm sie. Sie gehört dir!

Aber so weit kam ich nicht.

Liz drückte mich mit so einem festen Schlag zurück, dass ich fast stolperte. Dann wollte sie wegrennen, ich ergriff ihre Mitte, sie sprang in die Höhe, um meinem Griff zu entkommen, aber da ich sie ganz sicher nicht loslassen würde, fielen wir beide zur Seite auf den harten Holzboden.

»LASS MICH LOS!«, schrie sie, ohne Luft zu holen.

Weil ich ihr nicht wirklich wehtun wollte, drehten wir uns mehrmals wie rangelnde Kids auf dem Boden.

Sie kreischte mir unangenehm ins Ohr, ich fluchte und drückte sie mit einem Ruck unter mich.

»Verdammt noch mal!«, rief ich, dann unterbrach uns ein Klopfen und Spikes Kopf erschien.

»Alles in Ordnung hier drin?«

»Ja!«, rief ich, während Liz ein »Nein!« antwortete.

»Gut, wenn nichts ist, dann ...« Er verschwand, bevor er wieder auftauchte. »Ach ja, ich soll dir von Moe sagen ...«

Aber da biss sie plötzlich zu. Fest und schnell in meine Hand.

»Scheiße!«

»Jepp, genau. Sie beißt, du solltest auf deine Hand aufpassen«, erklärte Spike und zog die Tür wieder hinter sich zu.

Ich wedelte mir den Schmerz weg. Die Bisswunde blutete und würde blau werden.

»Du bist wahnsinnig!«, brüllte ich sie an und drückte ihr die Hände über den Kopf.

Jetzt muss ich nur aufpassen, wo ihre Zähne landen.

»Ich bin wahnsinnig? Ich?« Sie lachte und einen Moment lang dachte ich wirklich, dass sie nicht mehr alle Tassen im Schrank hatte.

»Du bist doch derjenige, der davon redet, mich zu vögeln, verknallte Blicke austauscht und mir erzählt, er wäre ja soooo verrückt nach mir.«

Mein Gesichtsausdruck verdüsterte sich.

»Und?«

»Und?«, fragte sie und wirkte jetzt so richtig pissig.

Persönlichkeitsstörung? Na wunderbar, also habe ich mir so eine in den Club geholt.

»Du lässt dir von irgendeiner Schlampe einen blasen und zehn Minuten später stehst du vor mir und erzählst mir was von irgendeinem Gefühl, das du immer spüren willst, wenn ich da bin. Fick dich, Dex, ich bin nicht irgendeine Schlampe und schon gar nicht irgend so eine hohle Nuss, die den Scheiß glaubt, der da aus deinem Mund kommt. Am Ende bist du einfach nur ein verdammter Biker, der alles und jeden vögelt, weil er meint, ein Recht darauf zu haben!«

Ich sollte nach dieser Ansprache keinen Ständer haben, oder?

Nun ja, das sieht mein Schwanz allerdings anders.

»Zu meiner Verteidigung sollte ich sagen, dass er nicht in ihrem Mund war, weil du …«

Sie kämpfte darum, freizukommen. Aber wie immer war der Versuch nur süß.

»Du magst vielleicht nicht wie Ice sein, aber Frauen behandelst du genauso!«

»Ich sperre keine Frauen ein, nur weil sie mich nicht ficken wollen!«, brüllte ich sie an.

»Nein, du hältst sie an der kurzen Leine!«

Da kann ich ihr nicht mal widersprechen, wenn man ihre Situation betrachtet.

»Wo zum Teufel willst du denn hin? Du kannst nirgends hin. Du hast es versucht!«, fuhr ich sie an.

»Ich würde lieber da draußen herumlaufen, mit der ständigen Angst im Nacken, von Ice und seinen Männern geschnappt zu werden, statt hier zu bleiben, um dein Bett zu wärmen!«

Die Antwort saß und nistete sich wie eine kleine, nervige Zecke in meinen Kopf ein.

Auch wenn mein Schwanz gerade gern in etwas nisten will. Vorzugsweise in ihr …

»So ist das also …«, stellte ich nüchtern fest.

»Und wie das *so* ist!«

Erneut blitzte Trotz auf, aber auch etwas anderes. Etwas, das sich wie Angst anfühlte.

Hatte Liz wirklich Schiss, ich würde sie zu etwas zwingen?

Als hätte ich mich verbrannt, ließ ich ihre Arme los und stand auf.

Liz blieb noch auf dem Boden und musterte mich aufmerksam.

»Jetzt steh endlich auf. Ich tue dir nichts!«, blaffte ich sie an.

»Kann ich gehen?«, fragte sie in die Stille und verschränkte die Arme schützend vor der Brust.

Jetzt schnaubte ich, weil die Frage kommen musste.

Ich schenkte ihr einen kurzen, aber intensiven Blick und schüttelte dann seufzend den Kopf.

»Es ist zu gefährlich. Ich kann dich nicht gehen lassen.«

Sie wollte etwas dagegen sagen, aber erneut schüttelte ich den Kopf. »Ice wird das Gelände beobachten, wir machen das genauso bei den Outlaws. Auch wenn es ruhig ist, weiß er, dass wir einen Rundumschlag planen. Ob du ein Teil davon bist oder nicht, er wartet darauf. Wenn du jetzt hier rausspazierst, wird Ice wissen, dass du keinen Schutz hast. Und das werde ich ganz sicher nicht mit meinem Gewissen vereinbaren, Liz. Da kannst du schreien, wie du willst.«

Als keine Erwiderung kam, sah ich sie an. Liz starrte mich an, als wüsste sie nicht, was sie sagen sollte.

Was auch besser war. Sie hatte für meinen Geschmack schon viel zu viel gesagt.

»Gut. Versuch nicht zu fliehen und mach keinen Ärger. Du kannst dich frei bewegen, so lange du dich benimmst.«

»Ich benehme mich immer«, schnaubte sie und brachte mich damit zum Schmunzeln.

»Natürlich.«

Dass meine Bisswunde Blutspuren auf dem Boden hinterlassen hatten, war ja wohl Beweis genug, dass sie es nicht tat.

Aber dann erinnerte ich mich daran, was sie über mich dachte.

Liz hatte Angst vor mir.

Liz verstand mich nicht und ignorierte das, was ich die ganze Zeit gesucht hatte.

Diese besondere Verbindung.

Ich verließ das Zimmer und ließ sie zurück, so wie sie das wollte.

Kapitel 11

Liz

Von der einen Hölle, in die nächste …

Zumindest hatte ich befürchtet, dass es genauso ablaufen würde, als Dex mich allein zurückgelassen hatte.

Aber es entwickelte sich in eine völlig andere Richtung.

Er wies an, dass ich in seinem Apartment leben sollte. Dex schlief auf der Couch, was ich allerdings erst drei Tage später herausfand, als ich nachts Durst bekam und in die Küche gelaufen war.

Brummend hatte er sich auf der viel zu kleinen Couch bemerkbar gemacht, weil ich das Licht eingeschaltet hatte.

Jedes Mal, wenn ich morgens aufgestanden war, war Dex bereits verschwunden. Einzig die Decke, die sorgsam zusammengelegt wurde, erinnerte mich daran, dass er hier gewesen war.

Und erst nach dem dritten Tag traute ich mich wirklich hinunter.

»Na, wen haben wir denn da?«, rief Ella so lautstark durch die Bar, dass ich zusammenzuckte.

Sie arbeitete schon? Wir hatten nicht mal neun Uhr.

Was wundert dich das überhaupt? Saufen kann man auch morgens.

»Du siehst besser aus. Hast du dich in den drei Tagen gut erholt?«

Auch wenn wir beide wussten, dass ich keine drei Tage benötigt hatte, um mich *auszuruhen,* klang ihre Frage aufrichtig. So, als würde sie mir eine Notlüge zusprechen wollen, damit ich mich wohler fühlen konnte. Meiner Wade ging es bereits viel besser.

»Ja ... hat geholfen. Danke.« Ich blickte mich in der leeren Bar um.

»Noch nichts los?«

»Ach, bitte. Die pennen bis in die Puppen und einige sind auch auf der Arbeit.«

Sie bediente die Kaffeemaschine, in der die Bohnen laut gemahlen wurden.

»Arbeit?«, fragte ich neugierig nach.

Ella schenkte mir einen langen, nachdenklichen Blick, während der Kaffee in eine Tasse lief.

»Lass mich raten: Die Outlaws leben von dem Dreck, der im Club eingenommen wird, oder?«

»Ja«, gab ich unumwunden zu.

Es war ganz klar geregelt, dass der Club an erster Stelle stand. Niemand würde sich da erlauben, einem normalen Job nachzugehen.

»Nun ...« Sie stellte mir den Kaffee auf den Tresen. »Bei uns läuft das anders. Hast du Lust auf Gesellschaft? Drüben gibts dann auch Frühstück.«

Bevor ich antworten konnte, ließ sie mich stehen und verschwand nach hinten.

Mein Blick schoss zur Tasse und ich fand schnell eine Antwort auf die Frage, ob ich ihr folgen sollte.

Statt mich von einem Prospect über das Gelände verfolgen zu lassen oder allein in Dex' Apartment zu versauern, entschied ich mich für die interessantere Idee.

Ich folgte Ella und erstarrte, weil ich auf alles vorbereitet war, aber nicht auf ... den Anblick.

Hinter der Bar befand sich eine großzügige Küche, an die ein Aufenthaltsraum mit einer Couch angrenzte, auf der die großen Biker saßen und *Downton Abbey* schauten.

Mein Blick schoss zu Ella, die mit ein paar Old Ladies in der Küche hantierte.

»Was ist das hier?«, fragte ich Ella, die mir einen Teller mit einem Bagel hinhielt.

»Was ist was?«, fragte sie so unschuldig, dass ich es ihr fast abgekauft hätte.

Spike trug keine Kutte, schnitzte an einem Stück Holz mit seinem Taschenmesser herum, während er immer wieder zum Fernseher schaute.

Eagle rauchte sich eine Zigarette – ebenfalls noch ohne Kutte – und konzentrierte sich auf die Filmszene.

»Setz dich einfach hin und genieß die Ruhe.«

Ella schob mich zum leeren Sessel, der neben den beiden Bikern stand.

Spike zwinkerte mir kurz zu, Eagle ignorierte mich völlig. Womöglich lag es daran, dass ich ihm vor vier Tagen eine verpasst hatte und er immer noch nicht darüber hinweg war.

Wie bestellt und nicht abgeholt stand ich mit dem Teller und der Tasse in der Hand herum und setzte mich erst, als mir bewusst wurde, dass es langsam peinlich wurde.

»Mund zu, Frau ... könnte sonst was reinfliegen«, grinste Spike, ohne seinen Blick vom Fernseher abzuwenden.

»Ähm ...« Ich räusperte mich und blickte kurz zum Fernseher. »Ihr schaut *Downton Abbey*?«

Eagle schenkte mir einen so bösen Blick, dass ich am liebsten mit dem Sessel eins geworden wäre.

Im Augenwinkel bekam ich mit, wie Moe hereinkam und Ella einen ordentlichen Kuss auf den Mund drückte, bevor er sich von ihr bedienen ließ.

»Was hätten wir deiner Meinung nach denn schauen sollen, damit Miss Etepetete keinen Schock bekommt?«, fragte Eagle drauflos.

»Keine Ahnung, irgendetwas mit Blut, aufgeschlitzten Leibern und ...« Dann fiel mir erst auf, wie er mich genannt hatte. »Moment, was soll das heißen, Miss Etepetete?«, fuhr ich ihn genervt an.

Moe setzte sich in den Sessel gegenüber, biss genüsslich in den Bagel und blickte interessiert zum Fernseher.

Er auch?

Aber meine Frage an Eagle schwebte noch über uns.

»Wenn man sich drei Tage versteckt, weil man sich einredet, etwas Besseres zu sein, dann ...«

»Okay, das reicht. Wir sind hier, weil wir den Tag ruhig beginnen wollen, Jungs. Vergesst das nicht«, mahnte Ella und setzte sich zu Moe auf die Sessellehne. Sie schenkte mir ein mitfühlendes Lächeln.

»Schaust du keine Serien?«, fragte Spike mich plötzlich.

»Doch, nur ...« Was tat ich nur hier? Ich saß mit den Demons zusammen, trank Kaffee, aß Bagels und schaute *Downton Abbey.* »Als Matthew starb, fand ich die Serie nicht mehr spannend und hab sie nicht mehr geschaut. Das muss Jahre her sein, deswegen ...«

Erst jetzt bemerkte ich, wie sie mich alle anstarrten.

»Was?«

»Matthew stirbt?«, fragte Spike geschockt.

»Oh ...«

Ella war amüsiert, Moe zeigte keinerlei Regung und nach Eagles wütendem Gesichtsausdruck zu urteilen, wollte er mich wohl am liebsten gleich hier abschlachten.

»Spoileralarm!«, versuchte ich es nun mit Humor, aber Eagle schnaubte nur, stand dann auf und verzog sich mit schweren Schritten.

»Nimm's ihm nicht übel. Eagle steht nicht mal auf eine Gebrauchsanleitung, weil er die Überraschung liebt. Vorhersehbares ist nicht so sein Ding«, erklärte Spike und ich grinste, weil er wirklich über jede Situation einen Witz machte.

Und dann schauten wir ohne weitere Unterbrechungen oder Spoiler meinerseits die Folge zu Ende.

Als der Abspann lief, fluchte Spike lauthals.

»Ich fass es nicht, dass der große Lord das Erbe nicht annehmen wollte. Der riskiert den Verlust der ganzen Bude.«

»Reg dich ab, Spike. Er wird sich darüber im Klaren sein, dass er das Ding verlieren wird«, sagte Moe, der aufstand und seine Tasse und den leeren Teller in die Spüle stellte.

Ein Biker, der seinen Dreck wegbringt ... Ein seltener Anblick.

»Ach ja? Als seine alte Lady schwanger wurde, hätten wir auch nicht gedacht, dass sie den langersehnten Erben verliert.«

»Da hätte ja auch keiner gedacht, dass deren Putze eine Seife absichtlich auf dem Boden platziert, um ...«

Die Diskussionen gingen noch lange so weiter, bis ich ein Schmunzeln darüber nicht mehr zurückhalten konnte.

Kopfschüttelnd brachte ich meine Tasse und den Teller zur Küche, während Spike und Moe darüber diskutierten, wie der Earl das Land im fiktiven Städtchen in der Serie retten könnte.

Irgendwann verschwand Moe, weil er zurück in die Werkstatt musste und Spike half beim Abwasch, was mich noch mehr aus der Bahn warf. Ella reichte mir wie selbstverständlich das abgetrocknete Geschirr, das ich in einen Schrank stellte.

»Du siehst besser aus, Liz«, sagte plötzlich eine der Frauen. Wenn ich mich nicht irrte, hieß sie Candice und war die Old Lady von Hardy. Und soweit ich mich erinnerte, war er groß, von bulliger Statur und gehörte zur ruhigen Fraktion des Clubs. Wenigstens war sein kühler, stummer Blick eine Botschaft: »Nervt mich nicht.« Zumindest redete ich mir das ein.

»Danke, ich fühl mich auch besser«, antwortete ich und legte den letzten Teller in den Schrank zurück.

»Und Dex?«, fragte Candice, während sie ein paar Nüsse zerkleinerte und sich eines grinsend in den Mund steckte. Im Gegensatz zu Ella stand sie auf Make-up und freizügige Klamotten.

Ella stellte eine große Karaffe Eistee auf den Tisch und klatschte ihr leicht auf den Kopf.

»Hey!«, rief Candice aufgebracht.

»Lass sie in Ruhe.«

»Ich darf doch wohl mal fragen, ob sie am Pres interessiert ist, oder? Wir alle fragen uns das!«

Mein Blick schoss zu Spike, der ein paar Fuß entfernt von mir an der Küchentür lehnte und sich bereits Chips einwarf.

Besser, als den Tag mit Alkohol zu beginnen ...

»Oder sie wartet darauf, ihm ein Messer in den Rücken zu jagen«, kam es von der Old Lady, die Candice direkt gegenüber saß. Soweit ich mich erinnerte war ihr Name Gabi. Keine Ahnung, zu wem sie gehörte.

Sie war wohl Mexikanerin, wenn ich den Akzent und ihren Hautton betrachtete.

»Quatsch«, behauptete Ella, sah dann aber zu mir und die Frage stand in ihren Augen. *Oder?*

»Selbst wenn ich es wollte, würde er mich nicht gehen lassen, also was soll das bringen?«, fragte ich genervt nach.

»Dumm ist sie schon mal nicht«, erwiderte Candice.

»Und was hast du jetzt vor?«, fragte Gabi neugierig, als hätte ich wirklich verschiedene Möglichkeiten.

»Sie wird Dex den letzten Nerv kosten, was sonst«, lachte Spike und fand sich wohl besonders witzig.

»Eher umgekehrt«, murmelte ich, auch wenn er seit drei Tagen kein Wort mehr mit mir gesprochen hatte.

Was ich natürlich befürwortete.

Dex war ... keine Ahnung, was er war. Ehrlich war er auf jeden Fall nicht.

»Du kannst ihn nerven, Liz. Wir müssen seine Laune allerdings ertragen. Ein feiner Unterschied«, erklärte Spike, als könnte ich mich tatsächlich freuen, eine Gefangene zu sein.

»Aber ich hab dich berührt, nicht lang, aber lang genug, um dieses Gefühl zu speichern und weiter davon zu träumen, weil ich es immer wieder erleben möchte.«

Dex' Worte waren eben nur das. Worte. Leere Worte noch dazu, wenn er kurz davor mit einer anderen was auch immer treiben konnte.

Es war wirklich passiert. Ich war erneut einem Egomanen vor die Füße gefallen und jetzt wartete ich darauf, was er als nächstes anstellte.

»Jetzt schau nicht so wütend. Du bist hier sicher«, sagte Ella plötzlich.

Ich runzelte die Stirn.

»Hat Dex euch erzählt, warum ich geflohen ...«

»Vage. Aber so, dass wir es verstehen, oder?« Das letzte Wort klang eher nach einer Warnung, als sie zu Gabi sah, die nur die Augen verdrehte. Mir war bewusst, dass es für manch einen schwer war, mich hier zu akzeptieren. Mir fiel es ja auch schwer.

Auch wenn alle hier so freundlich zu mir waren. Mit Ausnahme von Eagle und Dex. Wobei Dex zu nett wäre, wenn ich ihn drum bitten würde, aber ich besaß auch noch so etwas wie Selbstachtung.

»Ice ist ein mieses Schwein«, stellte Candice fest und blickte zu mir. »Ich kann verstehen, dass du da wegwolltest. Ich hab kein Problem damit, wenn du hierbleibst. Du interessierst dich nicht für meinen Mann oder einen anderen, der vergeben ist ... Dann ist es mir im Grunde egal, ob du bleibst oder nicht.«

Ich nickte, weil das mehr war, als ich hoffen konnte, auch wenn ich nicht wusste, ob ich hierbleiben sollte.

Auch wenn ich Dex am liebsten zum Teufel scheren würde, hatte er recht damit, dass Ice mich schnappen würde, sobald ich abhauen konnte. Wie lange würde ich es diesmal schaffen, ohne dass er mich erwischte? Tage? Wochen?

Selbst ich war nicht so lebensmüde, das zu versuchen. Aber wenn sich die Lage beruhigt hatte?

»Keine Angst, ich will nichts von ...«

»Sag das nicht zu laut«, mischte Spike sich ein, musterte mich kurz und blickte dann hinter mich. »Morgen, Pres.«

Schnell drehte ich mich zu ihm um. Dex stand angelehnt am Türrahmen. Er trug die Kutte und starrte mich an, als würde er nicht wirklich wissen, ob er mich erwürgen oder ... nun ja, etwas anderes mit mir anstellen sollte.

Ich räusperte mich, weil ich plötzlich unruhig wurde.

Seit drei Tagen sah ich ihn nur sporadisch und nun war er hier, in seinem Territorium, und ich fühlte mich fehl am Platz.

Erst jetzt bemerkte ich, dass alle verstummt waren und zwischen uns hin- und hersahen.

»Eagle ist äußerst schlecht gelaunt«, stellte Dex plötzlich fest und betrat die Küche.

Spike machte Platz, zog sich einen Stuhl vom Tisch und setzte sich so hin, dass er die Arme auf die Lehne stützte und uns neugierig beobachtete.

Wie ein kleines Kind schlürfte er den Kaffee aus seiner Tasse und grinste neugierig.

Gar nicht auffällig.

»Dein Mädchen hat gespoilert und du weißt ja, wie er sowas aufnimmt«, teilte Spike ihm mit.

Dex drehte sich um, lehnte sich an die Küchentheke, nickte verstehend und trank einen Schluck von seinem Kaffee.

Dabei spannten sich seine Arme an ... Wobei ich mich schon fragte, wieso, wenn er nur die Tasse ...

O Gott. Er spannt sie gar nicht an. Die Arme sind so trainiert!

Hatte ich schon erwähnt, dass ich eine Schwäche für Unterarme hatte? Wenn die Muskelstränge und Sehnen zu sehen waren? Ein Tick von mir und gerade konnte ich nicht genug Unterarm von Dex sehen. Dazu kamen noch die Tattoos hinzu. Mir war zwar aufgefallen, dass andere hier wesentlich mehr Körperschmuck mit sich herumtrugen, aber Dex? Der hatte genau die richtige Farbe auf seiner Haut.

Wow. Das klingt irgendwie gruselig.

Erst als ich aufsah, bemerkte ich, wie Dex mich über den Tassenrand hinweg beobachtete.

Schnell räusperte ich mich und ... stand dann dumm in der Gegend herum.

»Du hast dich also nach unten getraut ...«

Ich bemerkte, wie alle jetzt zu mir schauten. Abwartend.

»Wurde langsam Zeit«, antwortete ich und versuchte mich an einem Lächeln, das wohl kläglich scheiterte.

Derweil sahen alle anderen zu Dex, der mich weiter musterte, um die Wahrheit hinter meiner Lüge zu finden.

Aber im Grunde hatte ich nicht gelogen. Die Decke fiel mir in seinem Apartment auf den Kopf und ... mich weiter in seinem Schlafzimmer einzuschließen, war keine Option mehr.

»Dich hat niemand gezwungen, in deinem Zimmer zu bleiben.«

»Ach, tatsächlich nicht?«, fragte ich leicht gereizt.

»Nein, du hättest auf dem Gelände ...«

»Natürlich. Nachdem du mir klargemacht hast, dass ich eine Gefangene bin, stolziere ich ein paar Runden herum und vergesse mal eben, dass die restliche Welt tabu für mich ist!«

Dex blähte die Nasenflügel auf. »Es ist ...«

»Gefährlich! Ist mir schon klar, aber weißt du, was ich wirklich denke?«, fragte ich ihn herausfordernd.

»Jetzt kommt's«, hörte ich Spike flüstern.

»Du stehst drauf, mich hier einzusperren. Du nutzt dein Presidenten-Patch aus, um Frauen wie mich hier ...«

Die Tasse zersplitterte in tausend Teile, als Dex sie mit voller Wucht auf die Küchentheke feuerte. Kaffee floss den Schrank hinunter.

Plötzlich kam Leben in die Bude. Ella stand auf.

»Komm ... Wir müssen noch die Bar aufräumen.« Sie griff sich Spikes Nacken, der nur unzufrieden schnaubte und dann tatsächlich mit den anderen Old Ladys verschwand.

Warum ließen sie mich mit ihm allein, wenn Dex so offensichtlich aggressiv wurde?

»Wow, du hast sie vergrault«, stellte ich nüchtern fest.

»Sie sind nicht meinetwegen gegangen«, erklärte er und meinte das tatsächlich ernst.

»Natürlich. Du hast ja alles richtig gemacht. Jedes Mal, wenn ich sauer bin, knall ich auch eine meiner Kaffeetassen auf den Boden ...«

Dex holte tief Luft, schien für einen kurzen Augenblick die Decke anzubeten und dann sah er wieder zu mir.

»Du willst, dass ich ausraste, oder?«

Mehr als ein Schulterzucken brachte ich nicht heraus.

»Da du ja gerade so schön leise gesagt hast, was du über mich zu wissen glaubst ... Was glaubst du, wie lange du das hier noch ...« Er zeigte auf meine Gestalt von unten bis oben. »Aufrecht erhalten kannst?«

»Was?«

Er kam langsam auf mich zu, während ich gleichzeitig rückwärtsging.

»Niemand hat dir etwas getan. Du hast einen warmen Schlafplatz ...« Ich öffnete den Mund, um ihn zum Teufel zu scheren, aber er fuhr einfach weiter.

»Versuch mir jetzt nicht weiszumachen, dass die Bruchbude in diesem abgewrackten Motel an der Interstate, die du seit ein paar Tagen gemietet hast, vergleichbar mit der Situation hier wäre.«

»Woher weißt du ...«

»Auch wenn du denkst, dass du hier deine Zeit absitzt, während wir böse Biker spielen, hab ich meine Prospects geschickt, deine wenigen Sachen zu holen, die du noch dort hast.«

»Du hast was?«

»Und Überraschung! Wenige Minuten später kamen die Outlaws. Sie haben dich gesucht. Wieder mal.«

Mir wurde schlecht. Mein Magen spielte verrückt und ich musste erst einmal tief ein- und ausatmen.

Sie suchen mich immer noch ...

»Alles okay?«

Seine Frage riss mich aus meinen panischen Gedanken heraus.

»Ja-a.« Meine Stimme zitterte, aber nur, weil ich mich nicht kontrollieren konnte.

Dex musterte mich noch einen langen Moment, dann nickte er, als hätte er begriffen, dass ich keine Hilfe brauchte.

»Frag nach Dewy, er hat deine Klamotten mitgebracht.«

Erneut nickte ich und verschränkte die Arme schützend vor der Brust.

»Danke.«

Das Wort kam mir nur schwer über die Lippen.

Er seufzte und ich sah auf. Unsere Blicke trafen sich und ich musste schlucken.

»Ich werde dir nichts tun, Liz.«

Es war immer noch merkwürdig, dass er meinen Namen nun kannte und ihn so unbedarft aussprach. Natürlich bildete ich mir ein, dass er meinen Namen noch sinnlich betonte, aber das war nur meiner Libido zuzuschreiben, die komplett verrücktspielte.

Verräterin.

»Ich weiß«, antwortete ich ehrlich und blickte zu ihm. »Du würdest dich mir nicht aufdrängen.«

Das hatte er mir bewiesen. Seit Tagen ging er mir aus dem Weg, weil ich ihm klargemacht hatte, dass ich keinen Biker wollte. Mein Blick glitt über seinen Körper. Dex war trainiert, aber nicht zu muskulös. Genau richtig.

Genau richtig?

Und jetzt starre ich wieder auf seine Arme …

Wundervoll.

»Na gut, wenigstens hältst du mich nicht für einen Vergewaltiger. Das ist ein Fortschritt.«

Auch wenn er es lustig meinte, sah er nicht danach aus. Sein ernster Blick galt mir.

Ich öffnete den Mund, um etwas zu sagen, aber auch Dex begann zu reden.

»Dex, ich …«

»Liz …«

Wir beide sahen uns an und grinsten.

Dex' Grinsen war wirklich schön. Auch wenn man ihn kaum als schön im klassischen Sinne bezeichnen konnte. Er besaß diese raue Schönheit. Die Tattoos, die Boots, die er trug, das straffe Shirt, das um seine Muskeln wie eine zweite Haut lag. Das alles war attraktiv und so selbstsicher, wie er vor mir stand, wusste er das auch ganz genau.

Aber er würde nie normal sein … weil es nichts gab, was normal an dieser Situation war.

Wir hatten uns das erste Mal hinter Gittern getroffen und wenn ich ehrlich zu mir war, war das die letzte schöne Erinnerung in den vergangenen Monaten gewesen, an die ich mich während meines Untertauchens ständig erinnerte.

Er und ich und unsere Gespräche.

Er und ich und die klitzekleine Berührung.

Er und ich …

Ich hatte ohne darüber nachzudenken einen Schritt nach vorn gemacht und stand jetzt abwartend vor ihm.

Aber worauf wartete ich?

Dex stand wie erstarrt nur wenige Fuß entfernt und blickte mich stirnrunzelnd an.

Und dann ging ein Ruck durch mich hindurch.

»Ich muss … los.«

Keine Ahnung, wohin ich sollte, aber dass ich die Küche verlassen musste, hatte gerade oberste Priorität.

»Wohin des Weges, Süße?«, rief mir Ella plötzlich von der Bar aus zu.

Sie stand allein hinter der Theke. Mein Blick schoss zur Treppe, die ich hochstürmen wollte, um mich erneut in *meinem* Zimmer zu verstecken.

»Komm, du siehst aus, als könntest du einen Muntermacher gebrauchen.«

Sie stellte ein Glas auf den Tresen ab und füllte es mit Tequila.

»Tequila?«

»Ich kann dir auch einen Saft machen, aber der würde deiner Gesichtsfarbe nicht helfen.«

Da sie recht hatte, nickte ich zustimmend und kippte mir die bittere Substanz in den Rachen.

Ich verzog kurz das Gesicht und setzte mich dann an den Tresen.

»Besser?«, fragte sie und ich zuckte mit der Schulter.

»Weißt du, ich kann dich verstehen. Du bist hierhin gebracht worden, ohne dass man dich gefragt hat. Er hat dich zwar auch damit gerettet, aber Dex benimmt sich … Na ja, sagen wir mal, es sind nicht seine besten Manieren. So habe ich ihn nicht erzogen, musst du wissen.«

Ella redete so unbedarft über Dex, dass sich das Gefühl immer mehr bestätigte, wie wichtig sie wirklich für ihn war.

»Du bist nicht für ihn verantwortlich, Ella.«

»Wir sind ein Club, Süße. Wenn ich sehe, wie Dex leidet oder wie du leidest, dann ...«

»Ich leide nicht! Und Dex schon gar nicht!«, fuhr ich ihr dazwischen.

Ella schenkte mir ein fast amüsiertes Lächeln, aber dann besann sie sich wieder und kippte mir noch einen Tequila ins Glas.

»Okay, was ist es dann? Dein Wille, für deine Freiheit zu kämpfen? Süße, das hast du mehr als einmal bewiesen.«

Sie bemerkte meinen fragenden Blick.

»Du hast gekämpft wie eine echte Löwin, du hast mehr als einmal dafür gesorgt, dass die Jungs hier zu tun haben und nun sitzt du hier und trinkst mit mir was ...«

Musste ich erwähnen, dass sie noch keinen einzigen Drink zu sich genommen hatte?

»Du bist keine Frau, die aufgibt. Also warum zum Teufel arrangierst du dich mit dem hier ...« Sie machte eine umfassende Handbewegung über die Bar. »Warum hast du deine Meinung geändert?«

Ich öffnete den Mund, um ihr zu widersprechen. Aber kein Laut kam über meine Lippen und Ella schien nicht mal überrascht.

Sonst hatte ich immer Argumente.

Aber die Wahrheit war eine andere.

Auch wenn ich mir jetzt zig Gründe einreden könnte, warum ich hier die Füße still hielt.

Ich habe kein Zuhause.

Ich habe Angst, dass Ice mich erwischt.

Ich will nicht mehr flüchten.

Nein, all die Dinge, die mir gerade durch den Kopf gingen, waren nichts weiter als Ausreden.

Ich will hier sein.

Ich will es!

»O Gott«, stöhnte ich, das war die erste, gesunde Reaktion, als die Erkenntnis meinen Kopf überschwemmte.

»Noch einen?«, fragte sie und kippte mir bereits erneut einen Drink ein, obwohl ich den Kopf schüttelte.

Plötzlich hörte ich, wie sich die Eingangstür öffnete. Die Scharniere sollten mal geölt werden, so laut quietschten sie.

»Was zum Teufel tust du hier?«, fragte Ella so gehässig, dass ich mich auf dem Barhocker umdrehte, um den Besucher zu identifizieren.

Ich kannte den kurzen, nuttigen Rock und das lange, dunkle Haar. Der Kontrast zu mir war so offensichtlich ... Ach keine Ahnung, die zwei Drinks stiegen mir bereits jetzt schon zu Kopf.

»Komm mal wieder runter, Ella«, seufzte sie, als hätte sie eine sehr, sehr lange Nacht hinter sich.

Da ihre Strumpfhose durchlöchert war, ihr Make-up verschmiert und sie vollkommen verkatert war, lag ich sicherlich auch richtig mit meiner Vermutung.

»Ich bin Gast und ...«

Erst jetzt registrierte sie mich und erstarrte regelrecht.

Sie hatte sich allerdings wieder schnell im Griff und stolzierte erhobenen Hauptes an mir vorbei, um in die hinteren Räume zu gehen.

»Sie war nicht bei Dex. Jeder hier im Club weiß, dass er seit Tagen auf der Couch schläft. Er ist nicht glücklich darüber, das wäre kein Mann. Aber er hat sie nicht mehr mit dem Arsch angeschaut, seit du ...«

»Seit ich ihn mit ihr erwischt habe?«, fragte ich gereizt und blickte der Schlampe immer noch nach, obwohl sie nicht mehr zu sehen war.

Ella war weder sauer noch genervt, dass ich mich so verhielt. Sie wirkte eher ... neugierig.

»Ich halte eine Menge von Dex, wir alle. Er ist ein Guter, auch wenn er das anders sehen würde. Aber habe ich irgendwann mal gesagt, dass er besonders clever in Bezug auf Frauen ist? Ich kenne die Jungs alle ...«

Es war merkwürdig, dass sie Dex, Spike und die anderen als »Jungs« bezeichnete. Aber Ella strahlte diese mütterlichen Instinkte aus, dass ich sie sogar verstehen konnte.

»Und bevor die sich an etwas Festes rantasten, müssen sie erst auf die Schnauze fallen. Dex hat dich seit Monaten gesucht, wir alle haben schon gedacht, er hätte wortwörtlich den Verstand verloren, hätte sich dich nur eingebildet. Und dann taucht er plötzlich mit dir auf und du bist unnachgiebig.«

»Unnachgiebig?«

»Dex würde es anders nennen, also sei froh, dass ich ...«

Erneut stolzierte diese dunkelhaarige Schlampe in den Raum.

»Die Männer sind in der Höhle. Machst du mir einen Kaffee? Mein Kopf brummt.«

»Du solltest gar nicht erst hier sein«, stellte Ella düster fest.

»Ich wurde eingeladen«, grinste sie und sah mich herausfordernd an.

Sie war nicht bei Dex. Sie war nicht bei Dex.

In diesem Club lief es anscheinend nicht anders in Bezug auf die Schlampen. Sprach einer der Mitglieder eine Einladung aus, durften selbst so wertlose Huren wie sie ein- und ausgehen.

»Nicht, wenn Dex es untersagt hat«, redete Ella weiter.

Cara schien sich gerade mehr für ihre abgekauten Fingernägel zu interessieren, die in einem auffallenden nuttenrot lackiert waren.

Oh ja, nuttenrot gibt es!

»Dex untersagt es nicht. Ich werde ihn umstimmen.« Ihr Blick schoss zu mir und dieses verdammte Glitzern in ihrem Blick war reine Provokation. »Schaff ich immer.«

Und dann glitt sie mit ihrer Zunge lasziv – zumindest meinte sie wohl, dass es das wäre – über ihre trockenen Lippen.

So wie diese Lippen auch Dex geleckt haben mussten ...

Ich sollte wohl erwähnen, dass ich nach dieser Geste nicht mehr wirklich wusste, was passiert war.

Gut, vermutlich spürte ich das harte Holz unter meinen Ballerinas, als ich mit festen Schritten auf sie zuging. Und ja, mein Handgelenk schmerzte, als ich ihr die Nase brach. Das Jaulen und Kreischen danach kam von ihr und dennoch hatte ich währenddessen nur eine Stimme in meinem Kopf gehört.

Brich ihr noch was anderes! Brich ihr alles!

Aber leider hielten mich zwei sehr starke Arme zurück, als ich versuchte wieder zu ihr zu gelangen. Unterdessen blutete die Nutte den Boden voll und schrie herum, dass ich irre wäre und ich sie umbringen wolle.

Da ich nicht zur Lügnerin erzogen wurde, hielt ich selbstverständlich die Klappe.

»Hör auf meine Bar vollzubluten!«, fuhr Ella sie an und rief ein paar Prospects, die sie nach draußen begleiteten.

Erst als Ella die Hände auf die Hüfte stemmte und diese Schlampe Cara davongehen sah, drehte sie sich zu ihm um.

»Danke, Darling.«

Da sie nicht mich meinte – sollte sie allerdings verdammt noch mal! –, blickte ich immer noch auf die Arme, die mich fest umschlungen hielten. Die Tattoos gehörten nicht zu Dex, weswegen ich zur Seite blickte und in Moes ruhige Miene starrte.

»Moe?«

»Bist du wieder im Hier und Jetzt?«, fragte er kühl. Da ich ihn jetzt von Nahem sehen konnte, sah ich die kleinen Falten, die sich auf seinem Gesicht im Laufe der Jahre gebildet hatten. Die wenigen Haare, die er noch besaß, waren leicht ergraut.

»Ich ... Was soll das denn heißen?«

»Süße, du hast ihr die Nase gebrochen«, stellte Ella fest und stand jetzt wieder vor mir.

»Und?«, fragte ich gereizt.

Ella musterte mich einen langen Moment, dann schüttelte sie amüsiert den Kopf.

»Du kannst sie loslassen, Darling. Du musst sicher in die Höhle.«

»Kommst du wirklich klar?«, fragte Moe sie, als würde ich auch Ella gleich etwas brechen wollen.

Ella nickte und Moe ließ mich sofort los, dann drückte er ihr einen kurzen und schnellen Kuss auf die Lippen. Anschließend verzog er sich wieder.

»Was ist die Höhle?«, fragte ich neugierig.

»Da hält Dex mit seinen Männern die Besprechungen«, antwortete Ella und sah mich dann an, als hätte sie vergessen, wer da vor ihr stand. »Wie geht's deiner Hand?«

»Gut«, log ich, was Ella genau wusste.

Meine Hand vibrierte noch immer, aber das war kein unbekanntes Gefühl für mich, deswegen machte es mir im Grunde auch nichts aus.

Es war eine Genugtuung gewesen, dieser Schlampe die Nase zu brechen. Mich beunruhigte eher die Frage, warum ich so weit gegangen war.

»Okay, setz dich mal ... Du zitterst ja.«

»Hm?«

Ich bemerkte erst, dass sie mich auf den Barhocker verfrachtet hatte, als ich bereits darauf saß.

»Hier.«

Sie reichte mir wieder einen Drink. Dieses Mal hielt sie allerdings auch einen in der Hand. Wenige Sekunden später hatten wir beide die Gläser geleert.

»So …« Sie nahm mir das Glas ab und stellte beide wieder auf die Theke. Dann schaute sie mich an. »Was könnten wir tun, damit du dich wohler fühlst?«

»Was?«

»Offensichtlich fängst du an, deinen Besitz zu verteidigen.«

Sie meinte den Angriff auf Cara und ich schnaubte, was Ella wiederum nicht mal mit einer Reaktion bedachte.

»Was können wir tun, damit du dich besser fühlst?«

Erneut wusste ich nicht, worauf sie hinauswollte.

»Ich meine, Dex hat jetzt zu tun. Er kann sich nicht um dich kümmern und …«

»Ich will auch nicht, dass er sich um mich kümmert!«, stellte ich klar, aber Ella reagierte erneut nicht darauf.

»Was tust du sonst, wenn du dich ablenken willst? Und komm mir jetzt nicht damit, dass du unbedeutenden Sex auf irgendeiner dreckigen Toilette, in irgendeiner noch dreckigeren Bar suchst, weil ich das sicherlich nicht für dich …«

Ich machte ein sehr angewidertes Gesicht. Zumindest verstand Ella sofort, dass das kein Thema für mich war.

»Gott sei Dank. Meine Menschenkenntnis trügt mich eigentlich nie, aber man kann ja nie wissen. So, was tust du also, wenn du dich ablenken willst?«

Verlegen biss ich mir auf die Unterlippe.

»Willst du das wirklich wissen?«

»Würde ich dich sonst fragen, Süße?«

Kapitel 12

Dex

Mit blauen Eiern hörte ich gerade Richie zu, der über unsere Zahlen im letzten Quartal quatschte. Daraufhin mischte sich Spike ein, der wieder mal darum bat, mehr Kohle für ein paar schöne Miezen auszugeben. Mit Miezen war Spikes wahre Liebe gemeint: Maschinengewehre.

»Ach, komm schon. Nur ein paar M27er«, bettelte er wieder mal.

Da Moe noch nicht da war, warteten wir auf die wichtigen Themen, die angesprochen werden mussten.

Eagles Nacken knackte mehrmals, weil er versuchte, Spikes und Richies Diskussion auszublenden.

»Ich werde sicher keine Gelder zur Verfügung stellen, weil du wieder mal sehen willst, ob ein M27 länger ist als dein Schwanz«, erwiderte Richie genervt.

Spike hatte eine sehr, sehr kranke Birne. Deswegen war er auch der Irre, der herumballern durfte. Es gab nichts Besseres als ein Clubmitglied, das keine Angst vor dem Tod hatte, denn er war dadurch extrem gefährlich.

»Richie, du verpasst etwas, ernsthaft Alter«, seufzte Spike und schloss die Augen, weil er in Gedanken womöglich gerade seinen Schwanz mit dem M27 verglich.

Kopfschüttelnd versuchte ich das Gespräch

auszublenden. Allerdings wollten dann mein Kopf und mein Schwanz wieder mit mir reden und das war etwas, das ich gar nicht gebrauchen konnte.

Schwanz: »Du willst sie, also nimm sie dir! Wo ist das Problem?

Kopf: »Wo das Problem ist? Du steckst deinen Kopf auch nur in Scheiße, oder? Sie will ihn nicht!«

Schwanz: »Und? Wenn ich drin stecke, will sie mich!«

Kopf: »Was für ein grandioser Einfall! Sie ist anders!«

Schwanz: »Sie hat einen Arsch und eine Möse. Was ist daran anders?«

Kopf: »Okay, so kommen wir nicht weiter ...«

Schwanz: »Jepp, so komme ich tatsächlich nicht!«

Kopf: »Stell dir vor, du gehst durch Türen.«

Schwanz: »Häh?«

Kopf: »Lass mich ausreden. Also, du gehst jedes Mal durch eine Tür, wenn du ... na, du weißt schon ...«

Schwanz: »Meinen Kopf irgendwo reinstecke?«

Kopf: »Sehr diplomatisch ausgedrückt. Aber ja, genau. Stell dir vor, bisher sind alle Türen aufgegangen. Du hast die Türklinke runtergedrückt und warst drin.«

Schwanz: »Geiler Gedanke!«

Kopf: »Jedes Mal hat das geklappt, weil du dir auch keine Gedanken darüber gemacht hast, dass du sie noch mal öffnen willst.«

Schwanz: »Rede weiter, ich folge dir ...«

Kopf: »Aber jetzt ist da nicht nur eine neue Tür, die du nicht öffnen kannst, weil sie verschlossen ist ...«

Schwanz: »Verschlossen?«

Kopf: »Ja-a. Verschlossen. Die Öffnungszeiten haben sich verschoben, der Laden öffnet nicht. Kein Zugang.«

Schwanz. »Ich kapiere es! Und was soll ich jetzt tun?«

Kopf: »Das ist es ja gerade. Du hast nichts zu tun.«

Schwanz: »Moment mal! Was soll das heißen, ich habe nichts zu tun?«

Kopf: »Wir wollen nicht nur rein, das Schloss knacken und Spaß haben und die Tür dann links liegen lassen. Wenn du so eine Tür findest, die sich erst überlegt, sich für dich zu öffnen, dann ...«

Schwanz: »Dann?«

Kopf: »Dann willst du sie immer wieder öffnen. Tag für Tag. Stunde für Stunde.«

Schwanz: »Niemals! Echt?«

Kopf: »O ja. Ich kann es spüren. Sie fickt bereits meinen Schädel und will da auch nicht mehr raus. Was glaubst du, wie du abgehen wirst, wenn du sie erst mal kosten durftest?«

Schwanz: »Scheiße ... ich will da jetzt rein! Sie soll mir den Schlüssel geben!«

Kopf: »Und da komme ich jetzt ins Spiel.«

Schwanz: »Du? Seit wann machst du die Arbeit, um durch eine Tür zu kommen? Wortspiel erkannt, mein Lieber?«

Kopf: »Ja ja, du bist ein richtiger Komiker. Aber das ist es ja ... einen Komiker brauchen wir hierbei nicht.«

Schwanz: »Soll heißen?«

Kopf: »Dass ich jetzt an der Reihe bin.«

»Pres?«

Moe setzte sich gerade an den Tisch, während alle anderen mich abwartend anschauten.

Ach ja, ich befinde mich ja nicht in einem imaginären Schwanz-Kopf-Gespräch.

»Alle anwesend?«, fragte ich in die Runde.

Dabei runzelte jeder die Stirn, da wir nur noch auf Moe warten mussten.

»Da meine Geduld nicht zum Besten bestellt ist, fangen wir endlich an.«

Erst ging es um verschiedene Jobs, die wir in der City durchgezogen hatten.

»Nutten alle vollzählig gewesen?«, fragte Eagle, da wir erst vor ein paar Wochen einen neuen Club eröffnet hatten. Richie nickte.

»Vollzählig und sehr daran interessiert, auch mal auf einer unserer Partys mitzumachen.«

Spike klatschte freudig in die Hände.

»Da bin ich dabei!«

Natürlich war er das.

»Wir feiern erst wieder ausgiebig, wenn wir die Outlaws zerschlagen haben«, stellte ich klar.

Spike verdrehte die Augen, Richie wirkte auch nicht gerade begeistert und Eagle schüttelte den Kopf. Moe ließ sich wie immer nichts anmerken.

»Was?«, fragte ich gereizt meinen Vize.

»Wir fragen uns nur, wann das sein soll, Dex. Immerhin läuft das seit Monaten mit den Outlaws und ...«

»Zweifelst du meinen Plan an?«, fragte ich geradeaus

und spürte sofort den Drang, meinen besten Freund grün und blau zu schlagen.

»Ich zweifele gar nichts an, Dex. Aber man sollte vielleicht mal überlegen, dass wir seit Monaten versuchen zu ...«

Mit Schwung schlug ich meine Faust auf den Tisch. Eagle verstummte augenblicklich.

»Ich hab es verdammt noch mal satt, dass das angezweifelt wird! Du willst mit bloßer Feuerkraft bei den Outlaws reinspazieren und sie alle kaltmachen? Gut, machen wir das. Dann erklärst du den Old Ladys, warum wir ihre Männer verloren haben oder warum wir mit halb so vielen Waffen reingegangen sind, wie sie besitzen! Nicht umsonst ziehen wir das mit den Mexikanern, den Rebels und dem Rest durch! Wir brauchen sie alle, um die weißen Arschkriecher plattzumachen!«

Eagle funkelte mich genauso energiegeladen an, wie ich ihn.

»Mir ist klar, dass das bei meinem alten Herrn auch so gelaufen wäre. Deswegen konnte man ihm ja eine Kugel in den Schädel ballern. Ich bin nicht er und das ist nicht mehr sein Club. Es ist meiner! Habt ihr das verstanden?«

»Kein Zweifel, Pres«, antwortete Spike sofort. Richie gab ihm recht, Moe nickte nur knapp und Eagle, der war scheißwütend. Aber so war Eagle. Er hinterfragte vieles, aber nie die Position, die ich innehatte.

Bis jetzt.

»Und die Kleine?«, fragte Eagle und wollte anscheinend heute sterben, sonst hätte er Liz nicht erwähnte.

»Was ist mit ihr?«

»Sie ist ein Risiko«, stellte Eagle fast schon leidenschaftlich fest.

»Weil?«, fragte ich und versuchte mich zu beruhigen.

Hör dir erst an, was er zu sagen hat. Vielleicht ist es gar nicht so schlimm.

»Sie gehört zu den Outlaws!«

»Sie war eine Gefangene«, stellte ich ruhig fest.

»Die Tochter des Pres.«

»Der von seinen eigenen Leuten kaltgemacht wurde«, antwortete ich und es zuckte bereits in meinem Gesicht vor unterdrückter Wut.

»Sagt sie!«

Ich packte Eagle mit einer Hand und drückte ihn auf den Tisch.

Und weil er der verdammte Vize war und ich sein President, wehrte er sich nicht.

Die restlichen Männer blieben ruhig auf ihren Stühlen sitzen.

»Jetzt passt mal auf, Eagle. Du unterstehst mir. Es wird nicht hinterfragt, es wird ausgeführt. Es sei denn, du forderst mich heraus.«

Man stellte keine Befehle infrage. Und wenn man es doch tat, musste man mit den Konsequenzen rechnen oder den Presidenten herausfordern. Nur einer würde bei diesem Kampf überleben und er wusste ganz genau, dass das sein Ende bedeuten würde.

Er mochte Vize sein und ein guter Kämpfer, aber die Unterstützung im Club genoss ich. Nicht Eagle.

Eagle hielt sich nicht lang damit auf, zu antworten. Er nickte nur und ich ließ ihn wieder los.

»Die Sitzung ist beendet«, erklärte ich und wartete darauf, dass sie sich verzogen.

Eagle funkelte mich kurz an, dann verschwand er.

Spike grinste dämlich, als er aufstand. Richie war wieder in die Bücher vertieft, bevor er aus der Tür ging.

»Was?«, herrschte ich Spike an.

»Du hast blaue Eier, oder? Wie ist das so?« Er legte dabei den Kopf schief und war mega neugierig.

Richie drängte ihn zur Tür.

»Du willst wirklich sterben, oder?«, flüsterte er ihm zu und schob ihn dann aus der Höhle.

»Wenn es dich beruhigt, ich denke nicht, dass Eagle recht hat«, sagte plötzlich Moe, stand auf und kam auf mich zu.

»Wovon sprichst du?«

»Sie hat ihren Alten nicht kaltgemacht.«

»Und warum glaubst du das?« Es war mir klar, dass einige im Club daran dachten, da sie einfach zu wenig über Liz wussten und weil sie bei den Whiteys gelebt hatte.

»Weil sie vorhin Cara eine reingehauen und danach fast die Nerven verloren hat. Die Kleine ist hart, aber nicht hart genug, um ihren alten Herrn draufgehen zu lassen. Dazu bräuchte sie Hilfe und vor Ice ist sie davongerannt.«

Ich nickte, bis mir klar wurde, was er gesagt hatte.

»Was hat sie getan?«

»Sie hat ihr die Nase gebrochen.« Hörte ich da Belustigung in Moes Stimme?

»Was zum Teufel ist denn passiert?«, fragte ich gereizter als nötig.

Moe dachte wohl genauso, denn er zog eine seiner buschigen Augenbrauen in die Höhe.

»Muss ich dir das wirklich noch erklären?«

Ich verdrehte die Augen und fuhr mir durch mein müdes Gesicht.

Seit Tagen pennte ich auf der schmalen, zu kleinen Couch. Mit dem Wissen, dass Liz nur ein Zimmer weiter in meinem Bett schlief. Vermutlich nackt.

Nein ... das würde sie sich hier nie trauen.

Immerhin sieht sie in mir ja nur den geilen Bock, der sie knallen will, bis sie nicht weiß, wo oben und unten ist.

»Ella war auch sehr schwierig. Hat sich gewehrt, es zu zugeben und so.«

Wollte Moe gerade wirklich darüber reden, wie das mit seiner Old Lady war?

»Was hast du getan, damit sie ...«

Moe wirkte jetzt erst recht amüsiert.

»Hab ihr gezeigt, wie gut wir zueinander passen.«

O-okay. Das ist jetzt eine Anspielung auf Sex, oder? Und das von Moe, kaum zu glauben.

»Und nein ...« Auf einmal klopfte er mir väterlich auf die Schulter.

»Ist sie es wert, geht das tiefer als einfach nur rein und raus, Dex.«

***

Nachdem Moe mich mit diesen – für ihn – sehr kryptischen und doch auf den Punkt gebrachten Worten verabschiedete, brauchte ich noch eine Weile, bis ich die Höhle verlassen konnte.

Nachdem ich mir einen Drink genehmigt hatte, suchte ich Liz. Aber niemand wusste, wo sie sich befand, was wiederum total für unseren Club sprach.

»Das darf doch nicht wahr sein«, fluchte ich und stürzte die Treppe zu meinem Apartment herauf.

»Alles klar, Pres?«, fragte Spike, an dem ich vorbei lief.

»Alles bestens, nur kann mir keiner sagen, wo Liz steckt!«, fuhr ich ihn an und stürzte in mein Apartment.

Meine Nase nahm zuerst den Geruch wahr und dann den Rest meiner Bude.

»Warum riecht das hier so komisch?«, fragte Spike, dessen Neugier mich wieder mal nicht enttäuschte.

»Scheiße«, flüsterte ich und sah mich weiter um.

Die kleine Kochnische glänzte, durch die Fenster konnte man das Tageslicht wieder scheinen sehen.

»Sie hat geputzt«, stellte ich geschockt fest.

»Ist das nicht wunderbar?« Ella kam aus dem Schlafzimmer und strahlte bis über beide Ohren.

Spike schenkte mir ein Sag-bloß-nichts-Falsches-Lächeln und versuchte nicht zu geschockt auszusehen.

»Als ich sagte, dass wir machen könnten, was wir wollen, damit sie auf andere Gedanken kommt, hatte ich mich mental auf eine Runde Kickboxen eingestellt, vielleicht auch auf ein oder zwei Prospects, deren Nase sie auch noch brechen wollte, aber putzen?«

Ella legte ein paar Lappen auf den Eimer, der in der Ecke stand. Als sie sich wieder gerade hinstellte, seufzte sie glücklich und zufrieden. Und dann fiel ihr wohl wieder ein, dass wir immer noch mitten im Zimmer standen und nicht wussten, wie wir reagieren sollten.

»Vermassel das bloß nicht, Dex.«

Da ich sie kannte, reagierte ich erst gar nicht. Aber das war wohl die falsche Reaktion. Ella kam mit drohendem Zeigefinger auf mich zu. Spike nahm Abstand und ich musste stehenbleiben, weil das der President einfach musste. Der fünfjährige Dex wäre wie damals schreiend die Treppe heruntergerannt.

»Ich warne dich, Dex. Sie verschwindet, sobald das mit den Outlaws geregelt ist. Dazu ist dieses Mädchen viel zu selbstbewusst.«

»Ich dachte, du würdest solche Frauen nicht mögen«, antwortete ich, weil sie vor einiger Zeit genau das über Cara gesagt hatte.

»Verwechsle dumme Mädchen nicht mit Liz, mein Lieber. Sie hat Cara verjagt und ich denke, die wird auch sehr lang nicht mehr hergekommen. Liz hat das geschafft, was du längst hättest erledigen sollen.«

»Ich hatte keine Ahnung, dass sie wieder hier war«, antwortete ich ehrlich und würde mir den Idioten packen, der sie anscheinend wieder reingelassen hatte.

»Ich weiß. Selbst ein Mann wie du, der immer nur mit dem Teil zwischen den Beinen denkt, würde es nicht noch einmal wagen, sie herzubringen. Aber Liz kennt das nicht anders. Biker scheinen nicht ihr Lieblingsthema zu sein, was verständlicherweise ihr gutes Recht ist. Aber wenn du sie wirklich hier behalten willst, dann kümmere dich darum. Es ist kaum auszuhalten, wie du um sie herumschleichst, während sie nicht weiß, ob du sie mit diesen Blicken töten oder ...« Ella wedelte mit den Händen herum. »Na, du weißt schon ... willst!«

»Sie hat klar und deutlich gesagt ...«

»Und? Kaufst du ihr das wirklich ab?«

Ihre Frage irritierte mich. Warum sollte ich das nicht?

»Sie hat Cara die Nase gebrochen, weil die sie provoziert hat. Und rate mal, womit sie Liz provoziert hat! Richtig, mit dir!«

Ich öffnete den Mund, aber Ella kam mir wieder zuvor.

»Wärst du ihr egal, wäre ihr Cara egal gewesen. Stattdessen bricht sie ihr die Nase. Dex, muss ich da wirklich noch mehr zu sagen?«

»Also ich kapier es, Ella«, mischte Spike sich ein und bekam von mir einen kurzen, aber sehr aussagekräftigen Blick geschenkt.

»Sie ist im Bad«, erklärte sie kurz und knapp und drückte mich Richtung Schlafzimmer.

Da ich eh keine andere Wahl hatte und mein Schwanz sowieso ihre Nähe suchte, ging ich hinein und sah das Licht im angrenzenden Badezimmer.

»Liz?«

Ich hörte sie fluchen, dann blitzte ihr Kopf aus der Tür.

»Was?«, herrschte sie mich an.

Wow. Was für eine Stimmung.

»Du putzt?«

Ein Schnauben, dann schob sie die Tür auf und ein Haufen bunter Slips verteilte sich auf dem Boden.

»Ich miste den Dreck aus«, stellte sie genervt fest und verschränkte die Arme vor der Brust. Obwohl sie neongelbe Handschuhe trug, die ihr bis zu den Ellbogen reichten, eine nichtssagende, ausgebliche Jeans und ein Shirt, bedruckt mit einer Canabispflanze anhatte, fand ich sie absolut zum Anbeißen.

Dieser sture Kopf blitzte mich wütend an und wartete anscheinend auf eine Erklärung für den Haufen von Slips. Aber gab es dafür überhaupt eine Erklärung? Es war offensichtlich.

»Ich hatte keine Ahnung, dass die hier waren«, war meine kluge Antwort, die sich leider sehr dumm anhörte.

»Natürlich nicht. Ich hab sie zwischen der Heizung gefunden, unter der Matratze, zwischen dem Sofa, im Küchenschrank unter der Spüle. Das sind alles kleine Souvenirs von deinen Schlampen.«

»Okay«, antwortete ich und steckte meine Hände in die Taschen meiner Jeans, damit ich sie nicht zu früh berührte.

»Okay?« Ich konnte genau sehen, wann sie die Fassung gänzlich verlor.

»Was ist daran okay? Du schmachtest angeblich mir hinter her und dann vögelst du ...«

»Du hast recht.«

Jetzt nahm ich ihr den Wind aus den Segeln.

»Ich habe recht?«

»Natürlich sieht das für mich beschissen aus, wenn du diese ganzen Slips findest und so ... Aber du hast es auch richtig gesagt. Ich habe sie gevögelt und das war's dann gewesen.«

»Hast du das, ja?«

»Ich könnte dir jetzt damit kommen, dass ich ein Mann bin, der Bedürfnisse hat und sich deswegen austoben musste ...«

Sie schnaubte, sagte aber nichts dazu.

»Das wird sicherlich auch dazu beigetragen haben, dass es so viele Slips sind, aber ... und da wirst du mir wohl folgen können, ohne gleich auszurasten: Ich bin kein normaler Mann. Ich lebe jeden Tag, als gäbe es keinen Morgen. Während Moe und die glücklichen Deppen, die eine Old Lady an ihrer Seite haben, den Tag mit einer Familie leben und lieben, hab ich mich auf das Presidenten-Patch vorbereitet. Und die Aufgabe kam schneller, als ich wollte. Glaub mir, es ist nichts, was ich mir ausgesucht habe.«

»Und warum hast du es dann ...«

»Weil es mein Erbe ist, Liz. Meine leibliche Mutter hat sich nicht für mich interessiert und mich meinem alten

Herrn vor die Tür gelegt. Du kannst über uns denken, was du willst, aber Kindern tun wir nichts. Nie. Und er hat mich aufgezogen. Ella hat ihm geholfen, genauso wie die anderen Old Ladies. Ich habe Essen und ein Dach über dem Kopf gehabt, Ella hat mich zur Schule geschickt. Ich verdanke ihr alles.«

»Sie ist ein toller Mensch«, bestätigte sie mir.

Ich lächelte. »Das sagt sie auch über dich.«

Liz wirkte das erste Mal nicht feindselig, sondern glücklich, und das stellte etwas mit meinem Organ in der Brust an.

Instinktiv machte ich einen Schritt auf sie zu und auch Liz kam näher, bis sie regelrecht zusammenzuckte.

»Könnten wir noch mal über das Thema reden, als du mir erklären wolltest, warum du herum ...« Sie machte imaginäre Gänsefüßchen in die Luft. »... Vögelst.«

Ich seufzte.

»Was willst du wissen? Dass ich keinen ihrer Namen kenne? Gut. Ich kenne sie nicht.«

»Und Cara?«

»Cara? Cara ist ja anscheinend nicht mehr mein Problem ...«

Auch wenn sie versuchte, das Schmunzeln zu unterdrücken, reichte es trotzdem nicht, um das Thema fallen zu lassen.

»Sie geht hier ein und aus und ... mir gefällt das nicht, Dex. Mir gefällt das nicht und ich weiß, dass ich nichts daran ändern kann, weil ...«

»Weil, was?«, fragte ich und ging noch näher zu ihr.

»Du warst alles, was ich nie wollte.«

»Aber?«, fragte ich leise und machte erneut einen Schritt. Dieses Mal konnte sie bestimmt mein Herz hören, das immer schneller schlug.

»Aber dann warst du mit mir da unten und … es fühlte sich alles nicht mehr wie eine Einbahnstraße an und …«

»Und?«

Sie schloss die Augen.

»Aber du bist ein Biker …«

»Ein Biker, der auch nur ein Mann ist, Liz.«

»Ja, und während mir bewusst werden musste, dass ich hier am sichersten aufgehoben bin, bist du mit dieser Cara zusammen und …«

»Es ist nichts passiert!«

»Es wäre aber etwas passiert, wäre ich nicht reingekommen. So ist das doch, oder?«

Da ich nichts anderes behaupten konnte, schnaubte sie und ein bitterer Zug lag auf ihren Lippen.

»Ich bin ein Biker, lebe für den Club und die Leute, und ich kämpfe gegen alles, was dich in Gefahr bringt, Liz. Aber …«

»Aber?«

Ich dachte über Ellas Worte nach.

»*Verwechsle dumme Mädchen nicht mit Liz, mein Lieber. Sie hat Cara rausgeschmissen und ich denke, sie wird auch sehr lang nicht mehr herkommen. Liz hat das geschafft, was du längst hättest erledigen sollen.*«

»Aber ich habe nie gesagt, dass ich nicht ein verdammter Idiot bin, wenn es um dich geht. Gib mir eine Waffe und ich beschütze dich. Nimm mir die Macht über die Situation und ich ...«

Ich verlor mich augenblicklich in ihrem Blick. Sie blickte mich nicht nur interessiert an, sondern auch so unschuldig, dass in meiner Brust ein merkwürdiger Druck entstand.

Wann hatte mich jemals ein Blick so berührt? Mich wie eine verdammte Pfeilspitze getroffen und durcheinander gebracht?

Seit ich ein Teenager war, habe ich mir irgendwelche Nutten und Frauen genommen, die eine nette Zeit in unserem Club verbringen wollten. Da ging es nicht ums Reden, Diskutieren oder Streiten. Man nahm sich, was man wollte.

Bei Liz war das etwas anderes.

Sie forderte, statt zu geben, und bevor ich überhaupt darüber nachdenken konnte, was ich bereit wäre, für sie zu geben, verlor ich mich in ihren Augen und vergaß ganz schnell wieder, dass ich noch drüber nachdenken wollte.

Bis vor ein paar Tagen hatte ich nicht mal eine Ahnung, wie sie aussah. Mittlerweile wusste ich nicht mal, was ich ohne sie tun würde.

Mein Kopf war gefickt, bevor ich sie gefunden hatte. Jetzt gehörte er ihr.

Was sagt das über mich aus?

Ganz genau, sie hat mich. Sie hat mich so sehr an den

Eiern, dass ich nicht mal mehr an andere Frauen denken kann.

Und das sollte was heißen, wenn man bedachte, wie mein Leben vor ihr aussah.

»Dex?«

»Hm?«

Ich war vollkommen in Gedanken versunken – was wiederum auch nie geschah, bis ich sie getroffen hatte.

»Was wolltest du sagen?«, fragte sie jetzt sanft, als wäre ich ein Teddy, den man knuddeln müsste.

Wobei das gar keine schlechte Idee wäre. Liz dürfte mich gerne so oft anfassen, wie sie wollte. Ganz egal. Ich wäre dabei.

»Scheiße, ich habe total den Faden verloren.« Nervös kratzte ich mir an der Mütze, die ich trug.

»Passiert mir auch oft, dann weiß ich plötzlich nicht mehr, was ich denken oder fühlen soll und ...«

»Ich weiß genau, was ich fühle«, fiel ich ihr ins Wort, ohne groß darüber nachzudenken. Aber es wäre falsch, wenn ich es jetzt nicht aussprechen würde.

Liz knabberte auf ihrer Unterlippe. Auf der rosig, vollen Unterlippe.

Will sie mich töten?

Wenn sie mich am Boden sehen will, muss sie nur so weitermachen. Ich krieche, wenn sie es will.

»Und was ist das, Dex?«

Wie hypnotisiert starrte ich auf ihre Lippen.

»Mach das nicht«, kam über meine eigenen Lippen.

»Was nicht?«

So irritiert, wie Liz mich ansah, wusste sie wirklich nichts über ihre Wirkung.

Das macht sie noch schärfer.

»Du gehst jetzt besser«, bat ich schnell.

»Warum?«

»Ich kann für nichts mehr garantieren, wenn du bleibst.«

Mein Schwanz drückte gegen die Jeans und ich zitterte, weil ich die Lust auf sie unterdrücken wollte. Ihr würde angst und bange werden, wenn ich jetzt über sie herfallen würde und ...

»Ich will nicht gehen«, antwortete sie und ich holte tief Luft, um das zu verarbeiten.

Sie will nicht gehen? Obwohl ich sie darum gebeten habe. Okay, was jetzt? Atme, Dex. Atme!

Aber alles, was ich spürte, war nicht meine Lunge. Mein Schwanz pochte, meine Haut kribbelte erwartungsvoll und dann sah ich sie wieder an.

Interpretierte ich da jetzt zu viel hinein? Ihr Blick galt mir und sie wirkte ... interessiert.

»Sieh mich nicht so an, Liz.«

»Warum nicht?« Sie legte den Kopf neugierig schief, als wäre ich das neueste Forschungsprojekt, an dem Mädchen wie sie, gern herumdoktern würden.

Ella hatte mir gesagt, dass sie selbstbewusst und nicht dumm war. Alles, was ich längst wusste, aber was Ella mir noch einmal klar machen musste. Immerhin hatte Liz bei

Bikern gelebt. Aber würde sie die Konsequenzen einer Beziehung zu einem Biker wirklich verstehen? Nicht, wenn dieser Biker – eben ich! – nicht mehr ohne sie sein wollte, wenn sie mich denn wollte.

»Weil du keine schlafenden Hunde wecken willst, wenn du dir nicht sicher bist«, erwiderte ich und starrte sie wie eine Beute an, die endlich erlegt werden musste.

Erledige sie! Nimm sie dir!

Ich ignorierte meine innere Stimme, meinen Schwanz oder meine Libido oder auch alles zusammen. Mittlerweile konnte ich auch nicht mehr einschätzen, was bei mir verrückt spielte.

Liz öffnete die Lippen und holte tief Luft, als müsste sie sich selbst erst Gedanken darüber machen.

Aber das war es nicht, was ich wollte.

Ich wollte sie ganz. Ohne dass sie darüber nachdenken musste. Liz musste sich sicher sein! Absolut sicher.

Denn die Wahrheit war, dass ich es nicht ertragen könnte, wenn sie mich wieder verlassen würde.

Da sie immer noch keine Anstalten machte, etwas zu sagen, bekam ich auch so meine Antwort.

»Du bist hier immer willkommen, Liz. Hier bist du sicher«, beendete ich die Stille, wand mich von ihr weg und ging zur Tür.

»Warte!«

Ich hielt mich am Türrahmen fest und drehte meinen Kopf zur Seite, um ihr zuzuhören.

»Ich habe dir gesagt, dass ich nicht gehen will. Und

natürlich liegt es auch an der Gefahr, die draußen auf mich wartet. Aber das ist nur die halbe Wahrheit.«

Fragend drehte ich mich zu ihr um, während sie die übergroßen Handschuhe abstreifte und zu Boden fallen ließ.

Sie schluckte, während sie langsam auf mich zukam.

»Ich habe dich nicht gesucht, weil ich Angst davor hatte, was das mit mir machen würde. Ich wusste nämlich, dass es mich in echte Schwierigkeiten bringen würde. Mein halbes Leben lang wollte man mir sagen, was richtig und was falsch für mich wäre. Selbst meine Mom hat das so gemacht. Und das erste Mal, als ich selbst über mein Herz und meine Gedanken herrschen konnte, war es ausgerechnet ein Biker, der mir wieder ein Strich durch die Rechnung machte.«

Ich runzelte die Stirn, sie verdrehte daraufhin die Augen.

»Ich meine dich, du Idiot.«

»Oh ...«

»Ja, oh.« Sie lächelte und stand plötzlich direkt vor mir und schaute zu mir hoch. Dann wurde sie wieder ernst und ihr Lächeln verlor sich erneut.

»Aber ich habe Angst, Dex.«

Ohne zu überlegen hob ich sie auf meine Arme, sie schlang die Beine um meine Hüfte und jetzt war sie auf einer Augenhöhe mit mir.

Dass sie es wie automatisch machte, überraschte mich zwar nicht, aber meine Pumpe in der Brust wollte es nicht glauben. Die schlug viel zu schnell.

»Ich habe dir gesagt, ich werde dich beschützen, Liz. Mit allem, was ich habe. Also auch vor deiner Angst, Baby. Ich schwöre dir, du musst vor nichts mehr Angst haben.«

Ihre Lippen bebten und ihre wunderschönen Augen begannen zu glitzern.

»Auch wenn du Blödsinn redest, glaube ich dir. Ist das nicht verrückt?« Sie schluchzte, lächelte und schluchzte erneut, während ihre Arme meinen Nacken hielten.

Ich lachte nicht, während ich sie einfach nur anschaute.

»Nein, nichts ist verrückt, wenn es um dich und mich geht.«

Liz nickte langsam, bis ihr Blick auf meinen Lippen lag.

»Ich habe dir gesagt, dass du mich nicht *so* ansehen sollst, Babe.«

»Und du verstehst nicht, dass ich kein kleines Pflänzchen bin. Dein Tempo ist ja ganz süß, aber für mich doch eher hinderlich. Jetzt küss mich endlich, du verdammter …«

Ich drückte meine Lippen auf ihre und verschlang sie. Aber auch Liz reagierte sofort und erwiderte den Kuss.

Es war ein Kampf. Es war Leidenschaft und es war verdammt noch mal der beste Kuss, den ich jemals erlebt hatte.

So fühlt sich also Perfektion an!

Liz klammerte sich an mich wie eine Ertrinkende und ich genoss jede Regung ihres schönen Körpers an meinem.

»Bett. Sofort, Dex!«, rief sie zwischen den Küssen aus

und ich stolperte mehr zum Bett, als das ich hingehen konnte.

Sie fiel auf die Matratze, ich stützte mich ab, um an ihrem Hals zu knabbern und das Shirt von ihrem Körper zu ziehen.

Liz kicherte, als sie versuchte, auch mein Shirt von meinem Körper zu bekommen.

»Warte. Erst du, dann ich«, befahl sie und blieb regungslos liegen, als ich ihren Bauch entblößte.

Sie erzitterte, als ich ihren Bauchnabel berührte und sah auf. Es war wie ein verdammter Stromschlag, der durch meine Hand fuhr.

»Das war eine sehr, sehr schlechte Idee«, teilte ich ihr mit.

»Warum?«

»Darum.«

Da ich die Knöpfe ihrer Jeans schon geöffnet hatte, zog ich einmal fest an den Hosenbeinen und sie war von dem hinderlichen Stoff befreit.

Liz kicherte, bis sie bemerkte, wie schnell der Slip verschwinden konnte.

Sie erstarrte und ich schob ihre Beine auseinander.

»Dex?«

»Genieß es, Babe«, sagte ich, denn ich würde es auch tun.

Ich begann sie zu lecken und schmecken. Liz streckte sich, stöhnte und drückte ihre Muschi an mein Gesicht.

Ich liebte ihre Reaktion darauf!

Sie war kahl rasiert, so dass ich an allem wie verrückt knabbern und lecken konnte.

Sie wand sich und ich spürte schon, dass sie kurz davor war, aber ich wollte, dass sie um meinen Schwanz kam. Nicht vorher! Nicht eine einzige Sekunde vorher!

»Was tust du?«, fragte sie irritiert, als ich mich aufrichtete und meine Jeans öffnete.

»Du wirst um meinen Schwanz kommen, Liz. Ein Nein lass ich nicht mehr gelten.« Ich erstarrte, weil sie auf jeden Fall Nein sagen konnte, wenn sie das nicht wollte. »Es sei denn, du willst nicht ...«

Liz setzte sich auf, Beine immer noch so sexy gespreizt und half mir mit ihren zierlichen Fingern, die Hose zu öffnen.

»Liz?« Meine Stimme zitterte vor Erwartung und gleichzeitiger Überraschung.

»Nicht reden, Bikerboy. Genießen.«

Sie benutzte meine eigenen Worte gegen mich und das machte mich gleich noch härter.

Ihre langen blonden Haare fielen ihr über das Gesicht, als sie meinen Schwanz ohne zu zögern in den Mund schob und daran lutschte, als wäre er ein verdammt leckerer Lolli.

Mein Kopf fuhr in den Nacken und ich dankte Gott im Stillen für diese Frau. Scheiße, ich dankte sogar Kyle, ihrem alten Herrn für diese Frau. Am Ende hätte ich wohl jedem für dieses Geschenk die Hände geschüttelt.

Als ich runtersah und ihre langen, schönen Haare betrachtete, die rhythmische Bewegung ihres Kopfes und das

Gefühl ihre Lippen um meinen Schwanz, wusste ich mit vollkommener Gewissheit, dass sie die Frau war, auf die ich immer gewartet hatte.

Ich griff mir ihr Haar, wickelte sie um meine Faust und zog daran.

Widerstandslos ließ sie mich gewähren und entließ meinen Schwanz aus ihrem Mund. Nur das enttäuschte Wimmern war von ihr zu hören und das allein wäre schon ein Grund, sofort zu kommen. Aber so sollte das nicht laufen. Nicht bei unserem ersten Mal!

»Beine weiter spreizen, Liz. Und dann sagst du mir ganz genau, für wen du das tust. Verstanden?«

Sie nickte nicht, sie spreizte einfach die Beine noch weiter.

»Ich tue es für dich. Für Dex«, flüsterte sie mit rauer Stimme.

Heilige Scheiße ... wie heiß das ist ...

»Du wirst meinen Namen sagen, wenn ich in dir bin«, stellte ich klar.

Liz biss sich erwartungsvoll auf die Unterlippe.

»Verhütest du?«

Sie nickte.

Halleluja.

»Ich will dich ohne etwas zwischen uns«, bat ich sie.

Sie nickte vorsichtig und erneut dankte ich wem auch immer, weil sie ein unglaubliches Geschenk war. Ein Geschenk, das vor mir saß und darauf wartete, dass ich sie fickte. Ordentlich fickte.

Plötzlich berührten ihre Finger meinen Bauch und sie strich über die vielen bunten Tattoos, die meinen Oberkörper zierten.

»Wunderschön«, flüsterte sie ehrfürchtig.

Ich schnaubte, als sie an einer Narbe ankam und darüber strich.

»Was ist da passiert?«

»Eine Schießerei, ich war unvorsichtig genug, dass sie mich erwischten.«

Ich war gerade mal neunzehn, als ich in diesem Club gewesen war und mich an dem weiblichen Körper ergötzt hatte. Deswegen hatte ich auch erst nicht die weiteren Gäste bemerkt. Irgendeine Gang von auswärts dachte sich, sie könnten das Feuer gegen uns eröffnen. Heute würde mir das nicht mehr passieren. Jetzt war ich nicht mehr grün hinter den Ohren. Clubs wurden nur noch betreten, wenn es um das Geschäft ging ... oder wegen kleinen, sturen Blondinen, die ich wie verrückt suchte, weil sie mir nicht mehr aus der Birne wollten.

»Du bist stolz auf die Narben«, stellte sie fest und ich hörte echtes Bedauern in ihrer Stimme, als sie auf die Narbe auf meiner Schulter blickte, die ich seit dem Besuch in der Zelle mit mir herumtrug.

»Die ist neu, oder?«

»Sie hat mich an dich erinnert«, antwortete ich ehrlich.

Ihr Blick schoss zu mir.

Liz saß in einem weißen Baumwoll-BH vor mir und wartete auf meine Reaktion.

Ein Mann aus der normalen Welt hätte gelogen. Ein Mann aus meiner Welt tat das nicht.

»Sie gehören zu mir, wie du zu mir, Liz.«

Ich strich ihr eine Locke aus der Stirn und blickte in ihr schönes Gesicht.

»Du weißt, wer ich bin und bist dennoch hier bei mir. Wenn du das nicht willst, bist du im falschen Zimmer.«

Ich sah sie an und wartete gespannt auf ihre Antwort.

Auch wenn sie mich gebeten hatte, so weit mit ihr zu gehen ... Sie konnte jederzeit ihre Meinung ändern und ich würde es akzeptieren. Liz musste das jetzt nicht wissen, aber ich wäre nicht besser als Ice, wenn ich ihre Entscheidung nicht akzeptieren würde.

Liz seufzte und ich machte mich schon auf eine Zurückweisung bereit – wenn das überhaupt ging.

Und dann beugte sie sich vor, drückte mich zu sich und küsste eben diese Narbe. Ich schloss die Lider, als ihre Lippen auf meine Haut trafen.

Scharf sog ich die Luft ein, weil mein Schwanz wieder Besitzansprüche anmelden wollte. *Sofort. Jetzt!*

Bevor sie mich weiter foltern konnte, zog ich sie hoch zu mir, damit meine Lippe, die ihre schmecken konnte. Gierig erwiderte sie meinen Kuss und dann stieß ich sie zurück aufs Bett. Grinsend fiel sie auf den Rücken.

Ich schob mich über sie.

»Den brauchst du nicht«, informierte ich sie und öffnete den BH mit einer Hand.

Liz wirkte etwas verlegen, als ich ihr den BH auszog und in die nächste Ecke warf.

Schon seit dem ich sie im Club tanzen sah, fragte ich mich, wie ihre Brüste wohl nackt aussehen würden. Die Realität war besser. Viel besser.

Hastig nahm ich eine ihrer Brustwarzen in den Mund und Liz bog sich mir, wie für mich gemacht, entgegen.

Ich drückte ihre Titten zusammen, leckte sie, küsste sie und währenddessen zog ich mir die Jeans von den Beinen.

Meine Boxershorts folgte schnell und schon lagen wir nackt aufeinander und küssten, kratzten uns und kämpften mit unseren Zungen.

Liz war wie ich. Sie würde es vermutlich nicht so schnell zugeben wie ich, aber sie war selbstbewusst, clever und wollte sich durchsetzen. In einer Welt, in der man sie bei jeder Gelegenheit kleingehalten hatte, war das auch kein Wunder.

Meine Finger suchten ihre feuchte Mitte und als ich mit einem Finger in sie drang, stöhnte sie lauthals auf.

»Du bist sehr, sehr feucht, Liz.«

»Nur wegen dir. Nur wegen dir, Dex. Bitte ...« Sie spreizte ihre Beine weiter und versuchte noch mehr Reibung zu bekommen, aber sie sollte nicht auf meinem Finger kommen.

»Bereit, Babe?«

Sie öffnete die schweren Lider und bemerkte erst jetzt,

dass ich mich aufgerichtet hatte, um endlich da zu beginnen, wo es enden würde.

Tief in ihr.

»Hör auf zu quatschen und mach endlich!«, fuhr sie mich genervt an und ich lachte lauthals, weil ihr Ausbruch so überraschend kam.

»Warum lachst du?«, fragte sie mich verwirrt und jetzt bekam ich mich gar nicht mehr ein.

»Scheiße, du bist wirklich ...«

Ich spürte ihre Hand viel zu spät. Denn die Überraschung, dass sie meinen Schwanz an ihre Muschi dirigiert hatte, war sehr, sehr groß.

»Liz?«

»Was ist Bikerboy? Überrascht?« Ihr gefährliches Glitzern war heiß. Und dann schob sie mir ihren Körper entgegen und meine Schwanzspitze rutschte in ihre feuchte Muschi.

»Heilige ...«

Ich spannte mich an, als sie erneut versuchte, mich vollkommen aufzunehmen. Aber da sie nun mal unter mir lag, war das nicht so einfach.

»Dex?«, jammerte sie dann auch noch, weil sie bemerkte, dass sie es ohne mich nicht schaffte.

Ich griff mir ihr Kinn, während mein Schwanz nur rief: »Schieb dich rein! Schieb dich jetzt rein!«

Ich musste sie zweimal mit ihrem Namen ansprechen, weil sie bereits nicht mehr reagierte, so zappelig war sie unter mir. Nicht nur für mich war das hier eine Folter.

»Sieh mich an!«, sprach ich unbeherrschter und ihr Blick schweifte fragend über mein Gesicht.

»Wenn du dich mir hingibst, bist du mein. Du weißt, was es bedeutet, wenn du zu mir gehörst?«

Liz biss sich wieder auf die feuchte, geschwollene Unterlippe und nickte.

»Fick mich, Dex – bitte, fick mich einfach!«

»Verfluchte Scheiße, du machst mich ...« Ich holte tief Luft, weil ich das hier langsam angehen lassen wollte, aber mein Schwanz und auch Liz sahen das anders. Mit einem Ruck stieß ich in sie. Liz streckte den Hals, den ich küsste, während ich sie fickte.

»Oh Gott!«

»Ja, dem sollten wir für das hier danken«, antwortete ich angestrengt und stieß tiefer und fester in sie.

»Schneller!«, schrie sie und ich wurde immer unbeherrschter.

Liz gab sich mir komplett hin, kratzte mich, biss mir sogar in die Brust, bevor ich mir ihr langes Haar griff und den Kopf so nach hinten bog, dass sie mich anschauen musste.

»Sieh mich an, Liz!«

Sie stöhnte, öffnete die Augen aber nicht, während meine Eier an ihrem schönen Arsch klatschten.

»Sieh mich an!«, rief ich laut und sie öffnete die Augen, als wäre sie gerade in einer anderen Welt.

O ja, Baby. Unsere Welt. Nur unsere Welt!

»Dex?«, fragte sie mit einem verschleierten Blick, als

wäre sie wirklich gerade erst aufgewacht. Dann krallte sie sich in meine Schulter. »Es ist so gut!«

»Ja, das ist es!«, gab ich knurrend von mir.

Mir waren die Frauen immer egal gewesen. Vor allem nervte es mich, wenn sie anfingen, beim Sex herum zu quatschen. Aber das hier? Ich wünschte, sie würde nur solche Sachen sagen.

Langsam spürte ich, wie ihre Wände begannen, meinen Schwanz zu melken. Sie würde gleich kommen und das erste Mal in meinem erwachsenen Leben war ich dankbar dafür, denn ehrlich ... Ich würde nicht länger durchhalten.

In Liz zu sein war ... war wie ein Traum, der nie enden sollte.

»Schneller. Schneller. Schneller verdammt!«, rief sie und ich gab alles. Mit festen, unkontrollierten Stößen gab ich meiner Frau, was sie wollte. Und dann kam sie. Laut.

Jetzt biss ich mir auf die Unterlippe, als mein Schwanz sie mit meinem Sperma vollpumpte. Der Orgasmus zog durch meinen gesamten Unterleib und explodierte in meinem Schwanz.

»Heilige Scheiße«, flüsterte ich und spürte, wie der letzte Rest aus mir herausspritzte.

**

Keine Ahnung, wie lange es dauerte, aber wir lagen noch einige Zeit einfach verkeilt ineinander. Schweratmend.

Völlig fertig, aber mit einem selig erschöpften Gesichtsausdruck. Zumindest sah Liz so aus.

Sie lächelte mich verschlafen an, als ich kurz ins Bad gegangen war, um einen Waschlappen zu holen.

»Du hast die Handtücher nach Farben sortiert?«, fragte ich sie überrascht und spreizte ihre Beine, um sie zu säubern.

»Was tust du denn da? Das kann ich selbst machen!«, sagte sie leicht frustriert und wollte sich den Waschlappen schnappen.

»Du tust es aus der Pflicht heraus, aber ich mache es, weil ich es mag, dich zu säubern.«

»Das ist aber mein Körper!«

Sie starrte immer noch auf den Waschlappen, den ich absichtlich langsam zwischen ihre Beine schob.

»Lass uns eines gleich klarstellen, Liz.«

»Dex!« Sie wand sich unter mir, weil sie einfach nicht nachgeben wollte.

Also musste sie das anders begreifen. Ich warf den Waschlappen weg und schob meinen Finger in ihre Muschi. Da sie feucht war und sich mein Sperma noch in ihr befand, war es eine herrliche Rutschpartie. Der zweite Finger folgte direkt.

»Dex?« Sie stöhnte mehr meinen Namen, als dass sie ihn aussprach.

»Ich habe dir gesagt, dass du mein bist, wenn ich erst einmal in dir bin. Du hast mir die Erlaubnis gegeben und das bedeutet ...«

Sie griff mein Handgelenk, nachdem auch der dritte Finger meiner Hand in sie gerutscht war.

»Ich werde dir nicht gehorchen. Vergiss das mal ganz schnell wieder!«

Obwohl sie mein Handgelenk hielt, krümmte ich die Finger so, dass sie aufstöhnte und mich gewähren ließ.

»Du bist zu lang bei den Outlaws gewesen, Liz. Du weißt es nicht besser.«

Wer hatte etwas von Gehorsam gesagt?

Ich wollte ihr gerade antworten, als es an der Tür klopfte.

»Pres?«

Es war Spike.

Liz bedeckte sich sofort mit der Decke, ich ließ allerdings die Finger dort, wo sie sich am wohlsten fühlten. In ihr.

»Was?«, rief ich ihm genervt zu.

»Wir haben da etwas, das du dir anhören solltest.«

»Nicht jetzt!«

Spike räusperte sich und das war kein gutes Signal.

»Eagle meint auch, dass du herauskommen solltest.«

»Okay, in fünf Minuten!«

Spikes Schritte verklangen, als ich wieder zu Liz schaute.

Sie runzelte besorgt die Stirn.

»Alles okay?«

»Natürlich«, log ich, weil ich wusste, dass irgendetwas im Busch war. Eagle würde Kleinigkeiten selbst klären.

Aber da er mich dabei haben wollte, sprachen wir schon von etwas Größerem.

»Warum habe ich das Gefühl, dass du mich anlügst?«, fragte sie neugierig.

Diese Frau war wirklich zu intelligent.

»Weil ...« Ich bewegte einen meiner Finger und Liz verdrehte die Augen, weil ich genau die Stelle traf, die ihr so gut gefiel.

»Hör auf, Dex ...«

»Niemals«, antwortete ich, damit sie begriff, was das hier bedeutete. Liz erzählte anscheinend gern das, was ich hören wollte, wenn sie sich in Ekstase befand. Das musste ich mir dringend merken.

Aber da ich erwartet wurde, mussten Liz und ihre Muschi warten und ich zog seufzend die Finger aus ihr. Dennoch leckte ich noch schnell jeden einzelnen Finger ab, ohne sie aus den Augen zu lassen. Liz starrte mich dabei an und die Glut, die in ihrem Blick zu sehen war, war Folter. Echte Folter.

»Wenn ich zurück bin, werden wir mal darüber reden, was wem gehört und wem was nicht«, stellte ich klar und erhob mich.

Sie blickte kurz auf meinen Ständer, dann wieder in mein Gesicht. Erst dann warf sie mir einen trotzigen Blick zu.

»Und wie wir das machen werden!«

Ich grinste und ging ins Bad, um sie mit ihren Gedanken allein zu lassen.

Liz würde kämpfen, ich würde kämpfen. Das würde Spaß machen. Aber erst einmal musste ich wissen, was da draußen schon wieder los war. Irgendetwas sagte mir, dass mir das nicht gefallen würde. Ganz und gar nicht.

Kapitel 12

Dex

Es dauerte ein paar Minuten bis ich mich angezogen hatte und Liz ohne ein weiteres Wort schnell küsste, an ihr schnupperte, um ihren Duft in mich einzusaugen und sie schließlich allein in meinem Bett zurückließ.

Mit viel zu viel Frust schmiss ich die Tür zur Höhle zu, als ich auf meine Männer sah. Dennoch musste ich mir kurzzeitig ein Grinsen verkneifen, weil die letzten Stunden einfach zu geil gewesen waren.

Sie saßen bereits an ihrem Platz.

»Was gibts?«

Spike grinste mich belustigt an, Eagle wirkte angespannt, Moe interessierte sowieso nicht, was ich trieb, und Richie blätterte lieber im Kassenbuch herum.

»Wir haben ein Problem«, begann Eagle.

»Das will ich ja mal hoffen.« Auch wenn ich übertrieb, aber für mich zählte nur die nackte Frau in meinem Bett. Das noch unbekannte Problem könnten sie wohl ohne mich lösen.

Ich setzte mich und schon kam Ty.

»Okay, ich hab es wirklich versucht, aber selbst ich komm gerade nicht so schnell in deren Netz, wie ich mir das wünsche.«

»Wovon redest du?«, fragte ich und wartete darauf, dass sich endlich mal jemand die scheiß Arbeit machte, um mich aufzuklären.

»Die Mexikaner wollen die Lieferung«, antwortete Eagle.

»Die Lieferung? Die ist erst in zwei Wochen fällig.«

»Jepp, aber sie wollen sie jetzt. Du weißt, wir vertrauen denen auch nicht, aber wenn wir den Deal jetzt nicht einhalten ...«

Eagle wirkte angespannt und seine Anspannung ging sofort auf mich über.

»Scheiße, ich weiß. Wenn wir nicht liefern, werden sie den Schwanz einziehen, wenn wir die Outlaws auslöschen wollen.«

Kurz nachdem die Männer mich aus der Zelle geholt hatten, musste ein Plan her. Nicht irgendein Plan. Ein gut durchdachter. Und da kamen unter anderem die Mexikaner ins Spiel.

»Gut, ruf sie an. Treffen in einer Stunde an den Docks«, befahl ich Eagle.

Eagle nickte und zog sein Handy aus der Weste.

»Es tut mir leid, Pres. Ich hätte dir gern etwas über ihre Interna gesagt, allerdings müssen sie sich ein neues Programm auf den Server geladen haben. Ich brauche zu lang, um den Code zu knacken«, entschuldigte sich Ty und man sah ihm an, dass ihn das nervte.

»Schon gut. Wir klären das.«

Eagle ging hinaus, um in Ruhe zu telefonieren, als Spike sich vorbeugte.

»Wenn die Mexikaner die Lieferung wollen, können wir nicht liefern. Wir haben nicht genug Material auf Lager«, teilte er mir mit. Wir erwarteten den Container mit den Waffen erst in gut einer Woche.

»Ich weiß«, antwortete ich nachdenklich. »Dann muss Rodriguez sich mit dem zufriedengeben, was wir haben. Nimm dir ein paar Prospects und lad alles ein.«

Spike nickte, stand auf und verließ die Höhle.

»Ich frage mich, warum Rodriguez so ungeduldig geworden ist«, sagte Moe und sah mich an. »Das ist nicht seine Art.«

»Nein, ist es nicht. Gerade deshalb müssen wir mit ihm reden. Wenn er am Ende kneift, müssen wir den gesamten Plan überdenken«, antwortete ich und Moe nickte.

Eagle kam wieder herein und steckte das Handy zurück in seine Weste.

»Sein Vize ist einverstanden. Sie kommen.«

»Gut. Dann bereitet euch vor. Ihr kommt alle mit.«

Moe und Ritchie verschwanden, während ich Eagle an der Schulter festhielt.

»Du musst hierbleiben.«

»Was?«, fragte Eagle nach.

»Ich habe kein gutes Gefühl und du weißt ...«

»Das habe ich auch nicht, immerhin ist dieses Treffen ungeplant und Rodriguez hält sich nicht an die Abmachung«, fuhr Eagle fort und wirkte richtig angepisst.

»Du bleibst bei den Frauen, Eagle. Das ist ein Befehl!«

»Geht es hier um die Kleine?«

»Es geht um viel mehr als das und wenn du mal aufhören würdest, alles direkt zu verurteilen, könntest du es auch begreifen!«, fuhr ich ihn an.

Eagle runzelte die Stirn und schien über meine Ansage nachzudenken.

»Dein Mädchen hat schon etwas Ähnliches zu mir gesagt«, sagte Eagle dann leise.

Ja, weil mein Mädchen einfach clever ist.

Wir standen vor der Höhle und im Augenwinkel bekam ich mit, wie Liz die Treppe herunterkam. Sie bemerkte uns beide und wurde automatisch langsamer.

»Du wirst hierbleiben, weil der Vize gebraucht wird, sollte mir was passieren«, sagte ich, ohne sie aus den Augen zu lassen.

Liz hatte ihre Haare mit einer Spange hochgesteckt. Sie trug wieder Jeans und Shirt und sah einfach zum Anbeißen heiß aus.

»Und ...« Ich riss mich von ihrem Anblick los und blickte meinen besten Freund an. »Und du musst sie beschützen. Nur dir vertrau ich sie an, Eagle.«

Es sah erst so aus, als würde Eagle noch etwas sagen wollen, verdrehte dann aber die Augen, weil er wusste, er steckte in einem Dilemma. Murrend schlug er meine Hand weg, nur um sie dann zu ergreifen und fest zu drücken. Dann blickte er mich an.

»Mit meinem Leben.«

Ich nickte und dann folgte er den Männern hinaus.

»Was ist los?«, hörte ich Liz von der letzten Treppenstufe aus fragen.

»Geht es um die Outlaws? Was haben sie getan?«

»Mach dir keine Sorgen. Clubgeschäfte. Nichts weiter.«

Auch wenn das zum Teil stimmte, musterte sie mich nachdenklich.

»Eagle sah aber nicht so aus, als wären es einfach nur ...«

»Eagle schaut immer so«, stellte ich genervt fest, weil sie für meinen Geschmack zu viel nachfragte.

Ja, es gab Probleme, aber keine, um die sie sich kümmern musste.

»Er wird hierbleiben und die Stellung halten, Liz. Du wirst ...«

»Dein Vize? Warum lässt du ausgerechnet deinen Vize hier, Dex?« Sie musterte mich. »Das, was ihr da treibt, ist gefährlich, oder?«

Bevor sie noch gleich die Antwort selbst fand, drückte ich sie an mich. Da sie noch auf der letzten Treppenstufe stand, ging sie mir bis zu meiner Nase. Es war leichter sie zu küssen und natürlich nutzte ich das aus.

Ich drückte meine Lippen fest auf ihre, während Liz begann langsamer zu küssen.

Erneut schlug mein Herz wie verrückt, als ich auf sie herabsah.

»Hier.«

Ich bemerkte erst nicht die Mütze, die sie in der Hand hielt. Meine Mütze. »Hast du vergessen.« Irgendwann hatte sie mir die Mütze vom Kopf gerissen, da sie an meine Haare kommen wollte.

Ich lächelte, weil sie daran gedacht hatte.

»Ohne scheinst du ja nicht aus dem Haus zu gehen«, mutmaßte sie, womit sie recht hatte.

Ich lächelte sie an, aber war mit den Gedanken schon wieder bei Eagle. Noch hatten wir nicht alles geklärt.

»Du wirst tun, was Eagle sagt«, kam ich wieder zum eigentlichen Thema zurück.

Sie öffnete den Mund, der so schön gerötet und geschwollen von meinen Lippen war, aber ich ließ sie erst gar nicht den Mist sagen, den sie wieder von sich geben wollte.

»Er hat das Sagen, Liz. Mir ist klar, dass du dir selbst von mir nichts vorschreiben lassen willst, aber denk dran, dass hier auch noch andere Frauen leben und Kinder ... Wenn Eagle ständig mit dir über deine Sicherheit diskutieren muss, kann er nicht den Überblick behalten. Verstehst du das?«

Ich wusste, dass Liz Einsicht zeigen würde, wenn ich die Kinder erwähnte. Sie musste begreifen, dass es nicht nur um sie ging.

»Okay«, antwortete sie leicht angesäuert. »Pass auf dich auf.«

Ich lächelte, weil das sonst nur Ella sagte und keine Frau, in der ich vor zehn Minuten noch gesteckt hatte. Und selbst wenn es eine der Schlampen gesagt hätte – sie wussten, dass es mir egal war, was sie zu erzählen hatten. Aber über Liz wollte ich alles wissen und sie sollte mit mir auch alles besprechen können.

»Kommst du mit raus, bis ich weggefahren bin? Das machen die Old Ladys hier so.«

Auch wenn ich ihr bisher nicht explizit gesagt hatte, wie das mit uns enden würde, sie würde meine Old Lady werden. Mit weniger würde ich mich nicht zufriedengeben. Nie.

»Ich ...«

»Pres.« Spike trat in den Flur. »Wegen der Ladung.«

»Ich komm sofort«, antwortete ich und Spike verschwand wieder. Dann sah ich wieder zu ihr. Liz schien leicht überfordert. Ella würde mir wohl wieder die Leviten lesen, weil ich zu viel und zu schnell forderte.

Vor einer Stunde hatte sie mir noch erklärt, wie wenig sie von dem Clubleben hielt und schon wollte ich sie bitten, dass sie hierbleiben sollte.

»Hör auf Eagle und mach dir keine Sorgen. Ich bin schneller wieder da, als du denkst.«

Liz nachdenklicher Blick war kaum mitanzusehen. Am liebsten hätte ich sie in den Arm genommen, hochgetragen und ihr diese Denkfalten auf der Stirn weggeküsst.

Bevor ich aber so weit ging – und erst mal nicht mehr aus dem Bett mit ihr kommen würde – nahm ich Abstand.

»Dieses Mal dauert es keine drei Monate, bis wir uns wiedersehen.« Ich zwinkerte ihr dabei zu und konzentrierte mich dann auf meinen Weg raus aus dem Clubhaus.

Ella und die anderen Frauen standen bereits auf der Veranda. Ellas nervöser Blick war nichts Seltenes, aber er beruhigte mich auch nicht. Ich drückte ihre Hand, sie drückte zurück und versuchte sich an einem zuversichtlichen Lächeln.

»Pass auf sie auf, ja?«, bat ich sie.

Ella lächelte. »Ich dachte schon, ich würde diese Worte nie aus deinem Mund hören, Junge.« Sie nannte mich nur noch selten »Junge«, weil ich nicht nur mittlerweile erwachsen war, sondern auch der President des Clubs. Dennoch würde ich ihr das niemals verwehren. Ella war mehr meine Mutter als die Frau, die mich geboren hatte.

Dann stieg ich die Stufen herunter und besprach mit Spike noch eben den Ablauf. Er würde mit dem Truck zwei Meilen hinter uns fahren und auf mein Befehl warten.

Richie, Moe und die restlichen Männer saßen bereits auf ihren Bikes.

Moe klopfte mir brüderlich auf die Schulter und ich blickte – warum auch immer – noch mal zur Veranda. Eagle stand neben Ella und war jetzt schon darauf fokussiert, die Gegend im Auge zu behalten. Aber mein Augenmerk war auf die Kleine gerichtet, die sich neben Ella stellte und zu mir sah.

»Keine drei Monate?«, rief sie mir plötzlich zu.

Ich grinste. »Darauf kannst du wetten, Blondie!«, rief ich ihr zu.

Dieses Mal erwiderte sie mein Grinsen und schon allein diese Geste machte mich verdammt glücklich.

Scheiße, wann durfte ich davon träumen, ein echtes Leben neben dem des Clubs haben zu dürfen?

»Enttäusch mich nicht, Bikerboy!«

»Niemals«, antwortete ich so leise, dass sie mir das Wort nur von den Lippen lesen konnte. Während Eagle neben ihr die Augen verdrehte, biss sie sich verlegen oder geil auf die Unterlippe. Ich würde das jetzt nicht mit meinem Kopf und meinem Schwanz ausdiskutieren. Es gab Arbeit zu erledigen und danach ... danach würde ich mich um meine Old Lady kümmern.

***

Die Docks in Chicago waren menschenleer. Und wenn sich jemand hierhin traute, war es der Abschaum der Stadt. Dealer, Obdachlose oder Mörder, die hier ihre Leichen in den Lake Michigan abluden. Ein perfekter Ort also, um sich mit einem rivalisierenden Club zu treffen, der sich nicht an Abmachungen hielt.

Ich stieg von meinem Bike und Moe, Ritchie und die restlichen vierzig Männer, die ich zur Verstärkung mitgebracht hatte, folgten mir.

Rodriguez saß ein paar Yard entfernt ebenfalls auf seinem Bike und hatte offensichtlich schon auf uns gewartet. Auch er hatte seine Männer dabei.

»Ist das nicht eine schöne Nacht, um sich zu treffen?«

Rodriguez war der President der Bastardos. Sie herrschten über den kompletten Norden in ihrem Land und mittlerweile hatte er sich auch in den Staaten einen Namen gemacht. Wir hatten ihn kontaktiert, weil er seit Jahren versuchte, in Chicago Fuß zu fassen. Wir versprachen ihm einen Teil des Gebietes der Outlaws, wenn sie uns ihre Unterstützung zusprachen, sobald das mit Ice losgehen würde.

»Nur zwei Wochen zu früh, Rodriguez«, rief ich ihm zu und ging langsam auf ihn zu.

»Bin in Stellung, Pres«, hörte ich Spike durch mein Knopf im Ohr sagen.

Er sollte den Truck ein paar Blocks weiter abstellen und sich auf einem der Dächer der Hallen verschanzen. Heute durfte er mal wieder *Katerina* ausführen. Ein Scharfschützengewehr.

»Du weißt, wie das ist. Die Geschäfte schlafen nicht«, teilte Rodriguez mir mit, stand vom Bike auf und kam mir entgegen. Seine Männer fixierten meine Männer. Wir wären lebensmüde, wenn wir ihm Vertrauen entgegenbringen würden.

»Und deswegen die plötzliche Änderung? Wir hatten eine Abmachung. Ihr kriegt die Waffen, sobald die Lieferung da ist. Zu einem Freundschaftspreis, dafür erhalten wir eure Unterstützung und deine Männer, Rodriguez. Falls dabei Ice und der gesamte Outlaw-Club in die Luft fliegt, bekommt ihr noch einen Teil seines Gebietes.«

Er wirkte ruhig. Zu ruhig, als er antwortete.

»Und der Deal steht noch.«

»Ach, tatsächlich?« Ich schnaubte und sah mich um. Irgendetwas hatte ich übersehen. Irgendetwas fühlte sich nicht richtig an. »Warum habe ich das Gefühl, dass du mich gerade verarschen willst?«

»Ich will nur die Waffen, Dex. Mehr nicht.«

Ich fixierte ihn.

»Warum? Warum jetzt?«

Rodriguez schluckte und schnipste mit einem Finger, um einen seiner Leute vorzuschicken.

Sein Vize überreichte ihm sofort eine Kippe, die Rodriguez sich mit zitternden Fingern anzündete.

Rodriguez' Bruder Juan war schon seit über zehn Jahren sein Vize. Er war loyal und würde für seinen Club töten, allerdings waren seine nächsten Worte etwas, die ich wohl nie wieder vergessen würde.

»Sag es ihm, Bruder«, flüsterte er Rodriguez etwas zu laut zu.

Rodriguez hingegen zog noch einmal an der Kippe und warf sie dann auf den Boden, um sie platt zu treten.

»Sie werden das Mädchen holen«, sagte er dann, ohne den Kopf zu heben.

Ich erstarrte. »Dabei werden sie deinen Club abschlachten. Ich hatte keine Wahl, hörst du Dex? Sie haben meine Familie.«

Statt ihm zu antworten, holte ich einmal tief Luft.

»Hast du das verstanden?«, fragte ich Spike, ohne in seine Richtung zu schauen.

»Fuck … bin bereits unterwegs!«, antwortete dieser durch den Knopf im Ohr.

Da Rodriguez aufsah und erneut diese steinerne Miene zur Schau stellte, war klar, warum er so reagierte.

»Ein Hinterhalt«, stellte ich fest.

Rodriguez erwiderte nichts, aber sein Bruder nickte, als wäre ihm der ganze Scheiß zuwider.

»Wie viele?«, fragte ich, um so entspannt wie möglich zu wirken.

»25, vielleicht mehr«, antwortete erneut sein Bruder.

Ich schnaubte und nahm Abstand von Rodriguez.

»Wenn das hier vorbei ist, sorg dafür, dass dein Bruder dein Pres-Patch übernimmt.« Jetzt sah er mir ins Gesicht, während ich durch die Gegend schaute, damit ich alles und jeden im Auge behalten konnte. »Dankst du nicht ab, ist dein Club als nächster dran, Verräter.«

Und dann zog ich meine Waffe, brüllte Befehle und machte mich bereit, jedem einzelnen Outlaw eine Kugel in den Schädel zu ballern.

Kapitel 13

Liz

Charles – einer der Member – grinste mich an, als ich ihm das zweite Mal einen Appletini hinstellte, weil er Gefallen an den Drinks gefunden hatte. Charlie dankte mir und ging hinaus.

»Sehe ich so aus, als würde ich Witze machen? Jetzt stell dich wieder ans Tor und lass keine Schlampe rein.«

Eagle kam mit festen Schritten ins Haus, gefolgt von einem Prospect, der mit der Brille auf dem Kopf eher aussah wie ein Frischling vom College.

»Aber keine Schlampen heute, Eagle?«

Selbst mir war klar, dass die Frage wirklich dumm war.

Eagle hatte ihn am Shirt gepackt und zog ihn mit mörderischem Blick zu sich.

»Es kommt keiner rein, der nicht das Patch unseres Clubs trägt! Ist das bei dir angekommen?«

»J-ja, Eagle.«

Eagle nickte, schlug ihm noch auf den Hinterkopf und ließ ihn dann so abrupt los, dass der Prospect auf den Hintern fiel und dann wortwörtlich losrannte, um hinauszukommen.

Seufzend setzte sich Eagle auf einen Barhocker.

Ella schenkte mir einen Blick à la »Männer« und verzog sich nach hinten.

Also war ich wohl dran ...

Ich holte einmal tief Luft und sah Eagle dann abwartend an.

»Was?«, herrschte er mich netterweise an.

»Was willst du trinken?«

»Das weißt du nicht?«, fragte er überrascht.

Ich verdrehe nicht die Augen, ich verdrehe nicht die Augen.

»Okay, Eagle. Kannst du dir vorstellen, warum du noch immer solo bist?«

Er schnaubte, ich seufzte.

»Ja, ich kann es dir sagen«, erklärte ich weiter und spürte seinen Blick, während ich über die Theke wischte.

»Ich trinke keinen Alkohol, wenn Dex mir einen Auftrag gibt.«

Ich blickte zu ihm rüber.

»Tust du nicht?«

Eagle schüttelte den Kopf.

»Wow.«

»Was?«, fragte er viel zu ruppig.

»Ich empfinde dir gegenüber gerade keine negativen Gedanken.«

Eagle schnaubte erneut.

»Da! Jetzt sind sie wieder da«, stellte ich fest und stellte ihm ein Glas Wasser hin.

Er bedankte sich zwar nicht, meckerte aber auch nicht drüber.

»Du glaubst doch nicht wirklich, dass wir in Gefahr sind, oder?«, fragte ich besorgt nach.

Im Clubhaus war es ruhig. Dex hatte die meisten Männer mitgenommen oder Eagle hatte die restlichen aufgefordert, Patrouille auf dem Gelände zu gehen.

»Wieso? Angst?«

»Nicht um mich«, antwortete ich schnell. Eagle sah mich an. »Aber es gibt wie viele Kinder auf dem Gelände? Zwanzig?«

»Gut geschätzt.«

»Dazu kommen noch zwanzig Mütter und Väter und ... wenn Dex mir sagt, der Club braucht Schutz, dann wird er nicht lügen, oder? Er würde nicht lügen, weil im Grunde seine Mission – wie immer sie auch aussehen mag – die gefährlichere wäre. Oder?«

Eagle sagte gefühlt eine Stunde lang nichts. Vermutlich waren es gerade mal zehn Sekunden oder so, aber die kurze Stille machte mich fertig. Seit Dex das Gelände verlassen hatte, fühlte es sich falsch an, dass ich ihn nicht zurückgehalten hatte.

»Dex tut, was er tun muss, Liz.«

»Ich weiß, wer er ist. Glaub mir, ich weiß, seit ich hier bin, wer er genau ist.«

»Ach ja?« Eagle wirkte jetzt ziemlich neugierig und musterte mich. Aber nicht so, wie es Ice' Männer taten. Seit ich hier war, hatten mich die restlichen Männer zwar neugierig gemustert, aber nie mit diesem ganz besonderen Glanz in den Augen. Es waren nie anzügliche Blicke gewesen. Und auch jetzt wirkte Eagle einfach nur interessiert an dem, was ich gesagt hatte. »Bist du dir absolut sicher, auf was du dich hier einlässt? Wir sind nicht die Outlaws.«

»Ach ja?«, provozierte ich ihn mit seinen eigenen Worten. »Da wäre ich ja nie drauf gekommen. Keine Angst, Eagle. Ich begreife, dass es hier anders abläuft. Familiärer. Klar, ihr seid immer noch böse Biker, die Geld mit Drogen und was auch immer verdienen. Aber ihr habt eine Einstellung zum Leben und kämpft nicht ständig dagegen an, eben dieses Leben in den Dreck zu werfen. Die Outlaws waren nie meine Familie, es war ein Zustand. Mir ist klar, dass du mir nicht vertraust, aber ich möchte, dass du begreifst. Es verstehst. Es gibt mehr als zwei Farben im Leben, mehr als eine Meinung über Dinge und vor allem ...« Ich holte tief Luft. »Es gibt mehr als eine Wahl, die ich lange nicht hatte. Als ich schließlich fliehen konnte, hatte ich auf einmal Optionen. Die ich nicht genutzt habe. Erst habe ich gedacht, dass Dex mich in die nächste Sackgasse verfrachtet habe, aber ...«

»Aber?«

Ich lächelte, während ich meine Hand auf meinen Brustkorb legte.

»So fühlt es sich nicht an.«

Eagle sagte zunächst nichts dazu.

Dann spülte ich weiter die dreckigen Gläser ab.

»Ich will nicht sagen, dass ich jetzt dein größter Fan bin. Dazu kenne ich dich zu wenig«, begann er und ich spülte weiter, hörte ihm aber zu. »Aber Dex liebt dich.«

Ich musste aufgrund dieser ruhigen Aussage kräftig schlucken.

Auch wenn mir klar war, dass ich Dex liebte, war es etwas ganz anderes ...

Wow. Moment. Ich liebe ihn? Ich gebe gerade zu, dass ich Dex liebe? Woher kommt das denn jetzt?

»So überraschend kann das doch jetzt nicht für dich sein?«

»Ich ... was soll ich denn jetzt darauf sagen?«, fuhr ich ihn wütend an. Aber ich war nicht wütend auf Eagle – was wiederum auch eine interessante Feststellung war. Nein. Ich war wütend auf mich und ... »Ich verliebe mich in den Presidenten der Demons. Das ... weißt du, was meine Mom dazu sagen würde?«

Eagle schüttelte den Kopf, überrascht, dass ich ihn nach seiner Meinung fragte.

Ich schnaubte. »Vermutlich gäbe es zwei Varianten. Sie würde mich erneut bitten, sie unter die Erde zu bringen.« Ich blickte schnell an die Decke. »Sorry, Mom, aber du warst ja immer etwas theatralisch.«

»Und die zweite Variante?«, fragte Eagle neugierig.

Ich lächelte. »Sie würde mir alles Gute wünschen, weil sie schnell begreifen würde, dass Dex ein genauso guter Mann für mich ist, wie er ein guter President für den Club ist.«

Wahrscheinlich würde sie ihn wirklich mögen, weil Dex sich etwas aus mir machte. Er liebte mich vermutlich auch und der Sex war fantastisch. Wobei letzteres zumindest für Mom kein Grund wäre, ihn zu mögen. Und es gab diese Verbindung zu ihm. Die immer noch da war, obwohl wir beide nicht mehr eingesperrt waren.

Ich schaute Eagle an und holte tief Luft. Er schien zufrieden mit meinen Antworten, immerhin schnaubte er nicht, noch sagte er irgendetwas Lächerliches.

»Du wirst seine Old Lady. Das ist dir bewusst, oder?«, fragte er jetzt.

Old Lady?

Obwohl mir das Wort eine Heidenangst machen müsste, weil es in diesem Leben bedeutet, wie eine Ehefrau zu jemandem zu gehören, spürte ich sie nicht.

»Wir kennen uns kaum.«

»Also erst einmal weißt du, dass Dex das vollkommen anders sieht. Er musste nicht nur die Verantwortung übernehmen, als er Pres wurde. Die Begegnung mit dir hat ihn verändert. Er war schon immer mehr wert als der Club, auch wenn jeder Mann sein Leben für das hier ...« Er zeigte durch den Club. »Geben würde. Aber jeder wusste, dass Dex im Grunde auch ein normales Leben führen könnte, weil er was auf dem Kasten hat und eben auch den Wunsch hatte, einfach in einer Werkstatt zu stehen oder einen 0815-Job in irgendeinem Büro zu machen. Aber Dex ist ein pflichtbewusster Scheißkerl, der genau weiß, dass der Club ohne ihn untergehen würde. Und dann ist da noch sein Organ in der Brust, dass das alles hier liebt. Und jetzt pumpt das Ding auch für dich.«

Wow. Wie romantisch.

Auch wenn Eagle schönere Worte hätte finden können, sie würden nicht zu ihm passen. Und dennoch berührten mich seine Worte.

»Dex braucht einen Grund, um weiterzumachen. Du bist der Grund.«

Hatte ich ihm gerade vorgeworfen, er könnte nicht romantisch sein? Ich konnte mich auch mal irren.

»Was ist eigentlich mit dir, Eagle?«

»Mit mir?«

»Eine Old Lady?«

Eagle blinzelte und dann lachte er lauthals, als hätte ich einen mega guten Witz gerissen. Anscheinend hatte ich das wirklich.

»Wir quatschen in ein paar Monaten wieder und dann fragst du mich noch mal, okay?«

Jetzt machte er mich neugierig.

»Was heißt das?«

Er schüttelte den Kopf, als wäre ich bescheuert.

»Denk dran, was ich vorhin angedeutet habe. Dex ist vielleicht ein netter Kerl, wenn ihr zu zweit seid, aber er muss auch Dinge für den Club tun, die dir vielleicht nicht gefallen. Diese ganze Rede von wegen, du bist verknallt, er auch und ihr fahrt auf seinem Bike in den Sonnenaufgang und all der Kram ... Das kann nach hinten losgehen, wenn du dir die Illusion machst.«

»Mir ist bewusst, dass dieses Leben nicht leicht ist, Eagle. Also tue nicht so, als wäre ich labil oder so etwas!«, fuhr ich ihn genervt an.

Das Gespräch hatte so einen guten Weg genommen und jetzt nervte mich dieser Idiot schon wieder.

Eagle lächelte nicht. Er wirkte allerdings auch nicht angepisst.

»Du solltest einfach alle Seiten von ihm kennen, bevor du dich entschließt, seine Old Lady zu werden.«

»Er hat mich doch noch gar nicht gefragt, Herrgott noch mal!«

Eagle stand von der Bar auf.

»Wird er. Sobald alles geregelt wurde«, antwortete er so sachlich, als wäre das bereits beschlossene Sache.

»Und was muss geregelt werden?«

Jetzt grinste der Dreckssack.

»Geht dich nichts an!«

***

Zwanzig Minuten später hatte ich mir etwas bequemeres angezogen. Ella hatte mich dazu eingeladen, bei Eiscreme und Chips ein paar Serien zu schauen. Mir war bewusst, dass sie mich ablenken wollte, aber nachdem ich sämtliche Gläser in der Bar gespült hatte, gab es keine Arbeit mehr für mich und Ella bemerkte meine Nervosität.

Niemand hier wollte mir sagen, was los war. Ich zweifelte sogar an, dass die Mädels wussten, worum es ging.

»Hier bist du«, stellte Ella fest.

Ich saß auf der Veranda. Die Old Ladys hatten sich dort eine Hollywoodschaukel hingestellt, damit sie gemütlich draußen sitzen konnten. Sie stellte mir einen heißen Kakao hin und setzte sich neben mich. Ein paar Prospects drehten ihre Runde, ansonsten war niemand zu sehen oder zu hören.

»Keine Serie heute?«, fragte ich und zog die Strickjacke enger um meinen Körper. Keine Ahnung, woher Ella die Klamotten hatte, aber momentan machte ich mir eh keine Sorgen um meine Ausstattung. Dex war fast eine Stunde lang fort und dieses Gefühl, dass irgendetwas nicht stimmte, wurde immer unerträglicher.

»Game of Thrones ist nicht so meins«, erwiderte sie und ich öffnete den Mund, wurde aber von ihr zurückgehalten, als sie noch »Sag mir nichts, du wirst schon hinter vorgehaltener Hand Spoiler-Tante genannt« hinterherschob.

Ich konnte mein Lachen nicht zurückhalten, weil ihr Blick mir noch den Rest gab.

»Wenn das der einzige Spitzname ist, den sie für mich haben, kann ich mich ja freuen.«

Ella musterte mich. »Sie mögen dich. Zumindest die meisten. Einige haben sicher gehofft, dass Dex sich mehr mit ihnen selbst beschäftigt ...« Die Spitze war definitiv gegen Cara und die anderen Schlampen gerichtet, die momentan nichts im Clubhaus zu suchen hatten. »Aber ich wusste immer, dass er eine Frau braucht, die von außerhalb kommt.«

»Warum?«, fragte ich neugierig und ergriff die Tasse, um auf den heißen Kakao zu pusten.

»Dex kam zu uns, als er ein Säugling war. Sein Vater, Leo, wusste nichts mit ihm anzufangen, also hat er ihn mir in die Hand gedrückt und gesagt, dass ich jetzt Mama spielen darf.«

»Nett.«

»Leo war schon immer durch und durch Biker und es lastete eine große Bürde auf seinen Schultern. Moe hatte es ihm zwar nie gesagt, aber ich kann keine Kinder bekommen und ich denke, Leo wusste das irgendwie.«

»Das tut mir leid, Ella«, sagte ich, ergriffen von ihrer so emotionalen Beichte, die sie vollkommen nüchtern herunterratterte.

»Schon gut, Süße.« Sie machte eine wegwerfende Handbewegung. »Ich hatte genug Zeit, mich damit abzufinden und ich hatte ja Moe und dann Dex, den ich wie meinen eigenen Sohn aufziehen konnte. Erst als er alt genug wurde, um eine Waffe zu halten, bemerkte Leo ihn wieder.«

Ich stellte mir Dex als Kind vor. Klein, hübsch und dieser traurige Gesichtsausdruck, weil sein Vater ihn ignorierte.

»Hat Dex dir mittlerweile erzählt, wie das mit Cara gewesen ist?«

Ich seufzte.

»So ungefähr.«

»Er hat es noch nie gut draufgehabt, für sich selbst einzustehen. Weißt du, als der Presidenten-Patch in seine Hände gefallen ist, war es ein Schock für ihn. Er hat es sich nicht wirklich anmerken lassen, dazu ist er schon zu lang ein Biker, aber die Last hat ihn fast umgehauen. Dazu hat er dich getroffen – der halbe Club hat bis vor einer Woche gedacht, er hätte sich nur eingebildet, dass es dich gibt.«

Ich schmunzelte, weil es wirklich witzig klang.

»In der ersten Zeit trank er überdurchschnittlich viel, feierte zu heftig und immer wieder zeckte sich Cara an ihn. Es war nicht so, dass er sie jedes Mal mit hochgenommen hat, aber ...«

Ich hob seufzend die Hand. »Mir ist schon klar, was du mir sagen willst, Ella. Wir waren damals nicht zusammen, also ...« Ich wollte wirklich nichts mehr davon hören, wie Dex mit Cara rumgemacht hatte.

»Er hat versucht, dich in den Nächten zu vergessen. Er hat es am Tag nicht geschafft, also hat er sich Cara genommen, die dir wirklich am unähnlichsten ist, Lizzy, damit er überhaupt mal zur Ruhe kam. Aber die Nächte, in denen er auf sie aufmerksam wurde, wurden immer weniger und Cara bekam immer mehr Panik. Er wollte sie nicht, das hat er ihr ständig gesagt, aber Cara war hartnäckig und verzweifelt. Es gab unzählige Nächte, in denen er mich völlig betrunken vollgelabert hat. Er redete ständig von der Frau mit dem blonden, sanften Haar und einem Mundwerk, das ...« Ella räusperte sich. »Die Worte habe ich gewissenhaft vergessen.«

Ich musste schmunzeln, während sie mich aufmerksam betrachtete.

»Aber du existierst und als er dich herbrachte, da wusste ich, dass du seine Chance bist. Seine echte Chance, Lizzy.«

Ella blickte nachdenklich nach vorn. »Dex hatte nie viel zu lachen. Er war ein schweigsamer, nachdenklicher Junge. Schon immer. Ich würde gern sagen, dass liegt alles in der Vergangenheit. Begraben und vergessen, aber Dex ist der Mann, der er jetzt ist. Und der von damals hat ihn zu dem heutigen Mann geformt. Er ist stark, clever und sein Herz schlägt für die richtigen Dinge.« Sie lächelte mich liebevoll an. »Leo hatte seines hinter zig Mauern vergraben, nachdem Dex' Mom abgehauen war. Sie sind zwar die Presidenten dieses Clubs, sie führen mit einer starken Hand, aber man kann ihnen trotzdem wehtun.«

Ich nahm ihre Worte auf und überlegte.

»Was willst du mir damit sagen, Ella?«

»Ich liebe Dex wie meinen Sohn und ich möchte nicht, dass er verletzt wird. Da die Männer sehr verschlossen sind und Clubangelegenheiten ihre Sache sind, weiß ich nicht, worum es wirklich geht.«

»Dennoch denkst du, es geht um die Outlaws, oder?«, fragte ich schnell und mein Herz begann wieder im Dreieck zu hüpfen.

Ella nickte nicht. Sie verneinte aber auch nicht.

Scheiße!

»Nachdem Dex wieder zurück war, musste er sich der Verantwortung des Presidenten-Patch stellen. Er hat sofort Dinge, wichtige Dinge geändert. Es wurde nicht sofort mit Gewalt geantwortet, wenn mal jemand aus der Reihe tanzte. Er reduzierte den Drogenverkauf, weil Dex noch nie viel davon gehalten hat. Und es gab keine unüberlegte Rache, weil die Outlaws ihn eingesperrt hatten. Moe wollte mir nicht wirklich etwas sagen, aber sie planen etwas. Etwas, was das Machtverhältnis in der Stadt ändern wird.«

»Sie wollen Ice stürzen«, stellte ich sachlich fest, auch wenn es in mir drin völlig anders aussah.

Ella nickte, wirkte aber keinesfalls glücklich darüber.

»Er tut das sicherlich auch für den Club, aber in erster Linie für dich. Seit du hier bist, hat er wie ein Verrückter Ty und die anderen gescheucht.« Sie blickte mich an. »Dex möchte dir Sicherheit bieten.«

»Und welchen Preis zahlt er dafür?«, fragte ich gereizt und stand von der Hollywoodschaukel auf, um hin und her zu laufen.

Plötzlich kam eines der dunkelhaarigen Kids, die ich die ganze Zeit über hier herumhüpfen sah und weinte bitterlich. Ein hübsches Mädchen in einem rosafarbenen Kleid, das ein Stofftier in der Hand hielt.

»Was ist los, Arabella?«, fragte Ella.

»Ich bin hingefallen«, schniefte die Kleine.

»Ohje«, entfuhr es mir und ich beugte mich vor, um mir ihren Ellbogen anzusehen. Statt weiter zu weinen, blickte sie mich mit ihren großen Kulleraugen an.

»Was ist?«, fragte ich nach.

»Du ... du bist Dex' Old Lady«, murmelte Arabella. Aber es klang weder ängstlich noch böse.

»Na ja, das müssen Dex und ich noch besprechen«, war meine einzige Erwiderung darauf. Ich spürte Ellas Blick auf mir, ignorierte ihn jedoch.

»Warum denn? Du bist doch eine Prinzessin.«

»Prinzessin? «

»Dex liest mir manchmal vor und immer kommt eine

Prinzessin vor, die vor einem bösen Monster gerettet werden muss. Dex hat mir erzählt, dass Prinzessinnen etwas ganz besonderes sind. Und jetzt hat er dich.« Arabella musterte mich. »Ist Dex dein Prinz?«

Ich war sprachlos und wusste nicht, was ich darauf antworten sollte. Mir war bewusst, dass es Kinder gab. Es gab hier echte Familien, aber dass diese Kinder so unschuldig, mit so viel kindlicher Naivität aufwuchsen? Das hätte ich nie gedacht. Und Dex las ihr vor. Einfach so.

»Wie wäre es, wenn du mal reingehst und schaust, ob wir noch etwas Eis in der Truhe haben? Sag Dewy, dass du auch ein Pflaster brauchst, ja?«, erklärte ihr Ella.

Arabella strahlte, als sie das Wort Eis hörte. Dann hüpfte sie, als hätte sie nicht gerade erst vor zwei Minuten geweint, die Veranda entlang und ging ins Haus.

»Eine von Gabis Töchtern. Sie ist noch sehr unbedarft, aber sie hat ja irgendwie nichts falsches erzählt, oder?«, fragte Ella schalkhaft.

»Es ist wichtig, dass du verstehst, Dex …«

»Hör bitte auf, Ella!«, fuhr ich ihr dazwischen. »Mir ist klar, dass du als seine Mom dein Revier markieren musst. Eagle, als sein bester Freund hat das auch schon getan. Aber noch einmal: Ich bin nicht hier, um ihm wehzutun. Dex kann auch mich verletzen und dennoch bin ich hier und muss mir gerade Sorgen machen, ob er überhaupt wieder nach Hause kommt! Also ja, mir ist bewusst, dass sein Leben eine Achterbahnfahrt ist und er diese Dinge tut, weil er für euch alle verantwortlich ist.« Ich sah sie an.

»Aber glaubt nicht, dass ich dabei zusehe, wie er sich umbringt, nur weil er denkt, allen damit helfen zu können. Da kennt er mich aber schlecht!«

Ella lächelte mich leicht an, anscheinend fand sie meine kleine Rede auch noch lustig, aber etwas anderes zog gerade meine Aufmerksamkeit auf sich.

»Was zum ...«

Ich blickte zum Stacheldrahtzaun, der gerade von einer Person, die ganz in Schwarz gekleidet war, aufgerissen wurde.

Ella drehte sich um und folgte meinem Blick.

Aber bevor wir darauf reagieren konnten, explodierte plötzlich das große Tor, das den Eingang vor Dritten verschloss. Ella und ich duckten uns, wir rochen den Qualm und hörten Schreie, die von den Männern kamen.

Eagle kam aus der Werkstatt geeilt, nicht mehr am Körper als seine Lederhose.

Sein Blick glitt zu uns, dann zog er seine Waffe.

»Alles in Ordnung?«, fragte ich Ella, die hustete, da der Qualm der Explosion zu uns rüberwehte.

»Ja-a«, krächzte sie.

»Hol die Kinder, Ella. Die Familien müssen sofort hier weg«, sagte ich und sah mich geduckt um.

Das Feuer wurde entfacht. Keine Ahnung, wer als erstes schoss, aber ich konnte Eagle Befehle brüllen, dann Automatikwaffen schießen hören, und mein Adrenalinspiegel stieg von Sekunde zu Sekunde.

»Es gibt einen Geheimgang, wir können von dort ...«

»Ja, mach das.« Ich schob sie von der Veranda, damit sie um das Clubhaus herumgehen und die Leute einsammeln konnte.

Sie hielt den Kopf zwar gesenkt, bemerkte aber, dass ich ihr nicht folgte.

»Du bleibst nicht hier, Lizzy!«

Sie wusste, dass ich den Spitznamen nicht mochte. Eigentlich durfte nur meine Mom mich so nennen, aber bestimmt bemerkte Ella das gerade nicht.

Ich blickte zum Eingang, an dem das Tor nur noch aus zwei zerstörten Teilen bestand und hinter dem sich mehrere Männer positioniert hatten, die auf die wenigen Members und Prospects, die zurückgeblieben waren, schossen.

»Ich kann nicht einfach gehen, Ella!«

»Du kannst aber nicht einfach bleiben. Dex würde nicht wollen, dass sie dich kriegen. Lass das Eagle klären.«

Ich seufzte.

»Geh vor, ich komme nach. Versprochen.«

Ella wusste, je mehr Zeit wir hier verschwendeten, umso schwieriger würde es werden, überhaupt noch herauszukommen.

»Du kommst. Ich gebe dir fünf Minuten!«, befahl sie jetzt auf ihre typisch mütterliche Art, die Ella gut drauf hatte.

Ich nickte und sie verschwand hinter dem Haus.

Auch wenn mir die Szene am Tor alles andere als gute Gefühle bescherte, dachte ich an die dunkle Gestalt zurück, die den Zaun durchtrennt hatte.

Ella hatte erwähnt, dass dieser unter Strom stehen würde, aber anscheinend hatten die Kerle, den auch gekappt.

Schnellen Schrittes ging ich ins Clubhaus zurück. Ab und zu kamen mir ein paar überforderte Prospects entgegen, die Waffen luden oder darum stritten, wer zuerst schoss.

Ich rannte in Dex' Büro und öffnete Schrank für Schrank, bis ich in einer der Schubladen eine Glock fand. Munition lag auch dabei. Das war der Vorteil von dem Büro eines Bikers. Es fand sich immer etwas zum Herumballern.

Erneut lief ich schnell durch die Räume, fütterte die hübsche Glock mit ein paar Kugeln und hoffte, dass das Ding mich gut leiten würde.

Ich lief an einem Prospect vorbei, als ich auf die Veranda trat. Er war über und über bedeckt mit Ruß und blieb abrupt stehen, als er mich bemerkte.

»Du bist die Frau des Pres!«

Ich schnaubte. »Er hat mich noch nicht gefragt«, stellte ich nüchtern fest und sah, wie Eagle hinter einem Truck stand und darauf wartete, erneut auf das Tor ballern zu können.

Wenn ich ihm jetzt zurief, dass hier noch einer von denen herumlief oder sogar mehrere, würde er sich nicht konzentrieren können.

»Aber was machst du noch hier?«

»Du bist Ray, oder?« Ich hatte ihn schon mal gesehen,

aber er war meist draußen und hielt die Stellung am Tor. Deswegen sah er wohl auch aus, wie er eben aussah. Ray war groß und schlank, aber ich wusste, dass Dex darauf achtete, dass jeder Mann sich verteidigen konnte.

»Ja, Ma'am.«

Ehrlich jetzt?

»Ray, du musst mir helfen. Siehst du den Zaun nordwärts?« Rays Blick folgte dem Zaun und er nickte.

»Dort ist jemand durchgekommen.«

»Die haben den Strom gekappt?«, fragte Ray ungläubig.

»Wir müssen den Typen finden.«

»Wir? Lady, ich glaube nicht, dass Sie hier stehen sollten.«

»Eagle muss sich um das Tor kümmern, wir kümmern uns um den ungebetenen Gast. Also, um den anderen, der hier herumschleicht ...« Ich vollführte eine wegwischende Handbewegung, weil ich keine Zeit mehr verlieren wollte.

»Aber Ma'am.«

»Sag mal, für wie alt hältst du mich eigentlich?«

Ray fühlte sich anscheinend nicht so wohl, aber wieder verloren wir Zeit, deswegen lief ich schnellen Schrittes runter von der Veranda.

»Ma'am«, rief Ray nervös, ich verdrehte nur die Augen, weil er tatsächlich gedacht hatte, das ich was tat? Wegrennen?

Ich lief um das Haus und versteckte mich an der Ecke, um mich auf dem Gelände umzusehen.

Es war stockfinster und dennoch konnte ich sehen, wie

Ella ein paar Frauen hinter ein Haus brachte. Dahinter musste sich der Geheimgang befinden.

»Ma'am?« Ray stand hinter mir.

»Nenn mich einfach Liz, okay«, fuhr ich ihn leise an und blickte mich weiter um. Und dann bemerkte ich eine dunkle Silhouette. Der Typ befand sich zwei Häuser weiter und kam gerade aus einer der Blockhütten.

Scheiße, was macht er dort?

»Fuck, sie sind auf dem Gelände«, flüsterte Ray.

»Okay, pass auf. Du kommst von rechts, ich von links. Okay?«

»Das ist Wahnsinn, Lady. Ich meine Liz!«

»Wahnsinn ist es, wenn wir zulassen, dass dieser Typ den Kindern etwas antut. Also los jetzt!«

Ich wartete nicht mehr auf seine Erwiderung, sondern lief los. Immer wieder versteckte ich mich hinter einem Baum oder der Holzfassade und hoffte darauf, dass mein Plan aufgehen würde.

Dann befand ich mich am letzten Haus, bevor das Grundstück endete; ich hörte, wie jemand fluchte.

»Verfluchte Scheiße! Wo ist sie?«

Irgendwie kannte ich diese Stimme, konnte sie nur keinem Gesicht zuordnen.

Mist!

Mit leisen Schritten gab ich meine Deckung auf und starrte auf die dunkle Gestalt, die immer mehr Konturen bekam, je näher ich ihr kam. Er stand neben der Veranda und fuhr sich müde über seinen Kopf.

Und dann sah ich das Patch. Der weiße Totenschädel. Ein Outlaw.

Ich holte einmal tief Luft und zielte auf ihn.

»Umdrehen!«, sagte ich mit fester Stimme und der Typ vor mir hob den Kopf, um sich dann langsam zu mir umzudrehen.

Mit diesem anzüglichen Grinsen, das Tiger immer schon draufhatte, wenn er mich im Club angestarrt hatte, begegnete er meinen Blick.

Er hob langsam, fast belustigt die Hände.

»Da ist sie ja!«

»Wo sind die anderen?«, fragte ich geradeaus und blickte mich um. Aber es schien wirklich niemand anderes dabei zu sein.

»Verstecken sich, wobei ... wenn du allein bist, können sie ja herauskommen«, erwiderte er und grinste breiter. Jetzt konnte man seinen goldenen Zahn aufblitzen sehen.

Widerlich.

Nervös sah ich mich um, aber immer noch bemerkte ich niemanden. Nur Ray, der sich langsam von hinten an ihn heran schlich. Er war meine Absicherung.

»Du lügst«, stellte ich nervös fest und war mir sicher, dass er meine Gefühlslage bemerkte.

»Tatsächlich?«

Mein Verstand versuchte eine Antwort darauf zu finden.

»Das hier ist eine Falle. Dex ist nicht da, er wurde herausgelockt und so wie ich Ice kenne, nutzt er die Chance, um ihn loszuwerden.« Mir wurde übel, wenn ich an die Folgen nur dachte.

Etwas flackerte in Tigers Gesicht auf. War es Verärgerung?

»Dazu braucht er Männer und du bist allein hier, weil es keine mehr gibt, oder? Ice vertraut dir, dass du mich allein schnappen kannst!«

»Du solltest lieber aufhören dein hübsches Köpfchen zu benutzen. Das wird dich dieses Mal nämlich nicht retten.« Er fuhr sich mit seiner widerlichen Zunge über die Lippen und war noch so dreist, seinen Schwanz zu packen. Die Beule in seiner Hose ließ mich fast würgen.

Tigers Blicke waren mir nie entgangen, aber jetzt zeigte er seine widerlichen Gedanken ganz offen. Würde er die Chance bekommen, könnte ich nicht entkommen.

Plötzlich ertönte eine weitere Explosion am Tor und automatisch zuckte ich zusammen. Tiger nutzte diesen Moment aus und lief auf mich zu.

So schnell es mir gelang, drückte ich den Abzug und traf seine Schulter.

Tiger zuckte kaum mit der Wimper, als er mich hasserfüllt packte und an den nächsten Baum drückte.

Obwohl ich den metallischen Geruch seines Blutes riechen konnte und so ein Schuss sicherlich scheiße wehtat, siegte seine Wut über mich.

Tiger begann mich zu würgen und ich zappelte wie eine Puppe, weil ich keinerlei Chance hatte, hier herauszukommen.

Mit gierigem Blick starrte er mir ins Gesicht.

»Du willst spielen, hm? Dann bekommst du die ganze Packung, du dreckiges Hurenstück. Ice hätte dir schon von Anfang an zeigen sollen, wo dein Platz ist!«

Seine Hand drückte so fest zu, dass ich nicht mal mehr Schmerzen hatte, sondern nur das betäubende Gefühl empfand, gleich für immer einzuschlafen. Ich japste nach Luft.

So schnell wie er zugepackt hatte, so schnell ließ er mich auch plötzlich wieder los.

Was war passiert?

Ich hob den Kopf, um dabei zuzusehen, wie Ray versuchte, sich gegen Tiger zur Wehr zu setzen.

Aber Ray war einen Kopf kleiner und besaß nicht diese Skrupellosigkeit, wie der Bastard vor ihm.

Sie kämpften gerade um die Waffe, die Ray hielt und mehrere Schüsse lösten sich.

Mit zitternden Händen kniete ich mich hin, stützte mich am Baum ab und versuchte, etwas zu sagen.

Hau dein Knie in seine Eier, Ray.

Schlag ihm die Zähne aus!

Aber alles, was herauskam, war ein leises Krächzen, weil meine Stimme mir nicht gehorchte.

Scheiße!

»Lizzy!«

Ich begegnete Ellas besorgtem Blick. Sie war zurückgekommen!

»Bist du ... bist du verrückt. Geh«, quiekte ich und

wollte sie sofort ein Stück von mir wegschieben, doch sie half mir stur dabei, wieder auf meine Beine zu kommen.

»Nicht ohne dich! Sieh dich doch mal an, Süße.«

Bevor ich ihrem Satz Folge leisten konnte, löste sich wieder ein Schuss.

Ray hatte ihn am Bein getroffen.

»Du Wichser!«, brüllte Tiger und fiel zu Boden. Dabei kroch er weiter zur nächsten Hauswand, weil Ray ziemlich selbstsicher wirkte.

»Ist alles in Ordnung, Ma'am?«, fragte dieser und Ella gab schnell ein »Er war bei den Pfadfindern« von sich.

Ah ja, das erklärt natürlich alles und nichts.

»Ja-a«, krächzte ich. Meine Stimmbänder waren noch immer nicht wieder in Ordnung, aber vor Tiger wollte ich das nicht zugeben.

Mit vorsichtigen Schritten ging ich zu Ray, der Tiger genauestens beobachtete. Dieser verlor immer mehr Blut und wirkte auch nicht mehr ganz so wach wie noch zuvor.

»Ich habe die Arterie getroffen, Ma'am. Er wird in ein paar Minuten verblutet sein«, ratterte Ray die Information herunter, als würde er gerade den nächsten Wetterbericht erklären wollen.

»Vergiss es ... mich kriegt nichts so schnell klein«, hörten wir Tiger verwaschen murmeln.

Erneut ertönte eine Explosion und Ella und ich sahen uns geschockt an.

»Sind die Frauen und Kinder in Sicherheit?«, fragte ich mit leiser Stimme.

Ella nickte und zumindest über diese Information konnte ich beruhigend ausatmen. Dabei musste ich sofort husten, da mein Hals die Luft noch nicht so gut aufnehmen konnte.

»Lizzy, du musst ...«

Plötzlich versteifte sich Ray neben mir und ich hörte, wie eine Waffe hinter uns entsichert wurde.

Und dann stand er vor uns: Ice!

Statt wie Tiger selbstzufrieden zu grinsen, lag sein Blick konzentriert auf der Sache, die er die ganze Zeit über gesucht hatte. Auf mir.

»Bei all dem Trouble habt ihr vergessen, warum Tiger hergekommen ist«, sagte er.

»Warum?«, fragte ich.

»Als Auskundschafter«, stellte Ray sachlich fest.

Was war mit dem verschüchterten, ruhigen Prospect passiert?

Ich kannte die Antwort wohl darauf. Er wusste, es ging jetzt um Leben oder Tod.

»Los, ihr beide ...« Ice sah zu Ray und Ella. »Da rüber! Und du kommst zu mir, Liz.«

Ray zielte auch mit der Waffe auf ihn, aber er wusste, dass er sich im Nachteil befand. Dennoch zögerte er, sich seinem Befehl zu beugen.

»Na los! Oder willst du etwa, dass die Kleine mit einer Kugel im Kopf endet?«

Ich runzelte die Stirn. Deswegen war er nicht gekommen.

»Er wird mich nicht erschießen, Ray«, antwortete ich ruhig.

Jetzt war es Ice, der die Stirn runzelte.

»Bist du völlig bescheuert?«

Langsam hob ich die Hände und schritt auf ihn zu.

»Denn meinetwegen bist du hergekommen, oder?«

»Lizzy!« Ella wollte auf mich zugehen, aber Ray hielt sie davon ab.

»Sieh dir nur Tiger an«, sagte ich und Ice' Blick zuckte kurz rüber zu Tiger, der mittlerweile in einer Blutlache lag und auch nicht mehr atmete. »Das wird auch dir passieren, wenn du so blöd bist und bleibst.«

Einen kurzen Augenblick hoffte ich, er würde über das nachdenken, was ich ihm sagte, aber dann schnaubte er.

»Du glaubst doch wohl nicht, dass ich dir auch nur ein Wort glaube, du Schlampe! Während wir hier quatschen, liegt die Leiche deines Stechers an den Docks und meine Männer übernehmen gerade dieses Gelände!«

Ich erstarrte und blieb stehen.

Dex war tot?

Ice bemerkte meinen schockierten Gesichtsausdruck und es befriedigte ihn. Der Bastard grinste.

»Du hast gedacht, ich würde mir das weiter mitansehen? Oh bitte, Lizzy. Du bist doch nicht so schlau, wie du immer gedacht hast, oder? Das alles hier ...« Er hob kurz eine Hand, damit ich wusste, wem wir das hier alles zu verdanken hatten. »... War von langer Hand geplant. Dex und seine Männer rauslocken, sie fertig machen und dann den restlichen Club ausschalten mit dir als meiner Trophäe.«

Ich schluckte und blinzelte die ersten Tränen fort, weil ich es einfach nicht glauben konnte.

Mit großen Schritten kam er auf mich zu und packte mich, zog mich mit dem Rücken an sich. Sein Arm lag um meinen Hals, während der Scheißkerl den Geruch meines Haares einatmete.

»Lizzy!«

Ellas Ausruf hörte ich nur von fern, wie in Watte gepackt.

Dex ist tot. Dex ist tot.

Die kühle Waffe strich über meine Wange, während seine andere Hand an meinem Körper herunterwanderte, bis er meinen Schritt fand und fest zupackte.

Ekel und Schmerz ließen mich zusammenzucken. Rau lachte er in mein Ohr, weil meine Angst und der Schmerz ihn umso mehr antörnten. Ich konnte seine Erektion an meinem Rücken spüren und hätte mich am liebsten direkt übergeben.

Ich spürte Rays Wut und Ellas Verzweiflung.

Ice' Hand befand sich noch immer in meinem Schritt. Ich begann mich zu wehren, obwohl er die Waffe an meine Wange hielt.

»Na na, wie wäre es, wenn wir uns ein süßes Plätzchen suchen und dann direkt die Ehe vollziehen? Der Gedanken törnt mich ziemlich an, immerhin müssen wir unser neues Zuhause einweihen, Lizzy.«

»Lass. Mich. Los«, gab ich wütend von mir.

Ice lächelte. »Wir warten nur noch darauf, dass meine Männer durchgekommen sind, Liz. Dann ...«

»Dann was?«, ertönte eine andere Stimme.

Ice und auch ich erstarrten. Aber ich erstarrte aus einem anderen Grund als Ice.

Mein Blick huschte nach vorn und meine Augen spielten mir einen Streich.

Dex kam sichtlich mitgenommen, aber mit festen Schritten auf uns zu. Hinter ihm liefen seine Männer. Richie, Ty, Moe und Eagle. Eagle lebte also auch noch und hatte es geschafft, das Tor zu halten.

Wo war Spike?

Die Frage war vergessen, als ich fünf Männer auf die Knie sinken sah. Es waren Outlaws. Drei von ihnen kannte ich, die anderen zwei nur vom Sehen. Sie alle besetzten anscheinend hohe Positionen bei den Outlaws.

Jeder sah aus, als wäre er im Krieg gewesen, aber nur die fünf wirkten, als hätten sie die Hölle durchgemacht. Sie waren übersät mit unzähligen Schnittwunden, bei manchen konnte man die Augen nur noch erahnen, so zugeschwollen waren sie.

Mein Blick huschte wieder zu Dex. Er lebte. Er lebte!

Sein Blick glitt kurz zu Tigers Leiche, dann zu Ella, die sich in Moes Armen befand und dann sah er erneut zu mir und zu Ice' Hand, die noch immer an meinem Schritt weilte. Moe sagte etwas zu ihm, aber Dex schüttelte nur den Kopf und wirkte noch wütender.

Ich wurde unruhig, weil ich zu ihm wollte. Ice bemerkte es und drückte mich fester an sich.

Dex machte einen Schritt nach vorn, aber Ice brüllte: »Nein!«

Dex erstarrte.

»Ich töte sie, Demon!«

»Das wirst du nicht tun!«, brüllte Dex ihm zu. »Ich schwöre dir, krümmst du ihr ein Haar, wird dich niemand mehr retten können. Jetzt hast du zumindest eine Chance auf einen schnellen Tod!«

»Ach wirklich?«, fragte Ice belustigt und drückte noch fester in den Stoff meiner Hose. Ich verzog schmerzvoll das Gesicht und Dex machte erneut einen Schritt auf ihn zu.

Ice hielt die Waffe in die Luft und gab einen Warnschuss ab.

Dex blieb wieder stehen, aber ich nutzte die Chance, keine Waffe mehr in meinem Gesicht zu haben.

Mein Ellbogen stieß ihn in die Seite, Ice stöhnte auf, verlor die Waffe aus der Hand und krümmte sich kurz, während ich zur Seite sprang.

Jetzt lag die Waffe vor meinen Füßen und ich starrte sie einen kurzen Moment an.

»Du verdammter ...«

Dex war im Begriff auf ihn zuzugehen, aber ich griff mir schnell die Waffe und hob die Hand, um ihn aufzuhalten.

»Warte!«

Dex wirkte perplex, dann sah er auf meine Hand und seine Nasenflügel bebten. Was war denn los?

Ich starrte auf meine Hand, die voller Blut war. Das war aber nicht meins ...

Mein Blick fiel kurz auf Tiger.

»Alles gut. Es ist nicht mein Blut, Dex.«

»Das soll es jetzt besser machen?«, fragte dieser wütend.

Ich lächelte leicht und wandte mich dann zu Ice, der uns hasserfüllt anblinzelte.

»Was? Willst du mich jetzt erschießen? Dazu bist du doch gar nicht ...«

Ich schoss in das linke und dann direkt in das rechte Bein. Brüllend fiel Ice zu Boden und hielt sich die Wunden, so gut es eben ging.

»Du Schlampe!«, brüllte er und schrie aus vollem Halse.

Ich hielt die Waffe mit zitternden Händen fest. Es war einfach sich zu entscheiden abzudrücken, aber die Gefühle danach zu verarbeiten, war keine leichte Aufgabe.

Dann spürte ich plötzlich Hände, die mir vorsichtig die Waffe abnahmen. Ich hob den Blick. Dex stand vor mir und sah mir einfach nur ins Gesicht.

Er war die Stütze, die ich brauchte und instinktiv lehnte ich meine Stirn gegen seine breite Brust.

Ich bin so müde.

»Du lebst«, flüsterte ich ergriffen.

»Ich lebe«, murmelte er mir ins Haar.

»Ist das nicht süß? Ich kotze gleich!«, beendete Ice den ruhigen, schönen Moment zwischen uns.

Dex hielt meine Schultern, während wir aufsahen.

Moe stand bei Ice und war wie immer ruhig und gelassen. Sie alle sahen zwar aus, als wären sie in einer Rußwolke spazieren gegangen, aber sie lebten. Und das war die Hauptsache.

»Ich denke, du wirst mehr als nur kotzen, wenn wir mit dir fertig sind«, sagte Dex. »Ty!«

Dieser griff sich ein Tablet – keine Ahnung, woher er das jetzt so schnell bekommen hatte – und las vor:

»Es war einmal ... O sorry, bin noch in meiner Kindle-App.«

Moe verdrehte die Augen und auch Dex musste sich ein Schmunzeln verkneifen.

»Na los, knall mich ab. Darauf läuft es doch hinaus!«, brüllte Ice währenddessen und verlor nur wenig Blut. Die Schmerzen mussten allerdings groß sein, so wie er herumjammerte.

Dex lächelte mich an, dann ging er langsam auf ihn zu und kniete sich hin, um Ice besser in die Augen zu sehen.

»Das war mal gar keine schlechte Idee mit dem Hinterhalt. Der Plan hätte vermutlich auch funktioniert, wenn du es nicht bei mir versucht hättest.«

Ice runzelte die Stirn.

»Rodriguez hast du einschüchtern können mit der Entführung seiner Familie. Sein Bruder jedoch ... der wollte nicht klein beigeben. So wie deine Männer, oder? Deswegen wolltest du Liz haben. Nicht alle Outlaws sind davon begeistert, dass du ihren alten Herrn abgelöst hast.«

Ice sagte gar nichts, aber das unruhige Zappeln der fünf Geiseln war Antwort genug. Sie waren also alle nicht für Ice' Anführerschaft?

»Fick dich!«, spie Ice wutentbrannt aus. Moe trat ihn so heftig, dass Ice zur Seite in den Dreck kippte.

»Liz war deine Versicherung, aber du hast auch die Mexikaner unterschätzt.«

»Die scheiß Braunen wissen gar nichts!«, fuhr Ice fort.

»Falsch!«

Spike kam um die Ecke gelaufen. Im Gegensatz zu allen anderen, war er sauber.

»Rodriguez hat seine Familie wieder, deswegen hat er uns auch geholfen, die Falle in den Docks gemeinsam zu beenden«, erklärte Dex.

Ice schaute überrascht hoch.

»Warum du nicht informiert wurdest? Ty hier ...« Ty nickte Ice zu. »Hat dein Handysignal unterdrückt. Kein Anruf kommt rein, keiner geht raus. Also selbst wenn deine Männer es gewollt hätten, du wärst nicht über ihre Niederlage informiert worden. Ebenso hat Ty herausgefunden, wo du Rodriguez' Familie untergebracht hast. Spike, mein Sergeant-at-Arms, hat sie da rausgeholt, während du dachtest auf mein Gelände kommen zu können.«

Ich war erstaunt über all diese Infos und vor allem, dass Dex immer einen Schritt voraus war. Ice wirkte ebenso überrascht, versuchte sich dann allerdings wieder zusammenzureißen.

»Ich wusste, der Braune hat keine Eier!« Dann blickte

er mich an. »Genauso wie du! Du verdammte Schlampe hättest ...«

Dex drückte mich plötzlich hinter sich, als müsste ich beschützt werden.

»Sieh sie kein weiteres Mal an, du verdammter Abschaum!«

Ice spuckte auf den Boden.

»Sie ist eine Verräterin. Sie hätte bei uns bleiben sollen!«

»Bei euch?«, fragte ich geschockt nach. »Bei Männern, die nicht wissen wie sie respektvoll mit Frauen umzugehen haben und lieber vergewaltigen und zuschlagen, als sich die Mühe zu machen, am Leben teilzunehmen? Darauf verzichte ich liebend gern. Die Demons sind tausendfach mehr wert, als dein Scheißhaufen von Dreckskerlen es je sein wird!«, fuhr ich Ice wütend an.

Ich registrierte erst danach, dass es um uns herum mucksmäuschenstill geworden war.

Kapitel 14

Dex

Jeder einzelne Mann war gerade zehn Zentimeter größer, als er eigentlich war, nachdem Liz den gesamten Club vor Ice verteidigt hatte.

»Scheiße, Frau, du wirst sowas von meine Old Lady«, sagte ich, ohne darüber nachzudenken.

Liz bedachte mich mit diesem Blick, der entweder aussagte, dass ich sie gerade kreuzweise am Arsch lecken konnte – vorzugsweise ließe sich das gern einrichten – oder aber ich sollte bloß die Fresse halten.

»Darüber reden wir noch«, antwortete sie.

»Müssen wir nicht«, stellte ich klar.

Liz verdrehte die Augen und seufzte. »Habe ich gerade gesagt, ihr würdet Frauen respektieren?«

»Liz ...«

»Ähm, Pres?« Ty räusperte sich und machte mir mit einem Blick zu unseren Männern klar, dass wir hier noch nicht fertig waren.

Das Stück Scheiße lag noch immer in seinem eigenen Blut.

»Was ist, großer President? Haste Schiss bekommen, mich kaltzumachen?«, fragte Ice provozierend und ich wusste, was das sollte. Ice fürchtete sich vor den

Konsequenzen. Den Folterungen, das Hinauszögern, bis er seinen letzten Atemzug machen würde.

Erneut beugte ich mich herunter.

»Was versuchst du hier, Whitey? Allein für meine Kutte, die ihr mir abgenommen habt, hätte ich dich abknallen sollen. Aber mein Mädchen anfassen? Ich schweife allerdings ab ...« Ich spuckte auf den Boden. »Glaubst du, die Rebels kommen noch und retten dich? Oder lachst du dir ins Fäustchen, weil du denkst, sie würden dich rächen, wenn das für dich vorbei ist?«

Die Rebels waren der befreundete Club der Outlaws gewesen.

Ice schnaubte verächtlich, weil er das anscheinend wirklich glaubte.

»Da muss ich dich leider enttäuschen, Ice. Wie lang haben sich die Rebels nicht mehr bei dir gemeldet?«, fragte ich ihn provozierend und so groß wie Ice' Pupillen wurden, traf ich es auf den Punkt.

»Ungefähr eine Woche nicht mehr, Pres. Das habe ich gecheckt«, teilte Ty mir mit.

Ice blickte verwirrt zu Ty, dann zurück zu mir. Er presste die Lippen wütend aufeinander.

»Was habt ihr getan?«

»Ach, nur hier und da ein paar Gerüchte gestreut. Weißt du, wir reden mit unseren Frauen. Wir lieben, wir wertschätzen sie.« Ich warf einen kurzen, aber intensiven Blick zu Liz, die sich verlegen auf die Unterlippe biss.

»Mittlerweile denkt jeder Club in den Staaten, dass die

271

Outlaws in Chicago nicht nur pleite sind, nein ... jeder weiß über dich Bescheid, Ice. Jeder kennt dein kleines Geheimnis. Kannst du dir vorstellen, welches ich meine?«

»Bevor wir dich in Stücke reißen ...« Ice' Blick flackerte kurz. »Muss doch dein Name noch reingewaschen werden, oder findest du nicht?«

Ice' Pupillen weiteten sich, als er begriff, worauf ich hinauswollte.

»Warte ...«

Ich ignorierte Ice und stand erneut auf.

»Ty ...«, bat ich ihn vorzutreten, was er schnell tat.

»Ice kam vor ungefähr neun Jahren in euren Club, oder?«

Dass die Frage an die letzten fünf Members der Outlaws gerichtet war, irritierte sie, aber sie nickten zögerlich.

»Wisst ihr etwas über seinen Hintergrund?«, fragte Ty weiter.

Erst wollte niemand antworten, aber nachdem sie etwas grober behandelt wurden, sprach zumindest einer von ihnen. »War er nicht im Knast?«

»Falsch. Isaac Fitzgerald Sternentaler war nie im Gefängnis.«

Die fünf Members runzelten die Stirn, bis ihnen klar wurde, was der Name zu bedeuten hatte.

Liz neben mir gab einen undefinierten Laut von sich und blickte Ice ungläubig an. Sie musterte ihn von oben bis unten.

»Du bist Jude«, stellte sie überrascht fest.

»Ganz sicher nicht!«, fuhr Ice sie wütend an.

Mit einem wirklich zurückhaltenden Schlag brach ich ihm das Nasenbein. Zumindest gab er dabei keinen Laut von sich.

»Deine Eltern waren es. Deine Großeltern haben sogar ein Buch geschrieben, nachdem sie aus dem KZ befreit wurden. Wie lautete der Titel noch mal, Ty?«

»Wie Hitler unser Leben zerstörte?«, fragte Ty und es machte ihm einen Heidenspaß, den Pisser endlich damit zu konfrontieren.

Die fünf übriggebliebenen Members brüllten lautstark herum.

»Verräter!«

»Du Ratte!«

»Du bist tot!«

»Ich habe nichts mit meiner Familie zu tun! Ihr seid meine Familie!«, rief Ice zurück, aber es war vergebene Mühe.

Ice hatte Nazi gespielt und im Grunde war er der größte Feind seiner Männer.

Mit einer Handbewegung machte ich meinen Männern klar, dass sie den letzten Rest der Outlaws wegschaffen sollten. Mit viel Mühe gelang es ihnen dann auch, weil sie wohl eher daran interessiert waren, Ice zu töten.

Ice spuckte auf den Boden.

»Komm mal runter, Pres. Immerhin hast du ihnen deine eigentlich gute Herkunft verschwiegen. Niemand von uns kann etwas dafür, dass du Nazi spielen musstest.

Immerhin war mein alter Herr auch Jude und was soll ich sagen? Ich finde deine Scheinheiligkeit zum Kotzen«, stellte ich klar. Moe, Eagle, Ty, der Prospect, der neben Ella und Moe stand sowie Liz und ich waren noch da. Es war ein langer Abend gewesen und ich wollte eigentlich nur noch unter die Dusche, Liz in meinen Armen halten und diesen Tag vergessen. Nur leider wusste ich, dass es nicht so einfach werden würde.

Auch wenn ich mir verboten hatte, darüber jetzt nachzudenken, aber ich hatte die blauen Flecke an Liz' Hals gesehen und dieselbe Panik, die ich verspürt hatte, weil ich nicht wusste, ob ich sie je wiedersehen würde.

Ich kannte es bereits. Das Gefühl zu wissen, dass sie verschwunden war. Aber ich hätte nicht gedacht, dass die Angst noch größer werden würde, nachdem sie für eine kurze Zeit zu mir gehört hatte.

Liz hat mir eine Welt gezeigt, die voller Liebe sein kann, wenn wir zusammen sind. Wie könnte ich jemals weniger haben wollen?

Mein Hirn musste erst noch begreifen, dass sie lebte und schon wieder herumzicken konnte, wenn sie dachte, es wäre angebracht.

Mein Blick zu Liz, an deren Hand getrocknetes Blut klebte, ihre dreckige Kleidung und dieser blauverfärbte Hals, gab mir trotz meiner wirklich sehr beruhigenden Gedanken von vor wenigen Sekunden den Rest.

Ich griff mir Ice an seiner Kutte und zog ihn über den Boden Richtung Schuppen. Dort würden wir ihn verstecken, falls die Cops auftauchten. Wir schmierten genug von denen, damit sie die Explosionen ignorierten. Die Leichen jedoch ... die mussten meine Männer schnell verschwinden lassen.

Es war keiner von unseren Männern getötet worden. Aber mindestens zwanzig Outlaws, zusammen mit diesem Stück Scheiße hier in meinen Händen.

»Du glaubst wirklich, dass du gewonnen hast, oder, Dex?«

Seine Selbstüberschätzung, das dämliche Grinsen, obwohl ihm schon ein Zahn von meinem Schlag fehlte, forderten meine Wut erneut heraus.

Ich zog ihn an seiner Kutte zu mir hoch und funkelte ihn wütend an.

»Du verdammter Wichser hast deinen Presidenten und dann meinen alten Herrn getötet! Und dann willst du mir etwas vom Gewinnen erzählen? Sieh dich um, du verdammtes Stück Scheiße! Dein Club, den du dir nur durch einen Mord angeeignet hast, ist nur noch Schutt und Asche. Du wusstest nämlich genau, dass es Gegenwind geben wird, weil Mord eben auch Verrat bedeutet. Dazu Liz benutzen, die dich nicht will. Und die du berührst, obwohl sie nicht dir gehört!«

Ich dachte sofort an seine schmierige Hand zurück, die Liz in den Schritt gepackt hatte. Ihr schmerzerfülltes Gesicht würde mir noch lange im Gedächtnis bleiben.

»Dex ...«

Liz stand neben mir. Sie hörte sich besorgt an. Mein

Verstand redete mir zu, dass sie nicht besorgt wegen Ice war. Aber ich war pissig. Pissig wegen des Hinterhalts. Wütend, weil ich wie ein Schuljunge hingegangen war und Liz und meinen Club hier allein zurückgelassen hatte.

»Sie liebt es, von mir angefasst zu werden«, grinste Ice und plötzlich fiel eine kleine, zierliche Faust über sein Gesicht her.

Nur mit einem kurzen Kraftakt hielt ich ihn an seinem Patch fest.

Ich sah überrascht zu Liz, die sich schmerzerfüllt ihre Faust hielt.

»Was? Du glaubst doch wohl nicht, dass ich mir diesen bescheuerten Mist weiter anhöre, oder?«, fuhr sie mich wütend an, aber ich konnte nur noch grinsen.

»Bist du fertig? Dann kümmern wir uns jetzt um ihn«, fragte ich sie.

Liz funkelte Ice kurz wütend an, dann nickte sie, als würden wir uns gerade absprechen, wer staubsaugen und wer abspülen möchte.

Wobei Liz eine tolle Hausfrau abgeben würde.

Niemals laut aussprechen, Kumpel. Sie würde dich in der Luft zerfetzen.

Liz blickte Moe an, der bereits seinen Nacken kreisend aufwärmte. Spike grinste teuflisch.

Er kann aber auch fies grinsen.

»Du bist unheimlich, Spike«, murmelte Liz und erneut zeigte sie, wie gut wir zusammenpassten, weil sie meine Gedanken lesen konnte.

»Nur, wenn es nötig ist«, zwinkerte Spike ihr zu und zog sich Handschuhe an.

Liz starrte die Handschuhe an, als wären sie Teufelszeug.

Nah dran ist sie ...

»Wartet ... was habt ihr vor?«, fragte Ice plötzlich panisch, während Eagle sich neben mich stellte und dem Schauspiel folgte.

Spike grinste noch diebischer, Moe verzog natürlich keine Miene, als sie beide mir den Wichser abnahmen und Richtung Schuppen zogen.

»Nein! Ihr werdet ... Nein!«, brüllte Ice und hinterließ eine kleine Blutspur.

»Ach, komm schon, es macht keinen Spaß, wenn du jetzt schon um dein Leben flehst«, erklärte Spike ihm und zog ihn weiter.

Ice hatte keine Chance. Seine Beine waren durchlöchert.

»Okay, okay, lasst ihr mich am Leben, wenn ich euch Infos gebe?«, hörten wir Ice panisch fragen. Er sah zu Spike, dann zu Moe.

»Ich habe Geld, viel Geld. Ich kann es euch geben, wenn ...«

Spike lachte, Moe ignorierte ihn.

»Wartet, ich ... ich hab deine Schwester gesehen. Wie hieß sie noch? Elisa?«

Moe blieb stehen und überraschte nicht nur uns damit.

»Komm schon, Moe, der Haufen Scheiße erzählt eben nur Scheiße«, stellte Spike fest. Ich spürte, wie Eagle sich neben mir unruhig bewegte.

»Meint er Esra?«, fragte ich Eagle, weil ich wusste, dass er sie mal kennengelernt hatte.

Esra war Moes Halbschwester, die fast zwanzig Jahre jünger als Moe selbst war. Er hatte auch erst vor ein paar Jahren von ihr erfahren und ihr und ihrer Mom dabei geholfen, unterzutauchen. Esras Mom hatte sich vor ihrem Ex verstecken müssen.

»Nein, ich schwöre es! Ich habe sie gesehen!«, rief Ice panisch aus und Moe ließ ihn los, so dass er zu Boden fiel, weil auch Spike ihn nicht mehr bändigen konnte. Aus reiner Verzweiflung kroch er zu Moe. »Glaub mir, ich habe sie gesehen. Sie ... sie hat jetzt schwarzes, kurzes Haar. Eine Perücke! Genau, sie musste eine Perücke tragen und ... und hat ein Muttermal. Genau hier ...« Er zeigte auf seine Hüfte und das veranlasste Moe, ihn an seinem Patch hochzuziehen, und Eagle, auf ihn zuzugehen.

»Wo hast du sie gesehen?«, fragte Moe jetzt.

Aber bevor dieser antworten konnte, griff sich Eagle Ice.

»Los! Rede!«

»Es war in einem Club.«

Moe runzelte die Stirn, während Eagle lauter wurde.

»In welchem Club?«

»Ich ... ich weiß es nicht mehr ...«

Eagle warf den Haufen Scheiße zu Boden, während

ich mir Liz' Hand nahm und sie mit mir zu den Männern zog.

»Kann das sein, Moe?«, fragte Eagle jetzt barsch nach.

Was zum Teufel war mit Eagle los?

»Ich hab sie schon Wochen nicht mehr gesprochen, sie hat mir nur immer kurze SMS geschickt und ich dachte ...«

Moe war selten nachdenklich oder wusste keine Antwort auf eine Frage. Lieber gab er gar keine, aber dieses Mal kannte er einfach keine Antwort darauf, und man sah ihm die Irritation darüber an.

»Ruf sie an. Jetzt!« Wieder ein Befehl seitens Eagle. Moe überlegte nicht, zog sein Handy heraus und rief Esra an. Aber je länger er das Handy am Ohr hielt, umso wütender wurde er.

»Fuck«, rief Eagle, lief kurz im Kreis, weil er sich der Tragweite dessen bewusst war.

»Das ändert alles«, mischte Spike sich jetzt ein und sah zu Ice hinunter.

Liz drückte sich instinktiv enger an mich.

»Was sollen wir mit dem Dreck machen?«, fragte Spike und nickte zu Ice runter, der bereits zitterte.

Ich sah zu Moe, dem das Grauen im Gesicht stand. Er blickte auf sein Handy, als würde es jeden Moment klingeln.

»Sie geht sonst direkt ans Handy. Esra weiß, dass sie nach dem dritten Klingeln rangehen soll ...«

Eagles Kiefer mahlte, während er Moes Worten lauschte. Es war offensichtlich, dass er kochte. Aber warum? Moe und er waren Brüder, aber Eagle versuchte immer, seine Pflicht zu erfüllen und nicht seinen Gefühlen nachzugeben.

Ich machte einen Schritt nach vorn und blickte zu Ice, der den Mund hielt, weil es darum ging, etwas herauszuschlagen. Er wollte leben und er würde leben. Gerade eben so.

»Spike?« Ich blickte ihn nicht an.

»Pres?«

»Nimm ihn aus und näh ihn wieder zu, bis er redet.«

Spike klatschte motiviert in die Hände, Ice schüttelte den Kopf, weil er wusste, was das bedeutete, und wollte fortkriechen.

Er brüllte, schrie und brüllte weiter, während Spike ihn in den Schuppen zog.

Als sich die Holztür schloss, waren seine Schreie nur noch gedämpft zu hören, bis sie ganz verschwanden. Es gab dort drin mehr als eine Kammer für spezielle Sessions.

Ella war indes mit der Organisation der Kinder und der anderen Old Ladies beschäftigt, aber sie bemerkte Moe, der alles andere als gut mit der Information zurechtkam.

»Baby? Was ist los?«

Moe drückte sie an sich, sagte aber nichts.

Wenn das stimmte, was Ice gesagt hatte, schlitterten wir von einem Problem ins andere ...

»Wir warten ab, was Spike herausfindet ...« Ich schlug Moe auf die Schulter und wartete darauf, dass er aufsah. Das tat er dann auch kurze Zeit später.

Moe war zwar nicht mein Vater, aber er kam dem sehr nah. Esra kannte ich kaum, weil auch Moe erst spät von ihr erfahren hatte. Aber sie war Familie und Familie wurde von uns beschützt.

»Falls es stimmt, holen wir sie zurück, Moe. Das weißt du.«

Er nickte.

Liz

»Ich brauche keine Behandlung«, murmelte ich und der Doc musterte mich, als hätte ich den Verstand verloren.

Dex stand hinter ihm, hatte die Arme vor der Brust verschränkt und achtete auf jede Regung, die ich machte.

»Mädchen, soweit ich das verstanden habe, hast du einiges abbekommen. Wenn ich nur deinen Hals ansehe ...« Der Doc schüttelte den Kopf, als wäre mein Hals nur noch Mus.

»Mir gehts gut!«, behauptete ich weiter stur.

»Der Prospect hat mir alles erzählt. Also hör auf, uns für dumm zu verkaufen!«, fuhr Dex dazwischen.

Ich verdrehte die Augen. »Ray hat die meiste Arbeit gemacht.«

Dex schnaubte.

»Es stimmt. Er hat Tiger getötet, bevor er mich ...«

Ich bemerkte, wie das wütende Funkeln in Dex' Augen wieder erschien, und ich beendete den Satz nicht.

»Ray wird seine Belohnung bekommen. Aber hier geht es nicht um den Prospect. Es geht um dein Leben, Lizzy!«

Erneut nannte er mich Lizzy und ich musste mir eingestehen, dass es mir gefiel.

»Und was ist mit dir, Dexton?«, fragte ich provozierend. Der Doc hob den Blick und musterte mich belustigt, weil ich Dex' vollen Namen kannte und sogar benutzte.

Der Doc zog seufzend die Handschuhe aus, nachdem er mir in die Augen geleuchtet hatte und ein paar meiner Schrammen desinfiziert hatte.

»Mir gehts gut«, antwortete Dex mit zusammengepresstem Kiefer.

Oh, ist da etwa jemand sauer, weil ich seinen ganzen Namen benutze? Buuuhu, heul doch!

Ich hob fragend eine Augenbraue, weil mein Mann ganz sicher nicht aussah, als würde es ihm gut gehen.

Sein Kiefer färbte sich blau, er hatte zwei Platzwunden an der Lippe und über der Augenbraue. Nicht zu vergessen die aufgeschürften Fingerknöchel und der Schmutz auf seiner Kleidung.

»So siehst du auch aus«, schnaubte ich.

Der Doc schloss seinen Koffer und seufzte.

»Mit viel Ruhe werdet ihr beide wieder«, informierte er uns belustigt, als wäre Ruhe das letzte, was wir bekommen würden. »Ich schau noch nach den anderen, aber euch beiden empfehle ich ...«

»Was?«, fuhren wir beide den Doc an.

Aber dieser war nur kopfschüttelnd und mit einem leichten Schmunzeln im Gesicht hinausgegangen.

»Scheiße, Lizzy ...« Dex stellte sich vor meine Liege, auf der ich saß, und nahm mit seinen großen, breiten Händen mein Gesicht in Besitz. Er musterte mich eindringlich. »Ich hab dich denen zum Fraß vorgeworfen.«

Die Schuld, die aus diesem Satz herauszuhören war, gab mir den Rest.

Die Wut über sein Verhalten von vor wenigen Minuten war wie weggeblasen und ich schloss seufzend die Augen.

»Du hast das getan, was jeder President getan hätte.

Du wolltest den Club schützen und bist deswegen losgefahren. Eagle war da und ...«

»Eagle hat mir bereits erzählt, dass er dich akzeptiert. Was ziemlich merkwürdig ist, weil ich ihn nie nach seiner Meinung gefragt habe«, stellte Dex nachdenklich fest. Dann runzelte er die Stirn. »Wobei ich mich frage, wieso er so schnell seine Meinung geändert hat.«

»Stellst du etwa meine umwerfende Persönlichkeit infrage?«, lachte ich und hörte im selben Augenblick wieder damit auf, weil mein Hals ein Lachen gar nicht lustig fand. Ich hustete mehrmals, bis ich einmal tief Luft holte und wieder einigermaßen zur Ruhe kam.

Dex musterte mich ziemlich verärgert.

»Was?«

»Sie haben dich angefasst ...«

»Ja, und einer davon ist vor meinen Augen dafür verblutet und Ice wünscht sich vermutlich einen schnellen Tod. Sie bekommen, was sie verdienen, Dex. Also hör auf, dir den Kopf zu zerbrechen.«

Dex schnaubte, als hätte ich einen besonders guten Witz erzählt.

»Dex ...«

»Du verstehst das nicht, Lizzy.«

Ich lächelte, weil er so abgekämpft und müde klang und dabei so wunderbar süß war.

Er trug noch immer die staubige Mütze, die ich ihm langsam vom Kopf zog.

»Doch, ich verstehe es, Dex. Mehr als du denkst.

Ehrlich. Ich habe so lange dagegen angekämpft, weil ich nur Männer wie Ice und Tiger kannte. Mein Dad hat sie nur von mir ferngehalten, weil es ihm Spaß machte, die beiden zappeln zu lassen. Aber hier respektiert ihr die Frauen, denen euer Herz gehört. Ich meine ...« Ich warf die Mütze auf die Liege und legte meine Hand auf das harte Leder seiner Kutte. Dennoch spürte ich seinen Herzschlag. Kräftig und regelmäßig.»Ihr seid alle eine große Familie. Und ich würde mich geehrt fühlen, wenn ich dazugehören dürfte.«

Mein eigenes Herz schlug wie wild in meiner Brust. Nur dieses Mal nicht aus nackter Angst, weil ich um mein Leben fürchten musste, sondern aus Angst, abgewiesen zu werden.

Seufzend drückte Dex seine Stirn an meine, ergriff meine Hände und verschränkte seine Finger mit meinen. Vermutlich gab es gerade keine intimere Geste als diese hier.

»Eins, zwei ...« begann er plötzlich zu zählen.

»Was tust du da?«, fragte ich und hob den Blick, um ihn anzusehen.

Dex lächelte leicht und seine Augen begannen zu strahlen.

»Drei, vier, fünf.«

Ich runzelte die Stirn.

»Länger konnte ich dich damals in der Zelle nicht berühren und ich habe mir eine lange Zeit vorgestellt, wie es sein würde, wenn ich dich immer berühren dürfte. Ich habe den alten Bock da oben angefleht, mir diese Chance zu geben. Am Ende hatte ich ihm sogar mein Bike angeboten, nur damit ich das erleben durfte.«

»Du bist gläubig?«, fragte ich grinsend.

»Nein.« Er schüttelte leicht belustigt den Kopf, während er mich nicht aus den Augen ließ. Wir hielten uns immer noch an den Händen. »Aber für dich wäre ich es geworden.«

Meine Lippen bebten, weil noch niemand für mich etwas tun wollte, nur um mit mir zusammen zusein.

»Lizzy, ich bin der, der ich bin. Ich kann mich nicht ändern, aber ich werde alles tun, damit du hier ein Zuhause hast. Verstehst du das? Es gibt nichts, was ich nicht für dich tun würde. Willst du außerhalb des Clubs leben? Gut, machen wir. Meine Arbeit hier muss nicht ...«

»Warte mal.« Ich hob die Hand und berührte damit seine Lippe. Er setzte einen sanften Kuss darauf und ich erschauderte, ließ mir aber nichts anmerken.

Dex' amüsiertes Grinsen war Antwort genug. Er wusste, was er mit mir anstellte.

»Ich liebe deine Familie. Ob du President eines Clubs bist oder nicht, ich liebe deine Familie und ich ...« Ich holte tief Luft. »Und ich liebe dich.«

Ein Funkeln trat in seine schönen grünen Augen, aber ich redete schnell weiter, weil ich sonst den Mut verlor.

»Ich kann nichts dagegen tun. Ich habs versucht, ich schwöre es. Aber du bist ein verdammter Idiot, der nicht mehr aus meinem Kopf geht. Und ich möchte das auch nicht. Ich will hier sein. Hier bei dir.«

»Gott sei Dank«, murmelte er, presste mir einen harschen, leidenschaftlichen Kuss auf die Lippen und drückte mich dann an sich. »Ich weiß nämlich nicht, ob ich Ella und die anderen dazu überredet bekommen hätte, dich für eine Weile an mein Bett zu fesseln. Du hast dir hier nämlich ziemlich schnell viele Verbündete gemacht.«

Ich lachte lauthals los, weil dieser Mann wirklich witzig, charmant und wahnsinnig verrückt sein konnte. Neben den anderen Charakterzügen, die manchmal durchkommen mussten, wenn er President eines Bikerclubs sein wollte.

»Und falls es nicht bei dir angekommen ist, weil du lieber gegen mich angekämpft hast, statt das Offensichtliche zu sehen«, flüsterte er mir leise ins Haar. »Ich liebe dich auch, Lizzy.«

Erleichtert schloss ich die Lider, weil dieser Tag doch noch so schön endete.

»Dex?«, fragte ich zufrieden in seinen Armen.

Er hielt mich immer noch an sich gedrückt.

»Hm?«

»Das mit Esra ...«

»Das kriegen wir schon hin«, antwortete er viel zu schnell und strich mir weiterhin behutsam über den Rücken.

Seine plötzliche Anspannung war zu spüren.

»Moe wird alles daransetzen, dass wir das schnell klären. Eagle hingegen macht mir Sorgen.«

Ich schnaubte, weil es offensichtlich war, dass Esra in ihm etwas auslöste.

»Was ist?«, fragte Dex neugierig.

Natürlich wusste er nicht, worum es ging.

»Nichts, Dex. Aber statt das Offensichtliche zu sehen ... Ach, ist auch egal. Nach diesem Tag denke ich, dass wir alles schaffen werden. Oder?«

Ich spürte, wie Dex erleichtert ausatmete.

»Ja, Baby. Ich glaube, das schaffen wir wirklich.«

Epilog

Sechs Monate später

Liz

»Lizzy ...«

Dex berührte meine Wange, während er in mich stieß und den Kopf in den Nacken legte, um es genauso zu genießen wie ich.

Ich saß auf der Waschmaschine, die Dex mir vor ein paar Wochen gekauft hatte, weil ich keine Lust mehr hatte, ständig runter zu laufen, um Wäsche zu waschen. Ich erinnerte mich noch zu gut an seinen Gesichtsausdruck, als ich ihn um einen Wunsch gebeten hatte.

Er hatte mich angegrinst und mich an sich gezogen.

»Okay, was wünschst du dir? Denk dran, du kannst alles von mir bekommen. Egal was.«

»Gut, dann wünsche ich mir die Waschmaschine, die es im Walmart momentan im Angebot gibt. Da passen mehr als 20 Pfund rein und ...«

Er blinzelte und blinzelte.

»Eine Waschmaschine?«

»Ja, die hat zig neue Waschprogramme und bei einer muss man die Hemden nicht mal mehr bügeln.«

»Und zu welchem Anlass trage ich Hemden, Babe?«

Ich verdrehte die Augen. »Es geht nicht darum, das Programm zu nutzen. Es geht darum, dass man es könnte, wenn man wollte. Und irgendwann trägst du ein Hemd.«

Er küsste meinen Hals.

»Ich wüsste auch ganz genau, zu welchem Anlass. Du musst nur ›Ja‹ sagen.«

Das Herz in meiner Brust schlug automatisch schneller, aber ich ließ mir nichts anmerken. Ich schnaubte.

Seit Wochen wollte er nicht nur, dass man mich seine Old Lady nannte. Seit Wochen wollte er es auch vor dem Gesetz richtig haben. Nur sträubte ich mich noch.

Für seine Welt bedeutete eine Old Lady etwas. Für meine Welt bedeutete eine Hochzeit etwas Endgültiges. Verrückt war das schon, weil ich ihm bereits gehörte und er mir. Aber irgendwie brauchte ich mehr von ihm als die Bitte, ihn zu heiraten. Vermutlich wollte ich ihn einfach damit ärgern, denn jedes Mal vögelte er mich und versuchte mich dabei zu überreden; oder wir stritten und schliefen dann miteinander.

»Heirate mich, Liz«, flüsterte er mir zu und zog es in die Länge, wieder in mich zu stoßen.

Ich saß nackt auf der neuen Waschmaschine. Dex hatte nur seine Hose heruntergezogen und mich genommen.

Meine Haut kribbelte, weil mein Orgasmus aus mir herauswollte.

Ich drückte mich enger an ihn.

»Du kennst meine Antwort«, keuchte ich, während er langsam wieder zustieß. Denn das war auch etwas, was ich so an ihm liebte. Er konnte sich nie lang zurückhalten, wenn es um mich ging.

»Und du kennst meine Frage«, antwortete er und küsste mich, während er immer schneller wurde. »Fuck, jedes Mal dasselbe mit dir.« Er zog an meinem langen Haar, dass ich beim Sex immer offen tragen sollte – Perversling!

Und dann berührte er mit der anderen Hand meine Muschi, massierte die ganz besondere Stelle, um die er sich immer so hingebungsvoll kümmerte und ich kam und krampfte mich um ihn zusammen. Dex stieß noch zweimal zu, dann kam auch er zum Orgasmus.

***

In den letzten Monaten war der Club mein Zuhause geworden. Nicht, weil mir keine andere Wahl blieb, sondern weil ich es wollte.

Nach der Geschichte mit den Outlaws, hatte sich alles verändert. Die Frauen fielen mir reihenweise um den Hals, um mir zu danken, dass ich mich ihretwegen fast geopfert hätte. Die Männer nickten mir jedes Mal respektvoll zu. Dex meinte, es läge nicht nur daran, weil ich seine Old Lady war. Sie respektierten mich, weil ich alles für den Club getan hatte. Und wenn es etwas gab, was sie nicht vergaßen, dann so etwas.

Was am Ende mit Ice passiert war, wusste ich nicht. Selbst über Esra wusste ich nicht viel, auch wenn ich gern etwas erfahren hätte. Aber Dex antwortete immer nur ein »Ist Moes Sache« und wenn ich dann Eagles Namen erwähnte, betrachtete er mich stirnrunzelnd, als hätte *ich* keine Ahnung, wovon ich sprach.

Ja genau ...

Es war ein heißer Sommertag, als ich seufzend das Apartment verließ. Ich hatte mich erneut nach einem Job umgesehen. Dex hatte nur ungläubig gelacht, als ich ihm erzählt hatte, dass ich irgendetwas machen wollte, was mich weiterbringen würde. Selbst an eine Collegebewerbung hatte ich gedacht, die Idee aber gleich wieder verworfen, weil ich eigentlich nicht mehr zur Schule gehen wollte.

Dex war bereits runtergegangen, nachdem wir uns auf der Waschmaschine vergnügt hatten. Heute war wieder Serienabend und die anderen würden schon im Aufenthaltsraum warten.

Aber etwas anderes zog meine Aufmerksamkeit auf sich.

Die Kellertreppe. Die stand voller Baumaterial und ich hörte jemanden hämmern. Soweit ich wusste, befand sich im Keller nichts.

Und da ich neugierig war, ging ich die Stufen hinunter.

»Du bist wirklich zu dämlich, Prospect«, hörte ich eine bekannte Stimme sagen.

Stirnrunzelnd ging ich um zwei Abbiegungen und fand mich in einem großen Raum wieder, der mir die Sprache verschlug.

An einer Wand waren Spiegel angebracht. Über die gesamte Wand, um es genauer zu sagen. Auf der anderen Seite hing eine Stange von der Decke, dazu montierte August mit dem Akkuschrauber gerade ein Geländer an der Spiegelwand.

Spike stand daneben und schaute ihm auf die Finger.

»Was wird das hier?«, fragte ich und alle sahen zu mir.

»Oh, Shit«, seufzte Spike, als hätte ich das hier nicht sehen sollen.

Aber ich würde mal sagen, das musste ich.

»Ist das ... wird das ein Tanzraum?«

Ich liebte das Tanzen, hatte aber bereits vergessen, dass es mir so wichtig war. Nur wenn Dex mich mal wieder im Badezimmer tanzend wiederfand, weil im Radio tolle Musik gespielt wurde, da wusste ich wieder, was ich so gern tat.

»Wenn ich dir sagen würde, das ist keiner, würdest du dann wieder abhauen?«, fragte Spike hoffnungsvoll.

Ich schnaubte, glitt in den Raum und drehte mich um mich selbst, um alles anzusehen. Einige Spiegel standen noch eingepackt in der Ecke, der Boden war noch nicht ganz fertig.

»Das ist ein Tanzraum! Mit Spiegel und mit einer Stange ...« Ich starrte auf das große Ding.

»Jepp, kam auch erst vor ein paar Wochen an. Dex hat das Teil bestellt, nachdem wir dich in diesem Nietenteil bewundern durften.« Spike zwinkerte mir zu, ich zeigte ihm den Mittelfinger, was ihn zum Lachen brachte.

»Und die Spiegel? Die müssen doch sicher maß...«

»Jepp, die haben am längsten gedauert. Wir mussten vier Monate auf die Teile warten ...«

»Vier Monate? Wann hat er das in Auftrag gegeben?«, fragte ich neugierig nach.

Spike zuckte mit der Schulter, als würde die Antwort nicht wichtig sein.

»Er war gerade Pres geworden und wollte unbedingt hier unten alles umbauen.«

Das war noch, bevor wir uns wiedergesehen hatten. Ich blickte mich erneut um.

Er hatte nicht vergessen, wie sehr ich das Tanzen liebte. Und er ließ mir einen Raum ausbauen und hatte es bis heute noch nicht verraten.

»Scheiße, du heulst doch jetzt nicht, oder? Ich kann es nicht leiden, wenn Frauen das tun«, stellte Spike panisch fest.

Es war erschreckend, wie schnell man Spike aus der Reserve locken konnte, aber die Tränen waren nicht mehr aufzuhalten.

»Das hat noch niemand für mich getan.«

Ich schluchzte und schniefte und Spike kratzte sich verlegen am Hinterkopf.

»Dann sag das Dex. Scheiße, kannst du bitte aufhören zu heulen?«

Ich lächelte, zog die Rotze in der Nase hoch, drückte ihm einen feuchten Kuss auf die unrasierte Wange und lief wieder hinaus, weil ich jetzt endlich wusste, was ich Dex zu sagen hatte.

Ich fand ihn im Aufenthaltsraum, er saß bereits auf dem Sessel.

Er bemerkte mich, lächelte und runzelte die Stirn, als er sah, dass ich am Weinen war. Dex stand sofort auf.

»Was ist los, Babe?«

Alle drehten sich zu mir um. Ella stand in der Küche mit einer paar Old Ladies. Moe stand am Fenster, starrte hinaus, suchte dann aber kurz meinen Blick, als Dex mich ansprach.

Eagle war nicht da, aber der war sowieso in letzter Zeit mehr verschwunden als anwesend.

Da ich nichts sagte, kam Dex auf mich zu, aber ich hob die Hand, damit er stehen blieb. Das tat er sofort.

»Ich liebe dich«, sagte ich rasch.

Dex runzelte die Stirn, war hochkonzentriert, nickte dann aber steif. »Ich liebe dich auch.«

Dass er dies einfach so aussprach, vor all den Leuten, war süß und doch sah man ihm an, dass er sich Sorgen machte.

»Aber ...«

Er versteifte sich und ich spürte, wie alle aufmerksam lauschten.

»Aber ich hatte Angst, dass das alles zu intensiv wird.«

»Aha«, stellte er tonlos fest, ohne mich aus den Augen zu lassen.

»Du verstehst das nicht, Dex ...«

Er sagte nichts, was mich wiederum fertig machte, so dass ich die Arme schützend vor der Brust verschränkte.

»Ich ... ich hatte Angst, dass das zwischen uns zu intensiv wird. Ich meine, dass der eine nicht damit leben kann, wenn er nicht weiß, wo der andere ist. Sowas eben. Es ist ... es ist dann zu intensiv. Also, das dachte ich zumindest.«

Ich biss mir verlegen auf die Unterlippe, weil ich mich gerade in Rage redete, obwohl ich etwas ganz anderes von ihm wollte.

Dex stand vor mir. Hatte den Abstand gelassen, den ich wollte. Er trug seine Mütze, ein weißes Shirt, seine Lederhose und seine festen Boots. Er war hinreißend.

»Und dann dieses Zusammen-Schlafen.«

Irgendeiner gab ein Schnauben von sich, weil wir vermutlich den gesamten Club zusammenschrien, wenn wir Sex hatten.

»Ich meine, jede Nacht schlafe ich in deinen Armen. Ich warte nachts darauf, dass du wiederkommst, weil ich kein Auge zumachen kann. Ich ... ich bin versessen davon, dass du neben mir liegst. Das ist doch nicht gesund!«

Ich blickte Dex an, der ziemlich zufrieden wirkte.

»All das waren Gründe, warum ich dich nicht heiraten wollte.«

Jetzt begann er wohl zu verstehen, worauf ich hinauswollte.

»Warum du mich nicht heiraten wolltest?«

»Du hast ein verdammtes Tanzstudio im Keller für mich gebaut!«, fuhr ich ihn aufgebracht fort.

Dex' Miene wurde weicher. »Sollte eine Überraschung werden. Ich wollte, dass du das tun kannst, was du willst. Vielleicht gibst du den Kindern Tanzunterricht.«

»Du hast die Spiegel bestellt, bevor du mich gefunden hattest«, stellte ich schluchzend fest.

Dex rieb sich verlegen den Nacken, während Ella oder eine der Old Ladys verträumt seufzte.

»Ja, das ... Also, ich dachte mir, dass es dir Spaß machen könnte. Ich wusste ja nicht, dass die scheiß Materialien so lange brauchen«, stellte Dex etwas zerknirscht fest.

»Du hast das alles bauen lassen, bevor du mich wiedergefunden hattest. Bevor du mich kanntest!«

Dex lächelte leicht.

»Ich kannte dich.«

Das stimmte. Er kannte mich. Er hatte mich nie vergessen, mich nie aufgegeben und dafür liebte ich ihn.

»Ja!«, rief ich laut.

Dex sah mich verwirrt an.

»Ja?«

»Junge, du bist wirklich nicht der Hellste heute«, seufzte Ella tadelnd.

Dex sah zu ihr, dann zu mir.

Seine Pupillen wurden größer.

»Du meinst, Ja, wie Ja, ich will dich heiraten?«

Ich nickte schluchzend, weil ich einfach nichts mehr sagen konnte.

Er lächelte.

»Babe«, flüsterte er ergriffen, kam zu mir und drückte mich an sich.

Dex wollte nicht nur meinen Körper, er wollte alles.

Und ich brauchte einen Beweis, um das auch selbst endgültig zu begreifen.

Ich war mehr als nur eine Trophäe.

Ich war mehr als nur eine Frau.

Ich war sein.

Ende

Nachwort

Das war es schon wieder.

Erneut haben zwei Liebende sich gefunden und ja, ich hoffe, ich kann euch weitere Leutchen in dem Club präsentieren, die ihre Geschichte noch nicht erzählt haben, es aber gern tun würden.

Momentan geht alles drunter und drüber. Nicht nur für mich. Für alle da draußen. Aber wichtig ist, dass man sich die Zeit nimmt, ein gutes Buch hat und den Alltag vergisst, oder? Ich hoffe, mit Dex & Liz ist mir das für eine kurze Zeit bei euch gelungen!

Schatz, meine Jungs ... Auch in diesem Buch wart ihr allgegenwärtig. Ich liebe euch.

Ich danke allen, die an dem Buch beteiligt waren.
Das Lektorat, die Korrektur, die Coverdesignerin und natürlich auch meine Blogger und meine Leser, die mich ständig von neuem inspirieren.

Ich freue mich auf eure Nachrichten, eure Rezensionen, die Bewertungen und eure Meinungen dazu.

Bis dahin, bleibt gesund.

Eure Emma